U0554641

中华好诗词

陈斐 主编

唐五代词

三百首

吴熊和 沈松勤 选注

浙江教育出版社·杭州

图书在版编目（CIP）数据

唐五代词三百首 / 吴熊和，沈松勤选注. -- 杭州：浙江教育出版社，2025.1. --（中华好诗词 / 陈斐主编）. -- ISBN 978-7-5722-8783-1

Ⅰ. I222.843.1

中国国家版本馆 CIP 数据核字第 2024E6R612 号

中华好诗词 唐五代词三百首
ZHONGHUA HAO SHICI TANG WUDAI CI SANBAI SHOU

吴熊和　沈松勤　选注

责任编辑	赵清刚
美术编辑	韩　波
责任校对	马立改
责任印务	时小娟
产品监制	王秀荣
特约编辑	田　颖
装帧设计	郝欣欣
出版发行	浙江教育出版社
	地址：杭州市环城北路177号
	邮编：310005
	电话：0571-88900883
	邮箱：dywh@xdf.cn
印　　刷	天津盛辉印刷有限公司
开　　本	880mm×1230mm　1/32
成品尺寸	145mm×210mm
印　　张	10
字　　数	323 000
版　　次	2025年1月第1版
印　　次	2025年1月第1次印刷
标准书号	ISBN 978-7-5722-8783-1
定　　价	42.00元

版权所有，侵权必究。如有缺页、倒页、脱页等印装质量问题，请拨打服务热线：010-62605166。

　　今天，我们和诗词打交道的方式，大致可概括为"说诗"和"用诗"两种。对于这两种方式，王国维在《人间词话》中做过区分、说明。他用晏殊、欧阳修等人写爱情、相思的词句，比拟"古今之成大事业、大学问者，必经过"之"三种境界"，可视为"用诗"。他所下的转语"然遽以此意解释诸词，恐为晏、欧诸公所不许也"，则承认了"说诗"的存在。

　　春秋时期，我国即有了频繁、成熟地引用《诗经》来含蓄、典雅地抒情达意的"用诗"实践。"用诗"可以"断章取义"，将诗句从原先的语境剥离出来，另赋新意。"说诗"则应以探求作者原意为鹄的，尽管作者原意可能并不是唯一的、封闭的，尽管探求的过程也需要读者"以意逆志"、揣摩想象，但不能放弃这种探求。正如仇兆鳌在《杜诗详注》自序中所云："注杜者必反覆沉潜，求其归宿所在，又从而句栉字比之，庶几得作者苦心于千百年之上，恍然如身历其世，面接其人，而慨乎有余悲，悄乎有余思也。"

　　通常，我们对诗词的阅读和研究，属于"说诗"，应尽量探求作者原意；在作文或说话时引用诗词，则是"用诗"，最好能符合原意，但也不妨"断章"。接触诗词，首要的是"说诗"，弄清原意；

然后举一反三、触类旁通地"用诗",让诗点化生活、滋养生命。

我们"说诗",应怎样探求作者原意呢?愚以为,必须遵从诗词表意的"语法",通过对文本"互文性"的充分发掘寻绎。《文心雕龙·知音》云:"夫缀文者情动而辞发,观文者披文以入情。""作诗"是抒志摛文、将情志外化为文字的"编码"过程;"说诗"则是沿波讨源、通过文字探求情志的"解码"过程。作者"编码"达意,有一定的"语法";读者"解码"寻意,也必须遵从这些"语法"。同时,作品是一个"意脉"贯通的有机整体,承载的是作者自洽的情意,反映在文本上,即是字、句、篇、题乃至诗词书写传统之间彼此勾连的"互文性"。这些不同层次的"互文性",构成了人们通常所说的"语境"。"说诗"应充分考虑文本的"互文性",理顺"意脉",重视作者言说的"语境"。凡此种种,既限定了阐释的边界,也保证了阐释的效力,将专家、老师合理的"正解"和相声、小品、脱口秀演员搞笑的"戏说"区别开来。

散文语言"编码"达意,比较显豁、连贯,诗词语言则讲究含蓄、跳跃,故"言在此而意在彼""言有尽而意无穷""无理有情""笔断意连"之类的话语常见诸诗话、评点。用书法之字体比拟的话,散文似楷书,诗词则是行书或草书。由于"五四"新文化运动的猛烈抨击,传统文体的书写和说解传统,在当下已命若悬丝。从小学到大学,哪怕是专业的中文系,也没有系统教授传统文体写作的课程。即使是职业的研究者,也普遍缺乏传统文体的书写体验。这种"研究"与"创作"的断裂,直接导致了今日的新生代研究者对诗词的感悟力和解读力普遍不高。因为诗词表意往往含蓄、跳跃，如果没有深切的创作体验，就很难把握住全篇的"意脉"，解说难免支离破碎、顾此失彼。就像一个人如果没有拿过毛笔，面对楷书还大致可以辨识，但如果面对的是一幅行书或草书，他连怎么写出来的（笔顺、笔势）都很难弄明白，更不要说鉴赏妙处、品评高下了。

　　说到这里，也许有朋友会说，现在社会上喜欢写诗词的人可是越来越多了呀！的确，这对于中华优秀传统文化的传承来说，是好现象。不过，很多朋友是因为爱好而写作，就他们自学的诗词素养，写出一首符合"语法"且"意脉"贯通的诗词来说，还有不小的距离。记得数年前，当能够"写"诗词的计算机软件被开发出来时，有朋友问我怎么看待？如何区别计算机和人创作的诗词？我说：我能区别计算机和古人创作的诗词，但没法区别计算机和今人创作的诗词，甚至计算机创作的比我看到的绝大多数今人创作的还要好，起码平仄、押韵没有问题。因为古人所处的时代，古典文脉传承不成问题，诗文书写是读书人必备的技能，生活、交际常常要用，他们所受的教育中有系统、大量的创作训练，既物化为教材，也可能是师友父子间口耳相传的"法门"、技巧。因此，古人写诗词，就像今人说、写白话文一样，不论雅俗妙拙，起码是符合"语法"且"意脉"贯通的。而在传统文体被白话文体大规模取代的今天，我们已成了诗词传统的"局中门外汉"（张祖翼《伦敦竹枝词》初版自署），不论是写作还是说解，如果不经过刻意、系统的训练，要做到符合"语法"和"意脉"贯通，都非常困难。想必大家都有过学习外语的体验，之所以感觉困难、进展缓慢，是因为缺乏"习得"这种语言的文化氛围。计算机"写"诗词，不过是根据事先设定的平仄、押韵程序，提取相关主题的关键词排列、拼凑，绝大多数今人也差不多，都很难做到符合"语法"且"意脉"贯通。以上是我数年前的回答。ChatGPT（人工智能的语言模型）的诞生，使我的看法略有改变，但它要写出合格的诗词作品，尚待时日。

今人对诗词的感悟力和解读力普遍不高，除了缺乏创作体验，还由于时势变迁，所受专业化的教育训练，使他们的国学素养一般比较浅狭。而诗词又是作者整个生命和生活世界的映射，可能涉及作者生活时代的社会风俗、礼乐制度、思想观念、地理区划乃至自然科学方面的知识。如果对诗词生成的文化背景缺乏了解，自然难以充分发掘文本的意蕴及其"互文性"，无法还原作者言说的"语境"，解说难免隔靴搔痒、纰漏百出。

今天，我们对传统文体的看法已经和"五四"先贤有了很大不同。很多人意识到，传统文体未必没有价值，未必不能书写、表达当代人的生活、情感。尤其是诗词，与母语特性、民族审美、文化基因的关系更为密切。最近几年，《中国诗词大会》《经典咏流传》等与传统文化相关的娱乐节目的热播，更是彰显了中华优秀传统文化根于人心、超越时空的永恒魅力。

那么，我们应该如何提升诗词创作和说解的水平呢？窃以为，就学术、教育体制而言，应该恢复诗词创作教学，适当修复"研究"和"创作"之间良好互动的关系。在古代，文学创作教学的传统源远流长，不仅指授诗文作法、技巧的入门书层出不穷，而且那些以传世为期许的诗话、文评，比如《文心雕龙》《沧浪诗话》等，也以提升创作能力为鹄的，带有浓厚的教科书特征；文学活动的主体，通常兼具创作者、评论者和研究者"三位一体"的身份。"五四"新文化运动打倒了传统文体，并从西方引进了一套崭新的现代文学研究和教育机制。这套机制将"研究"和"创作"断为二事，从此，中文系不以培养作家为使命，而以传授用西方现代文论生产出来的"文学知识"为主要职责。一定程度上说，这些知识不仅忽视了中国古代文学的"中国性"及其生成的古典语境，未能很好地阐发中国古代文学的文化基因、民族审美和母语特性，而且完全不涉及传统文体的创作。诚然，伟大的作家不是仅靠学校培养就能造就的，但文学创作的能力却是可以培养、提升的，中文系的研究和教学不应该放弃对文学创作能力的培养。职是之故，我们有必要修复"研究"和"创作"之间良好互动的关系，特别是亟待从创作视角阐释我们的文学遗产，并以研究所得去丰富、深化传统文体的创作教学。这既可以填补研究空白，推动学科、学术、话语这"三大体系"的建设，也可以反哺当代传统文体创作，是赓续中华文脉的当务之急！

就个人而言，细读、揣摩国学功底广博深厚、"研究"和"创作"兼擅的前辈名家的"说诗"论著，必不可少，特别是钱仲联、羊春秋等现代诗词研究泰斗。他们前半生接受教育的时候，诗词还以"活态"传承着，在与晚清民国古典诗人的交往中，他们"习得"

了诗词创作与说解的能力。同时，他们后半生主要在高校执教，颇了解当代读者的学习障碍和阅读需求。因此，由他们操刀撰写的诗词读物，往往深入浅出，言简意赅，既能传达古典诗词的神韵，又契合当下读者的阅读需要。

作为中华学人，我们对诗词的研究，毕竟不能像有些汉学家那样，偏重理论"演练"。我们有着赓续文脉的重任，必须将研究奠基于对作品的准确解读之上。这势必要求我们尽快提升对诗词的感悟力和解读力。另外，作为"80后"父亲，自从儿子出生以后，我的"人梯"之感倍为强烈，想从专业领域为儿子乃至普天下孩子的成长奉献涓滴。基于这两个方面的考虑，在编纂"民国诗学论著丛刊""名家谈诗词"等丛书之后，我计划再编纂一套"中华好诗词"丛书，把自己读过而又脱销的现代学术泰斗撰写的诗词经典选本，以成体系的方式精校再版，和天下喜欢或欲了解诗词的朋友分享。这个设想，得到了诗友、洪泰基金王小岩先生的热情绍介，以及新东方集团俞敏洪、周成刚和窦中川三位先生的垂青、支持！编校过程中，大愚文化的王秀荣、郭城等老师，付出了很大辛劳。我们规范体例、核校引文、更新注释中的行政区划，纠正了不少讹误，并在每本书的书末附录了一篇书评、访谈录或学案。对于以上诸位师友的热情襄赞，作为主编，我心怀感恩，在此谨致谢忱！

这套丛书，是我们抱着"发潜德之幽光，启来哲以通途"的传承目的编的，乃 2024 年度教育部哲学社会科学研究重大专项项目"古典诗教文道传统的当代阐释及教育实践"（2024JZDZ049）的阶段性成果。每个选本，都是在对同类著作做全面、详尽调查的基础上精挑细选出来的。选注者不仅在相关研究领域有精深造诣，而且许多人本身就是著名诗人。他们选诗，更具行家只眼；注诗，更能融会贯通；解诗，更能切中肯綮。每册包括大约三百首名篇佳作及其注释、解析，直观呈现了某一朝代某一诗体的精彩样貌。诸册串联起来，则又基本展现了从先秦到近代中华诗词的辉煌成就。读者朋友们通过这套丛书，不仅可以在行家泰斗的陪伴、讲解下，欣赏到中华数千年来最为优美的古典诗词作品，而且能够揣摩到诗词创作和欣赏的基本"法门"。而诗歌又是文学王冠上最耀眼的明珠，是所有文体中最难懂、表现手法最丰富的。诗歌读懂了，其他文体理解起来不在话下。诗歌表情达意的技法，也能迁移、应用到其他文体的写作中。缘此，身边的朋友不论是向我咨询如何提升孩子的阅读水平，还是请教怎样提高学生的作文分数，我开出的药方都是"好好儿读诗，特别是诗词"。

孔子说，"不学诗，无以言"，往极端说，甚至"无以生"。诗人不仅能说出"人人心中有，口中无"的话，还是人类感觉和语言的探险家。读诗是让一个人的谈吐、情操变得高雅、优美、丰富起来的最为廉价、便捷的方式。你，读诗了吗？

陈斐
甲辰荷月定稿于艺研院

　　随着隋唐燕乐的兴盛，依曲拍为句、用以应歌的燕乐歌辞——曲子词应运而生，并发展成为一种采用长短句、拥有千百个体调的新型诗体。词有其独特的艺术手段、抒情畛域和审美价值，千余年来，一直与古、近体诗并行共存，相互辉映，各擅胜场。

　　从唐曲子到宋词，是千年词史上最为辉煌的时期。唐宋两代的词，大体上可以分为三个发展阶段：一、唐五代；二、北宋；三、南宋。词自中唐创立以后，至晚唐五代而初盛，至北宋而极盛，至南宋而再盛。有人认为，如果词亦如唐诗之有初、盛、中、晚，那么，唐五代词的地位，就相当于下开盛唐的初唐[1]。然而这样的比拟，换个角度来说也许并不恰当。唐五代词不仅开创了词的初盛局面，而且历来还被奉为词的不祧之祖。论词一向以清切婉丽为宗，这个传统就是从花间词与南唐词开始确立的。

　　词起源于唐代。唐五代词在将近两个世纪的发展过程中，取得了卓越的成就，主要表现在下列四个方面。

---

[1]陈廷焯《云韶集》卷一："唐人之词，犹六朝之诗；五代之词，犹初唐之诗也。"

一、创立词体，繁衍词调

　　词本是一种音乐文艺，唐时称为曲子、曲子词、歌词或小词，与燕乐乐曲有着某种亲缘关系。唐代燕乐是中原音乐与西域音乐融合而成的一种新乐，东传至朝鲜与日本，被称为"唐乐"。盛唐、中唐时期，燕乐盛行于宫廷及长安、洛阳等大都市。唐崔令钦所撰《教坊记》，记录了开元、天宝间教坊传习的乐曲凡三百二十四曲。它们就是唐五代词调的一个重要来源。需要注意的是，曲调与词调并不是一回事。曲调是乐曲的音乐形式，词调是曲调的文字形式。一个曲调必须经过人们按谱填词，它才转化成为"调有定句，句有定字，字有定声"的词调。唐代燕乐歌辞有两种合乐方式。一种方式是"选词以配乐"，一般选用传诵人口的名家五、七言诗；另一种方式是"由乐以定词"，那就是按谱填词，从而产生了长短句的曲子词[1]。按谱填词这种方式，造成了词有别于古、近体诗以及其他合乐歌辞的一系列特点，是词体得以形成、定型并不断繁衍发展的首要原因。盛唐时乐曲繁盛，为词体的孕育准备了充足的乐曲条件。中唐时白居易、刘禹锡"依曲拍为句"作《忆江南》等词，则是词体宣告成立的一个突出标志。晚唐时期，词调的流变不仅日益繁多，字句声韵亦都业已定型，为晚唐五代词的兴盛提供了选声择调的广泛基础。

　　唐五代所创制的词调，总数在一百八十调左右。其曲调来源，前为盛唐时的教坊曲，后为中唐以来的都市新声。《花间集》中用

---

[1] 参看元稹《乐府古题序》。

调最多，凡七十七调。它们就是当时流行的常用词调。唐五代词调绝大多数是小令短章。词中小令一体，至此已丰实多采，具备各种功能，艺术上臻于完全成熟。两宋所作小令，主要沿用唐五代旧调，新创者实已不多。唐五代词调中也出现了一些长调慢曲，如钟辐《卜算子慢》、杜牧《八六子》、李存勖《歌头》、敦煌曲中的《内家娇》《倾杯》等，为数虽仅十首左右，却是唐五代词调中重要的新因素。入宋以后，慢词盛行，词调以小令为主的局面就被改变。但小令以晚唐五代为宗的传统，则自宋至清，始终未变。

二、词人辈出，风气大开，到五代时出现了西蜀与南唐两个词的中心

在百花盛开的唐诗苑中，词肇始时仅是芳菲初吐的一些早春花蕾。唐代作词的，几乎本身都是诗人。他们的创作成就，主要在于古、近体诗。为燕乐乐曲撰写歌辞，不过因兴到而偶一为之。中唐时期，白居易、刘禹锡以诗坛耆宿的身份写作小词，"依曲拍为句"的风气遂盛。同时，乐工伶人与诗人之间为征集歌辞而开展合作，也日益经常而普遍。白居易《杨柳枝二十韵》："乐童翻怨调，才子与妍词。"《读李杜诗集因题卷后》："文场供秀句，乐府待新词。"刘禹锡《酬杨司业巨源见寄》："渤海归人将集去，梨园弟子请词来。"更多的新曲新词，就通过诗人与乐工伶人的这种双方合作而传唱遐迩。中唐以后词的发展也因这种合作而得到新的推动。为乐工歌妓作词，当筵歌唱，在当时是司空见惯的社会习俗与时代风气。唐五代词中为数众多的应歌之作，就产生于与教坊制度、歌妓制度

彼此依存的音乐环境中。诗人和歌妓的交往，尤为不少词中的佳作增添了令人感兴趣的本事和背景。

晚唐的温庭筠在词史上占有重要地位。温庭筠与李商隐齐名，并称"温李"。他又"能逐弦吹之音，为侧艳之词"（《新唐书·温庭筠传》）。在中晚唐诗人中，温庭筠是第一个大力作词的人。诗人与词人，在他身上是"一身而两任焉"。他对词的开创之功，其实还胜于他的诗。《花间集》录温词六十六首，是花间词的鼻祖。文人词的传统，认真说来，是从温庭筠开始的，词也由此自巷陌新声转为士大夫雅奏。温庭筠谙于音律。他所作的《菩萨蛮》诸词，就以律调精严著称。他的词犹多缘调而赋。《更漏子》是一种小夜曲，温词六首，皆言夜半情事。《河渎神》是祀神曲，温词二首，即咏丛祠赛神。《蕃女怨》《遐方怨》《定西番》三调都是边地曲，温词就多作闺妇思边怀远之音。《花间集》中的词，不少保存了这种早期词的作法。

唐末中原大乱，五代瓜分豆剖，干戈不歇。中原士人或避地西蜀，或避地江南，中国的文化重心因此南移。西蜀与南唐相继成为五代词的中心。

编定于后蜀广政三年（940）的《花间集》，裒集温庭筠等十八家"诗客曲子词"，共十卷，五百首，是我国第一部文人词的总集。它由赵崇祚编次，欧阳炯作序，原是作为"教坊歌舞演唱之用"[1]。所收除殁于晚唐的温庭筠、皇甫松，仕于后晋的和凝等少数人外，

---

[1] 饶宗颐《词集考》总集类卷八。

其余词人则大多生于或仕于西蜀。这个引人注目的西蜀词人群，经历了前蜀与后蜀，创作活动历时半个世纪以上，与沉寂已久的中原词坛形成鲜明的对照。《花间集》中韦庄与温庭筠齐名，并称"温韦"，同是花间词风的开创者。韦庄也是晚唐的著名诗人，早年避地江南，晚年入蜀。韦庄的词实际上大都作于入蜀之前，他在西蜀词人中年代最早。年代最晚的有欧阳炯与孙光宪，二人后来先后归宋。他们在《花间集》结集以后的作品，则未见流传。

以时间论，西蜀词先兴。以词品论，南唐词尤高。冯延巳"著乐章百余阕"[1]，超过温、韦，是唐五代词人中作词最多的人。他与南唐中主李璟、后主李煜，就专门以词名家而诗则湮没不彰，表明词的专业化已经最终完成。这是唐末以来"诗衰而倚声作"的必然趋势。李煜身为国主，在艺术上却是个纯粹的词人。他以词言志咏怀，直面人生，改变了温、韦以来把词仅用于应歌、流为艳科的倾向，词的抒情性得到了净化，从而重建了抒情词的传统。这是李煜对词的发展所作的积极贡献。王国维《人间词话》对李煜作了很高的评价："词至李后主而眼界始大，感慨遂深，遂变伶工之词而为士大夫之词。"这样就开辟了下及宋初的词史上的一个新阶段。

三、建立起词的典型风格与美学规范

词在其长期发展中，有着歌词化与诗化两种倾向。前者旨在入乐歌唱，重视本身的音乐功能、娱乐功能与交际功能。后者则主要

---

[1] 马令《南唐书·党与传》。

以词调为载体，旨在运用与发挥词体所独擅的抒情功能，与音乐的关系已若存若亡，甚至彼此分袂。这两种倾向，在唐五代词的各个阶段都始终存在。大体说来，前者可以《花间集》为代表，后者可以南唐词尤其是李煜的后期词为代表。但是，上述这两种倾向虽然有所不同，并不妨碍它们同时充分保持着词的特质。温、韦以及李煜的词，同他们的诗相比，不仅体性各殊，在语言风格和美学特点上也都鲜明地体现出诗、词之别。

北宋时李清照有一篇著名的《词论》，中心是探讨词"别是一家"的问题，反对把词写成长短不葺之诗。这是李清照从唐五代以来词的发展历史中所获得的重要结论。词与古、近体诗在题材、语言、风格与传统上各有异同。词自厥体初兴，进至晚唐五代，业已出色地建立起了自己的表现领域、艺术标准和美学规范。凡是论及词的性质和词的批评标准的，总是不能不首先以唐五代词——主要是花间词与南唐词作为需要遵从的典型和范例。

花间词人在风格上各具个性。温庭筠的密丽，韦庄的疏朗，就是二家词风之别。但作为一个整体来说，花间词又有其共同特色。这种共同特色，也是以温、韦为代表。前人论温庭筠的词"深美闳约"[1]"精艳绝人"[2]；论韦庄的词"似直而纡，似达而郁"[3]"运密入疏，寓浓于淡"[4]，它们既是温、韦词的个性特征，也是花间词的典型风格。北宋李之仪《跋吴思道小词》，谓"长短句于遣词

---

[1] 张惠言《词选序》。
[2] 刘熙载《艺概》卷四。
[3] 陈廷焯《白雨斋词话》卷一。
[4] 况周颐《唐五代词人考略》卷五。

中最为难工，自有一种风格。""大抵以《花间集》中所载为宗。"南宋张炎《词源》亦谓："词之难于令曲，如诗之难于绝句……当以唐《花间集》中韦庄、温飞卿为则。"这些话足以表明花间词风对后代的巨大影响。施蛰存先生编选《花间新集》（浙江古籍出版社 1992 年版，含《宋花间集》十卷，《清花间集》十卷），从中可以清楚地看到自宋至清的历代词人是如何以花间词为创作上的依归和风范的。

南唐词人吐属清雅，情致绵邈，感慨深沉，格调甚高。它继花间词之后，使词的典型风格进一步充实、丰富与完善，词的特质也就更为明朗化。宋人论词，以"当行"与"本色"为最重要的批评原则。词至李煜，真正有了"情辞俱胜"的"当行作家"，"为宋人一代开山"[1]。李煜的词体现了众口艳称的"词场本色"[2]。

自明代张绖《诗余图谱》提出了词有婉约、豪放二体之说，此后论婉约词者，无不溯源而上，而以《花间集》首先开创了婉约词的传统。"词自晚唐五代以来，以清切婉丽为宗"（《四库全书总目·东坡词提要》），这是词史上的基本事实。

四、敦煌词的发现，提供了词的民间状态与初期状态，补足了一段久被埋藏的词史

20 世纪初，敦煌鸣沙山藏经洞发现了二万余卷珍贵文献，其中有关唐五代音乐舞蹈的资料，尤其是数百首词曲的发现，为唐五代

---

[1] 胡应麟《诗薮》卷四。
[2] 陈廷焯《白雨斋词话》卷一。

词的研究开辟了新的天地。

敦煌抄卷，最早的为北魏太安四年（458），最迟为北宋至道元年（995），绝大多数是唐五代的抄卷。敦煌词曲，大都零星地散见于各种抄卷，仅有少数年代可考。《菩萨蛮》（枕前发尽千般愿）、《别仙子》（此时模样）及《酒泉子》（砂多泉头）三词，背面为德宗贞元十八年（802）龙兴寺僧愿学便物字据，其年代即可据此推定。敦煌词曲最主要的抄卷，是《云谣集杂曲子》，录词三十首。据考定，其抄卷当写于10世纪初。过去一直以《花间集》为我国第一部词的总集。但《云谣集》的抄卷要比《花间集》还早三十年左右。《云谣集》实际上是我国词有总集之始。

敦煌词曲中，以民间词居多。王重民《敦煌曲子词集叙录》说："今兹所获，有边客游子之呻吟，忠臣义士之壮语，隐君子之怡情悦志，少年学子之热望与失望，以及佛子之赞颂，医生之歌诀，莫不入调。"《敦煌曲子词集》所录一百六十余首中，"其言闺情与花柳者，尚不及半"。这与《花间集》犹多宫体与倡风显然有别。敦煌词曲在艺术上也朴拙可喜。朱孝臧《云谣集杂曲子跋》推为"倚声椎轮大辂"。敦煌词曲中每多衬字。字数不定，平仄不拘，叶韵既宽又简等现象颇为常见。正是词体定型之前的状态，是词在民间由初期的半定型趋向定型的阶段。

敦煌词曲在词史上有着不可替代的特殊价值。它提供了唐五代时词曲这种新兴的文艺样式的民间状态与初期状态。敦煌石室珍藏的不只是已经发现的数百首词曲，还是一段弥足珍贵的词史。这段词史，就是词的民间阶段与初期阶段。不仅唐五代载籍中绝少提及，而且宋人以来，此秘未睹，一直被与世隔绝地埋藏着。敦煌词曲的发现，就使这段被埋藏的词史重见天日。

敦煌抄卷中，还发现唐时琵琶曲谱一卷、舞谱二卷。它们是研究唐代乐舞的珍贵文献，也与研究唐五代词有着密切关系。

有关唐五代词的总集选集，历来颇多。除了《云谣集》《花间集》外，五代时有吕鹏《遏云集》，宋初有《家宴集》《尊前集》《金奁集》，都是唐五代词的总集。北宋孔方平《兰畹集》，南宋勾龙震《谪仙集》、鲖阳居士《复雅歌词》、黄昇《唐宋诸贤绝妙词选》，选词都自唐五代始。近人把唐五代词辑为总编的，已有林大椿《唐五代词》及张璋、黄畲《全唐五代词》两种，但需要增删、考订之处尚多。唐五代词总数在二千首左右，本书所选三百余首，旨在反映唐五代词的总体面貌，历代传诵、脍炙人口的篇章，均一概入选。前人评论，则择其精要，以供参考。篇末所附评述，间与时贤依违，敬请读者批评指正。

吴熊和
1993 年 11 月于杭州大学

唐五代词三百首

目录

1

唐五代词
三百首

附录　一脉天风　百丈清泉
　　　——吴熊和教授学术研究

李白
（701—762）

字太白，号青莲居士，蜀中绵州（今四川江油）人。唐代伟大诗人，有《李太白集》。按宋本《李白集》皆不收词。五代时吕鹏《遏云集》录李白词四首。宋初编定的《尊前集》录李白词十二首。南宋初勾龙震辑《谪仙集》十卷，"集古今人词，以李白为首"（见《宋史·艺文志》）。黄昇《唐宋诸贤绝妙词选》选唐词自李白始，且称《菩萨蛮》《忆秦娥》二首为"百代词曲之祖"。《全唐诗》录李白词十四首。清杨文斌合刻李白、李煜、李清照三家词为《三李词》。然上述诸词是否李白所作，后人颇置疑问。《菩萨蛮》《忆秦娥》二词，各种唐宋词选本多置于卷首，亦或信或疑，未有定论。

菩萨蛮[1]

平林漠漠烟如织[2]。寒山一带伤心碧[3]。暝色入高楼[4]。有人楼上愁。　　玉阶空伫立[5]。宿鸟归飞急[6]。何处是归程。长亭更短亭[7]。

◉ 注释

[1]《菩萨蛮》调名始见于崔令钦《教坊记·曲名表》，中晚唐作为词调流行。传自南疆的曲调称"蛮"，如《八拍蛮》。宋人或《萍洲可谈》卷二："乐府有《菩萨蛮》，不知何物，在广中（今广州）见呼蕃妇为'菩萨蛮'，因识之。"明杨慎《词品》卷一："西域诸国妇人，编发垂髻，饰以杂华，如中国塑佛像璎珞之饰，曰菩萨鬘，曲名取此。"《菩萨蛮》为双调，二平韵，二仄韵。

[2] 平林：远望中的树林。漠漠：迷蒙貌。烟如织：暮烟浓密。清李调元《雨村词话》卷一："词用'织'字最妙，始于太白词'平林漠漠烟如织'，孙光宪亦有词云'野棠如织'，晏殊亦有'心如织'句，此后遂千变万化矣。"

[3] 伤心：极甚之辞。愁苦、欢快均可言伤心。此处极言暮山之青。王建《江陵使至汝州》

诗："日暮数峰青似染，商人说是汝州山。"薛涛《题竹郎庙》诗："竹郎庙前多古木，夕阳沉沉山更绿。"可以参看。

[4]暝色：暮色。

[5]伫立：久立。谢朓《秋夜》诗："夜夜空伫立。"

[6]宿鸟：归鸟。

[7]长亭短亭：官道上供人歇息之所。庾信《哀江南赋》："十里五里，长亭短亭。"白居易《白孔六帖》卷九《馆驿》引庾信赋云："言十里一长亭，五里一短亭。"

◎ 评析

上片先远景后近景，用一"入"字，从全景式的平林远山拉到楼头思妇的特写镜头，暮色中弥漫着漠漠离愁。下片由凝望转而凝思，宿鸟归飞而行人不返，结句"长亭更短亭"不但说明道路几千，归程遥远；同时也说明归期渺茫，相见无日。不露哀愁，语甚蕴藉。

韩元吉《念奴娇》词："尊前谁唱新词，平林真有恨，寒烟如织。"可见这首《菩萨蛮》在南宋初犹传唱不绝。

忆秦娥[1]

箫声咽[2]。秦娥梦断秦楼月。秦楼月。年年柳色，灞陵伤别[3]。　　乐游原上清秋节[4]。咸阳古道音尘绝[5]。音尘绝。西风残照，汉家陵阙[6]。

◎ 注释

[1]古时秦地称美女曰娥，秦娥犹秦女。北宋后期李之仪有《秦楼月》词，和"李太白韵"。南宋初邵博《邵氏闻见后录》始载此词全文。按冯延巳、张先、欧阳修均有《忆秦娥》词，与李白此调迥异。李之仪分《忆秦娥》《秦楼月》为二调，其中《忆秦娥》依冯延巳体，《秦楼月》则依李白体。《忆秦娥》为双调。上下片各四仄韵，第三句必叠上三字。押韵多用入声。

[2]箫声咽：秦穆公女弄玉嫁箫史，吹箫似凤声，招来凤凰，后夫妇皆随凤凰飞去（见《列仙传》卷上）。咽，指箫声悲凉。

[3]灞陵：汉文帝墓，在长安东灞水边。附近为灞桥，唐人送客至此，折柳而别。

[4]乐游原：本汉乐游苑，在长安东南最高处。秋日，长安士女于此登临聚会。

[5]咸阳：秦时咸阳城，汉唐改称渭城，在长安西北。咸阳古道：即王维《渭城曲》所谓"西出阳关"，远至安西的西域通道。

[6]汉家陵阙：汉代帝王的陵墓。渭水北岸有长陵、安陵、阳陵、茂陵、平陵，合称五陵。

◎ 评析

此词本意当与调名有关，写秦娥即长安女子的愁思。上片咏离情，箫声、残梦、楼头月、灞桥柳，借环境的凄清烘托秦娥内心的孤寂。下片咏秋望，言行人西去，音尘俱绝，唯见咸阳古道，汉帝诸陵，平静地躺在西风残照之中。词中情事与唐诗中常见的《从军行》《出塞》以及"白狼河北音书断，丹凤城南秋夜长"之类甚为接近。然下片尤其是结句，境界雄浑阔大，蕴含着一种山河兴废之感，后人于此每多感发。南宋邵博《邵氏闻见后录》卷十九云："予尝秋日饯客咸阳宝钗楼上，汉诸陵在晚照中，有歌此词者，一坐凄然而罢。"王国维《人间词话》尤激赏结句的气象，认为"寥寥八字，遂关千古登临之口"。

元郑光祖有《李太白醉写秦楼月》杂剧（见《录鬼簿》卷上）。又元画家王蒙曾作《忆秦娥》图，跋中谓此词为北方怀古，他另作一首南方怀古以悼宋亡（见《铁网珊瑚》卷三）。

张志和
（732？—774）

字子同，婺州（今浙江金华）人。年十六游太学，以明经擢第，献策肃宗，令待诏翰林，授左金吾卫录事参军，贬南浦尉。因亲丧不复仕，扁舟居江湖间，自谓烟波钓徒，号玄真子。大历八年（773）颜真卿为湖州刺史，志和浮家泛宅，往来苕、霅间，撰《渔歌子》五首。志和复善画山水，"自为《渔歌子》便画之，甚有逸思"（张彦远《历代名画记》卷十）。

渔歌子[1]

西塞山前白鹭飞[2]。桃花流水鳜鱼肥[3]。青箬笠[4]，绿蓑衣[5]。斜风细雨不须归[6]。

◎ 注释

[1]《渔歌子》：子是曲子的简称。《渔歌子》即《渔歌》。唐李德裕《玄真子渔歌记》录张志和《渔歌子》五首，分咏西塞山、钓台、雪溪、松江、青草湖。宋初收入《尊前集》。这里选的是第一首。据传同时有颜真卿、陆鸿渐、徐士衡、李成矩等和作共二十五首，见沈汾《续仙传》卷上。陈振孙《直斋书录解题》著录《玄真子渔歌碑传集录》一卷，除同时倡和诸贤之辞，还有南卓、柳宗元所赋。《金奁集》载《渔父》十五首，亦为张志和词之和作，惜作者不详。当时还渡海东传至日本，日本弘仁十四年（823）嵯峨天皇《渔歌子》五首，智子内亲王二首，滋野贞主五首，皆和张志和而作，为日本填词之滥觞。《渔歌子》为单调，四平韵。

[2] 西塞山：在湖北大冶县长江边。唐皮日休有《西塞山泊渔家》诗，罗隐《西塞山》诗："会将一副寒蓑笠，来与渔翁作往还。"自注："在武昌界，孙吴以之为西塞。"宋初王周《西塞山》诗："西塞名山立翠屏，浓岚横入半江青。"自注："今谓之道士矶，即兴国军大冶县所隶也。"苏轼谪居黄州时，尝游其地，谓"玄真语极清丽，恨其曲度不传，加其语以《浣溪沙》歌之"。其《浣溪沙》词云："西塞山前白鹭飞，散花洲外片帆微。"散花洲即在长江中，与西塞山相对。陆游《入蜀记》谓西塞山即鄂州道士矶："晚过道士矶，石壁数百尺，色正青，了无窍穴，而竹树进根交络其上，苍翠可爱。自过小孤，临江峰嶂，无出其右。矶一名西塞山，即玄真子《渔父辞》所谓'西塞山前白鹭飞'者。李太白《送弟之江东》云：'西塞当中路，南风欲进船'，必在荆楚作，故有'中路'之句。张文潜云：'危矶插江生，石色擘青玉'，殆为此山写真。"南宋范成大、洪迈、周必大、尤袤皆有题西塞渔社跋，清查慎行《余波词》有《瑶华慢》词，序云："武昌县西道士洑，亦名西塞山，绝壁临江，上有张志和祠。"一说西塞山在湖州，不确。张志和《渔歌子》第三首"霅溪湾里钓鱼翁"，乃咏湖州渔家。宋方勺《泊宅编》卷二："乌程之东数十里，有泊宅村，予买田村下，因阅金石遗文，昔颜鲁公守湖州，张志和浮家泛宅，往来苕、霅间，此乃志和泊舟之所也。"

[3] 鳜鱼：今呼桂鱼，其味鲜美的一种名贵的淡水鱼。

[4] 箬笠：竹箬做的斗笠。

[5] 蓑衣：雨具。

[6] 不须归：张志和五首词末句第五字皆用"不"字，即"不须归""不曾忧""不叹穷""不觉寒""不用仙"，日本嵯峨天皇和词五首于此皆用"带"字，智子内亲王二首皆用"送"字，滋野贞主五首皆用"入"字，遵从原作，步武不失。

◎ 评析

　　张志和《渔歌子》五首，作于湖州，歌咏江湖渔钓之乐，他还亲自画了图画，词和画都是艺术珍品。这首词和《楚辞·渔父》的内容情调完全不同。人们从中感到作者的身心与优美的自然环境完全融合，还感受到由此而来的一片宁静、愉悦和摆脱尘俗、任情而行的真正的精神自由。词中是江乡二月桃花汛期春江水涨、烟雨迷蒙的图景，雨中青山、江上渔舟、天空白鹭、两岸红桃，整个空间色彩明丽，充满动态，生气盎然。一叶渔舟并不是多余的闯入者，而是与环境气氛十分和谐协调，展示了一切顺乐自然的生活本身的浓郁诗意。

　　张志和《渔歌子》凡五句，北宋时黄庭坚将其增损为《浣溪沙》。胡仔《苕溪渔隐丛话》后集卷三九引《夷白堂小集》云："山谷道人向为余言：'张志和《渔父》词，雅有远韵。志和善丹青，必有形于图画者，而世莫之传也。'尝以其词增损为《浣溪沙》，诵之有矜色。予以告大年，云：'我不可不成此一段奇事。'久之，乃以《烟波图》见归，其致思深处，不减昔人。词云：'西塞山前白鹭飞，散花洲外片帆微，桃花流水鳜鱼肥。　　自庇一身青箬笠，相随到处绿蓑衣，斜风细雨不须归。'"

✤ **韩　翃**
（生卒年不详）

字君平，南阳（今属河南）人。天宝十三年（754）进士。大历十才子之一。德宗时，以驾部郎中知制诰，进中书舍人，约卒于贞元初。翃有诗名，长于七绝，《新唐书·艺文志》著录《韩翃诗集》五卷。词存一首。

章台柳[1]

章台柳[2]。章台柳。昔日青青今在否[3]。纵使长条似旧垂。也应攀折他人手。

[1] 词见唐许尧佐《柳氏传》(《太平广记》卷四八五)与孟棨《本事诗》。原无调名,以起
　　句三字名之,又名《忆章台》。

[2] 章台:汉时长安有章台街,多妓居。此处章台柳,意义双关,喻指姬人柳氏。

[3] 昔日青青:一作"往日依依"。

◎ 评析

　　据唐许尧佐《柳氏传》,天宝中,韩翃于长安豪富李生处得柳氏后,
中进士,回籍省亲,留柳氏于京师。安史乱起,两京沦陷,"士女奔骇,
柳氏以艳独异,且惧不免,乃剪发毁形,寄迹法灵寺"。长安克复,"翃
乃遣使间行,求柳氏",并作此词以赠,柳氏也作《杨柳枝》以答。词
以"章台柳"兴起,表达了战乱以后对柳氏命运的挂念和关注,情意真
挚。陈廷焯《云韶集》卷一云:"'往日'七字,令人猛省,下二句作一
顿跌,逼进一层,愈见笔力,愈觉凄楚。"又《闲情集》卷二云:"疑似
之词,却说得婉转。"

　　宋皇都风月主人《绿窗新话》卷中有《沙叱利夺韩翃妻》,宋罗烨
《醉翁谈录》有《章台柳》,金院本有《杨柳枝》,戏文有《章台柳》,元
杂剧有石君宝和乔吉的《金钱记》,钟嗣成的《章台柳》,均写韩翃与柳
氏的故事。孙楷第《日本东京所见小说书目》卷二有《苏长公章台柳
传》,主角韩翃改为苏轼,情节亦稍有异。

柳　氏　　韩翃姬。安史之乱后,为蕃将沙叱利所劫。平
　　　　　　卢节度使的部属许俊径造沙叱利之第,驱身仗义,
　　　　　　夺柳氏归于韩翃。

杨柳枝

杨柳枝。芳菲节。可恨年年赠离别[1]。一叶随风忽报秋[2]，纵使君来岂堪折[3]。

◎ 注释

[1]"可恨"句：唐人有折柳赠别之俗。这里是指与韩翃长年分离，不得团聚。

[2]"一叶"句：《淮南子·说山训》："见一叶落，而知岁之将暮。"

[3]"纵使"句：承上句谓处于危苦之中，随时可能发生变故，届时就属之他人了。《柳氏传》："无何，有蕃将沙吒利者，初立功，窃知柳氏之色，劫以归第，宠之专房。及（侯）希逸除左仆射入觐，翃得从行，至京师，已失柳氏所止，叹想不已。"

◎ 评析

　　这首答词倾诉了离别相思之苦和未来命运未卜的不幸。钟惺《名媛诗归》卷一五云："'芳菲节'黯然情伤，'年年'字说'赠离别'，可畏可感，不特可恨矣。激直痛楚，绝不宛曲，可想其胸怀郁愤。"陆昶《历朝名媛诗词》卷六云："柳诗语不多，而胸情缭绕，前后都到，句法亦紧峭，与韩翃同一工妙。"陈廷焯《闲情集》卷一云："君平寄词云'也应攀折他人手'，此则并不剖白，但云'纵使君来岂堪折'，而相忆之情，贞一之志，言外自见。和平温厚，不愧风人。"

✤ 戴叔伦
（732—789）

字次公，一作幼公。一说名融，字叔伦，润州金坛（今属江苏）人。历官东阳令、抚州刺史，容管经略使。其论诗云："诗家之景，如蓝田日暖，良玉生烟，可望而不可置于眉睫之前也。"《全唐诗》录其诗二卷。词存一首。

调笑令[1]

边草[2]。边草。边草尽来兵老。山北山南雪晴[3]，千里万里月明。明月，明月，胡笳一声愁绝[4]。

◎ 注释

[1]《调笑令》：一名《调啸词》《转应曲》。白居易《代书诗一百韵寄微之》诗："打嫌《调笑》易。"自注云："抛打曲有《调笑令》。"抛打是唐代盛行的既歌又舞的一种酒令，此调常在筵间行抛打令时所用。

[2] 边草：边塞之草。

[3] 山北山南：唐人边塞之作提到"山北山南"，大多指祁连山。

[4] 胡笳：汉唐时的军乐器，传自西域。传闻原为卷芦制作，故又称芦管。

◎ 评析

　　《调笑令》这个曲调，本为尊前酒令，以资欢笑。戴叔伦用此调来写边事，是边塞词的先声。安史之乱后，唐代边患频仍，劳师转战，长年不息，此时的边塞之作，已无盛唐气象，尤多愁苦之音。此词与韦应物的同调作品，同以比兴手法，将荒漠的边庭、无穷的戍怨，回荡于广漠夜空的凄凉胡笳声中。戴叔伦没有到过塞外，但写过一些较好的边塞诗，有《从军行》《边城曲》《关山月》《塞上曲》诸作，《边城曲》云："胡笳听彻双泪流，羁魂惨惨生边愁。"《关山月》云："胡笳在何处，半夜起边声。"与此词意境相近。

✦ 韦应物
（737? —791）

京兆万年（今陕西西安）人，天宝时为玄宗侍卫。后为滁州、江州刺史，左司郎中。官终苏州刺史，世称"韦苏州"。五言诗高雅闲淡。后人往往以王（维）、孟（浩然）、韦、柳（宗元）并举。有《韦苏州集》十卷。《尊前集》录其《调笑》《三台》词各二首。

调　笑[1]

其一

胡马。胡马。远放燕支山下[2]。跑沙跑雪独嘶[3]，东望
西望路迷。路迷，路迷，迷路。边草无穷日暮。

◎ 注释

[1]《韦苏州集》作《调啸词》，共二首，属联章，分咏胡马与河汉，但一在边庭，一在内
　地，是江南塞北的征夫思妇之曲。《尊前集》诸本于二词无"迷路""离别"叠句，分别
　改作"东望西望路迷。迷路，迷路，边草无穷日暮"与"江南塞北别离。离别，离别，
　河汉虽同路绝"。苏辙《栾城集》卷一三有《效韦苏州〈调啸词〉》二首，亦作两字三句
　倒迭，实为本体，《尊前集》诸本误改。

[2]燕（yān）支山：一作焉支山、胭脂山。在今甘肃省境，绵延祁连山与龙首山间。《太
　平御览》卷七一九引《西河故事》："匈奴失祁连、焉支二山，乃歌曰：'亡我祁连山，
　使我六畜不蕃息；失我焉支山，使我妇女无颜色。'"山下有草名红蓝，可作胭脂，故
　有此名。

[3]跑（páo）：走兽用足刨地。唐刘商《胡笳十八拍》："马饥跑雪衔草根，人渴敲冰饮流
　水。"《乐府诗集》此句作"呛沙呛雪"。

◎ 评析

　　这首词写燕支山下放牧胡马，描写胡马的生活环境及其刨地奔突
的动作。有着"边草无穷"的大草原上游牧场的气氛。最后草原日暮东
望西望而深感迷茫的心境，实非指马，而是说牧马人。唐圭璋先生《读
词五记》："韦氏此体，《词律》及《词谱》俱未载。由于王建、戴叔伦、
冯延巳等人所作《调笑令》格式相同，因亦将韦词改动，求与诸家相
同。实则韦词自成一体，并不与诸家相同。诸家词后，但有两字二句倒
迭，韦作乃两字三句倒迭。"

其二

河汉[1]。河汉。晓挂秋城漫漫[2]。愁人起望相思，江南
塞北别离。别离，别离，离别。河汉虽同路绝。

◎ 注释

[1] 河汉：银河。

[2] 漫漫：无边无际貌。

◎ 评析

　　上一章说塞北，这一章则说江南。前阕末云"路迷"，此阕末云
"路绝"，表达了两地的日夜离情，托想甚高。白居易《望月有感》
诗云："共看明月应垂泪，一夜乡心五处同。"这种感情还是两地共
有的。

❀ **王　建**

（767？—830？）

字仲初，许州（治今河南许昌）人。初佐幕，后
终陕州司马。王建长于乐府、宫词，与张籍齐名，并
称"张王"。有《王建诗集》（又称《王司马集》）八卷。
《尊前集》录其词十首。

调笑令

团扇[1]。团扇。美人病来遮面。玉颜憔悴三年，谁复商
量管弦[2]。弦管，弦管。春草昭阳路断[3]。

◎ 注释

[1] 团扇：圆形有柄的纨扇。汉时班婕妤作《怨诗》，以团扇秋来被弃，比喻恩尽失宠，这
　　里也以团扇喻意。

[2] 商量：理会。

[3] 路断：指皇帝不再行幸。

调笑令

胡蝶。胡蝶。飞上金枝玉叶。君前对舞春风，百叶桃花
树红[1]。红树，红树。燕语莺啼日暮。

◎ 注释

[1] 百叶桃：桃花名品。韩愈《题百叶桃花》诗："百叶双桃晚更红，窥窗映竹见玲珑。应
　　知侍史归天上，故伴仙郎宿禁中。"

◎ 评析

　　王建有《宫词》一百首，当时诵于天下，颇有盛名。王建也用词体
写宫词，如他的《宫中三台》二首。这两首《调笑令》也是宫词，但与
百首《宫词》重在帝王的豪华气派与宫闱的日常琐事不同，内容转为宫
怨。前阕以"团扇"喻失宠，后阕以"蝴蝶"喻得宠，然而后者也将向
前者转化，花落日暮，色衰爱弛，两者的命运却是相同的。

调笑令

杨柳[1]。杨柳。日暮白沙渡口。船头江水茫茫，商人少
妇断肠。肠断，肠断。鹧鸪夜来失伴[2]。

◎ 注释

[1] 杨柳：暗寓离别。古人临别，有折柳相赠的风俗。

[2] 鹧鸪：鸟名。据说其啼声如曰："行不得也哥哥。"

唐代长江中下游商业经济发达。"商人重利轻别离",长年转徙飘荡,经久不归,因此产生了不少写商人妇的离情的诗词。除这首《调笑令》外,王建还有《江南三台》写这类内容:"扬州池边少妇,长干市里商人。三年不得消息,各自拜鬼求神。"这首词则以短句而加叠形式,加强了悲切的气氛。

◈ 刘长卿
(?—789?)

字文房,宣城(今属安徽)人,一作河间(今属河北)人。天宝间登进士第,至德中任长洲尉,摄海盐令,贬南巴尉。大历间任鄂岳转运留后,贬睦州司马,终随州刺史,世称刘随州。其诗尤长五言,自以为"五言长城"。有《刘随州诗集》十卷。

谪仙怨[1]

晴川落日初低。惆怅孤舟解携。鸟向平芜远近,人随流水东西。 白云千里万里。明月前溪后溪[2]。独恨长沙谪去[3],江潭春草萋萋[4]。

⊙ 注释

[1] 此首于《刘随州诗集》中列于六言诗,题作《苕溪酬梁耿别后见寄》,一作《答秦征君、徐少府春日见集苕溪,酬梁耿别后见寄六言》。按窦弘余《广谪仙怨序》谓《谪仙怨》一名《剑南神曲》,"其音怨切,诸曲莫比。大历中,江南人盛为此曲。随州刺史刘长卿左迁睦州司马,祖筵之内,吹之为曲。长卿遂撰其词,意颇自得。"知《谪仙怨》本为词调。刘长卿贬官睦州,在大历十年至十一年(775—776)间。此词乃途经湖州苕溪时作。本调上下片各四句,五平韵。

[2] 前溪后溪:指湖州霅溪。《太平寰宇记》卷九四:"霅溪在乌程县东南一里,凡四水合为一溪。自浮玉山曰苕溪,自铜岘山曰前溪,自天目山曰余不溪,自德清县前北流至

州南兴国寺前，曰霄溪。"

[3] 长沙谪：汉文帝重贾谊才能，议以任公卿，为一些老臣妒害，贾生乃贬为长沙王太傅。这里借以自叹遭贬。高仲武《中兴间气集》卷下："长卿有吏干，刚而犯上，两遭迁谪。"第一次在肃宗时，由苏州长洲尉贬为潘州南巴尉；第二次在代宗大历间，为鄂岳观察使吴仲孺所诬害，由鄂岳转运留后贬为睦州司马。

[4] "江潭"句：《楚辞·招隐士》："王孙游兮不归，春草生兮萋萋。"

◎ 评析

这首词是刘长卿谪睦州司马时，路过湖州所作，旨在自伤"独恨长沙谪去"的遭遇。俞陛云《唐词选释》云："'白云千里'，怅君门之远隔；'流水东西'，感谪宦之无依。"长卿长于六言，其《发越州赴润州使院留别鲍侍御》诗云："对水看山别离，孤舟日暮行迟。江南江北春草，独向金陵去时。"与此词同有前路迷茫、低回不已之致。

☆ **刘禹锡**
(772—842)

字梦得，洛阳（今属河南）人，自言系出中山（治今河北定州），贞元九年进士，为监察御史，参与王叔文政治集团，贬朗州司马。迁连州刺史，历夔州、和州。入为主客郎中，复刺苏州，以太子宾客分司洛阳，世称刘宾客。有"诗豪"之誉。其《竹枝词》《浪淘沙》等，词意高妙，富有民歌情调。有《刘梦得文集》四十卷，《尊前集》录其词三十八首。

忆江南[1]

和乐天春词，依《忆江南》曲拍为句[2]。

春去也，多谢洛城人[3]。弱柳从风疑举袂[4]，丛兰裛露似沾巾[5]。独坐亦含颦[6]。

[1]《忆江南》：单调，全词五句，三平韵。刘禹锡《忆江南》词二首，本书选其第一首。

[2] 乐天：白居易。依曲拍为句，即所谓"按谱填词"，按照曲子的节拍来写歌词。

[3] 多谢：郑重告诉之意。谢，告。

[4]"弱柳"句：柳条随风轻扬，犹如在挥袖与春告别。疑，拟。袂（mèi），衣袖。

[5]"丛兰"句：丛兰为露水沾湿，犹如泪洒罗巾。裛（yì），湿润。

[6] 颦：皱眉、不乐貌。

◎ 评析

　　刘禹锡另有一首《和乐天春词》，完全是七言绝句。这一首"依曲拍为句"，则为词体。序中"依曲拍为句"这句话，后来常被用作中唐时词体已经确立的标志。词作于开成三年（838），以拟人化的手法，说不仅人们惜春，弱柳、丛兰也都为春天去也而不胜依恋。当时一时传唱，名曰《春去也》曲，所作共二首，第二首云："春去也，共惜艳阳年。犹有桃花流水上，无辞竹叶醉尊前。惟待见青天。"则不如第一首立意新颖。开成三年，白居易写了《忆江南》三首，怀念苏杭，刘禹锡这首和作，则告以洛阳的春天也去了，颇为感伤。"多谢洛城人"，"洛城人"就包括"刘、白"在内。刘禹锡与白居易同年，这一年，两人都已六十七岁了。

　　况周颐《蕙风词话》卷二云："唐贤为词，往往丽而不流，与其诗不甚相远。刘梦得《忆江南》（词从略）流丽之笔，下开北宋子野（张先）、少游（秦观）一派。唯其出自唐音，故能流而不靡。所谓'风流高格调'，其在斯乎。"

潇湘神[1]

湘水流[2]。湘水流。九疑云物至今秋[3]。若问二妃何处所，零陵芳草露中愁[4]。

◎ 注释

[1] 一名《潇湘曲》，一作《潇湘词》，唐代湘江一带祭祀湘妃的神曲。湘妃，指舜帝二妃娥皇、女英，随舜南巡，溺于湘水，遂为湘水之神。刘禹锡《潇湘神》共二首，均咏调名本意。单调五句，四平韵。

[2] 湘水：在今湖南省境，于零陵纳潇水入江，合称潇湘。

[3] 九疑：山名，又名苍梧山，在湖南宁远南，相传虞舜葬于此。

[4] 零陵：舜陵。今湖南有永州零陵区。

潇湘神

斑竹枝[1]。斑竹枝。泪痕点点寄相思。楚客欲听瑶瑟怨[2]，潇湘深夜月明时。

◎ 注释

[1] 斑竹枝：指湘妃竹。张华《博物志》卷八："尧之二女，舜之二妃，曰湘夫人。舜崩，二妃啼，以涕挥竹，竹尽斑。"

[2] "楚客"句：本《楚辞·远游》："使湘灵鼓瑟兮，令海若舞冯夷。"湘灵，湘水之神。瑶瑟，瑟的美称。

◎ 评析

　　刘禹锡在永贞革新失败后，贬官朗州（今湖南常德）。这两首词就是为祭祀湘水之神而作的迎神曲，具有鲜明的湘中地方色彩和民歌情调。两首词都以民歌的复沓形式开篇，九疑云物、斑竹泪痕、湘妃瑶瑟，都用了关于舜和二妃的神话传说，飘散着神灵的气氛。刘禹锡后来在《浪淘沙》词中说："令人忽忆潇湘渚，回唱迎神三两声。"指的就是这两首《潇湘神》。这个曲调音哀调苦，白居易《夜闻筝中弹潇湘送神曲感旧》诗云："苦调吟还出，深情咽不传。"所以这两首词也情辞悽咽，与曲调也十分谐合。

竹枝词[1]

四方之歌，异音而同乐。岁正月，余来建平[2]，里中儿联歌《竹枝》，吹短笛，击鼓以赴节。歌者扬袂睢舞，以曲多为贤。聆其音，中黄钟之羽，卒章激讦如吴声。虽伧佇不可分，而含思宛转，有《淇澳》之艳音[3]。昔屈原居沅、湘间，其民迎神，词多鄙陋，乃为作《九歌》，到于今荆楚鼓舞之。故余亦作《竹枝词》九篇，俾善歌者飏之，附于末。后之聆《巴歙》，知变风之自焉。

山桃红花满上头[4]，蜀江春水拍山流[5]。花红易衰似郎意，水流无限似侬愁[6]。

◎ 注释

[1]《竹枝词》：又名《巴歙词》，本是巴渝（今四川东部）一带的民歌。刘禹锡所作《竹枝词》现存十一首，分为两组，一组九首，另一组二首，这里所选是《竹枝词九首》第二首。刘禹锡之前，有顾况《竹枝词》云："巴人夜唱《竹枝》后，肠断晓猿声渐稀。"于鹄《巴女谣》云："巴女骑牛唱《竹枝》，藕丝菱叶傍江时。"按《竹枝歌》宋时犹传。苏轼《竹枝歌引》说："《竹枝歌》本楚声，幽怨恻怛，若有所深悲者。"唱时其声怨咽，是个凄苦的曲调。范成大入蜀，亦作《夔州竹枝歌》九首，其九云："当筵女儿歌《竹枝》，一声三叠客忘归。"其唱法当一曲三叠。唐人所作《竹枝》全同七绝，故其体亦诗亦词。《尊前集》即录刘禹锡《竹枝》十首。

[2]建平：指夔州。刘禹锡于长庆二年（822）正月五日至夔州刺史任。《新唐书·刘禹锡传》谓《竹枝词》为刘禹锡任朗州司马时作，误。刘禹锡《别夔州官吏》诗云："惟有九歌词数首，里中留与赛蛮神。"即指此《竹枝词》。

[3]《淇澳》：即《淇奥》，《诗经·卫风》中的篇名。

[4]上头：指蜀江两边的山头。

[5]蜀江：这里指流经夔州的长江。

[6]侬：我。

◎ 评析

长庆元年（821）冬，刘禹锡被起用为夔州刺史。夔州是《竹枝词》的故乡，而《竹枝词》起源甚古，唐以前已有之。王夫之《竹枝词十首序》谓《竹枝》歌的节奏"应篙楫之度登",认为这种民歌原是江上舟师所唱。据刘禹锡《竹枝词九首序》,夔州《竹枝》用短笛伴奏,还有鼓声舞蹈配合,声情以哀怨为主。刘禹锡依此调作词,也具有浓厚的民歌情调和地方色彩。这首词一、二两句是兴,三、四两句是比,从蜀山桃花、蜀江春水起兴,引出两个新颖贴切的比喻,写出男子的多变和女子的深情。词中炽热而又深沉的感情,同蜀山蜀水的明丽景色融合在一起,意境优美而情韵悠长。

黄庭坚曰:"刘梦得《竹枝》九章,词意高妙。元和间诚可独步。道风俗而不俚,追古昔而不愧,比之杜子美《夔州歌》,所谓同工而异曲也。昔东坡尝闻余咏第一篇,叹曰:'此奔轶绝尘,不可追也。'"见《豫章黄先生文集》卷二六。

竹枝词[1]

杨柳青青江水平,闻郎江上唱歌声[2]。东边日出西边雨,道是无晴还有晴[3]。

◎ 注释

[1]刘禹锡先作《竹枝词》九首后,又续作二首。这是其第二首。

[2]"闻郎"句:西南地区的青年男女在恋爱过程中,往往通过歌唱来表达情意,这里的"唱歌声"所指即此。"唱歌",一作"踏歌"。踏歌是民间的一种歌调,边走边唱,以脚步为节拍。

[3]"道是"句:语意双关。"晴"与"情"谐音。"无晴""有晴"即"无情""有情"。六朝乐府已多用此法,如《子夜歌》以"丝"双关"思","莲"双关"怜";《读曲歌》以"碑"双关"悲","蹄"双关"啼"皆是。

◎ 评析

这首词以双关隐语写女子的复杂心情。"东边日出西边雨,道是无晴还有晴",表面是说眼前天气"有晴""无晴",实际上是比喻女子对

"郎"的歌声"有情"还是"无情"的乍喜乍疑、喜忧交错的情态。

❀ 白居易
(772—846)

字乐天，晚号香山居士、醉吟先生，其先太原（今山西太原）人，后迁居下邽（今陕西渭南北）。贞元十六年（800）进士，元和中历左拾遗、左赞善大夫。上书忤执政，贬江州司马。长庆、宝历间，出任杭州、苏州刺史。后以太子少傅分司洛阳，终刑部尚书。主张"文章合为时而著，歌诗合为事而作"。其词开中唐诗人依曲拍填词之风。有《白氏长庆集》七十五卷，《尊前集》录白居易词二十六首。

忆江南[1]

其一

江南好，风景旧曾谙[2]。日出江花红胜火，春来江水绿如蓝[3]。能不忆江南。

◎ 注释

[1] 调下作者自注："此曲亦名《谢秋娘》，每首五句。"王国维《唐写本春秋后语背记跋》定为大和八、九年间所作。任二北《敦煌曲初探》第五章《杂考与臆说·时代》，系白居易、刘禹锡《忆江南》于大和八年。然大和八、九年刘禹锡在苏州、汝州，开成三年（838）以太子宾客分司东都，与白居易同居洛阳。朱金诚《白居易年谱》故据此定为开成三年作。共三首，属联章。

[2] 旧曾谙：是回忆语气。长庆二年（822）七月，白居易自中书舍人除杭州刺史，五年，徙苏州，宝历二年（826），病免回洛阳，在苏杭凡五年。其《咏怀》诗云："两地江山蹋得遍，五年风月咏将残。"谙（ān），熟悉。

[3] 蓝：植物名。其叶可制蓝色染料，即靛青。叶如蓼，又称蓼蓝。《荀子·劝学》："青取之于蓝，而胜于蓝。"

其二

江南忆，最忆是杭州。山寺月中寻桂子[1]，郡亭枕上看潮头[2]。何日更重游。

◎ 注释

[1] 山寺：指杭州灵隐寺、天竺寺。宋之问《灵隐寺》诗："桂子月中落，天香云外飘。"白居易《留题天竺灵隐两寺》诗："宿因月桂落。"自注："天竺尝有月中桂子落。"又《东城桂》诗自注："旧说杭州天竺寺每岁秋中，有月桂子坠。"钱易《南部新书》卷七："杭州灵隐寺多桂，寺僧云：'此月中种也。'至今中秋望夜，往往子坠，寺僧亦尝拾得。"

[2] 郡亭：指杭州郡衙内的虚白亭，位于凤凰山后。白居易《郡亭》诗："况有虚白亭，坐见海门山。潮来一凭槛，宾至一开筵。"海门山乃赫山与龛山，两山对峙，潮水出其间，故曰海门。白居易《观潮》诗："早潮才落晚潮来，一月周流六十回。不独光阴朝复暮，杭州老去被潮催。"

其三

江南忆，其次忆吴宫[1]。吴酒一杯春竹叶[2]，吴娃双舞醉芙蓉[3]。早晚复相逢[4]。

◎ 注释

[1] 吴宫：苏州为春秋时吴之故都，这里指苏州。

[2] 春竹叶：酒名。唐人名酒多带"春"字，如荥阳"土窟春"、富平"石冻春"、剑南"烧香春"，见李肇《国史补》卷下。白居易《蔷薇正开春酒初熟》诗："瓮头竹叶经春熟。"

[3] 吴娃：古时吴地方言称美女曰娃。芙蓉：荷花。醉芙蓉：妆吴娃之美。白居易《长恨歌》诗："芙蓉如面柳如眉。"

[4] 早晚：多时、何时。

◎ 评析

白居易六十七岁时闲居洛阳，怀念以往出守杭州、苏州的生活，写了这三首《忆江南》。第一首兼苏杭两地而言。在富于江南地方特征的画面上，突出渲染江花、江水红绿相映的明艳色泽。第二首写杭州，摄取了两个秋日胜景，天竺寺的中秋月和钱塘江的八月潮，一个清幽，一个壮美。说月中游寺，亭上观潮，似乎只点到题目，未作文章，但作者已坠入无穷回味之中，读者亦不禁神往。第三首写苏州，也选择了两事：吴酒味美可人与吴娃貌艳舞美。江南风光明丽迷人，江南人物亦楚楚可爱。三词各以"江南好""江南忆"领起，以感叹作结，首尾各具，又前后照应，作者虽身在洛阳，其心早已神驰江南了。

长相思[1]

汴水流[2]。泗水流[3]。流到瓜洲古渡头[4]。吴山点点愁[5]。　　思悠悠。恨悠悠。恨到归时方始休。月明人倚楼。

◎ 注释

[1]《长相思》：唐教坊曲名，双调，上下片各四句，四平韵，上下起句俱用叠韵。此词见于黄昇《唐宋诸贤绝妙词选》卷一。

[2] 汴水：水名。一名汴渠、汴河。唐时西通河洛，南达江淮。

[3] 泗水：源今山东泗水，南流注入淮河，经大运河入长江。

[4] 瓜洲：渡口名。在江苏邗江，与镇江隔江相望，是大运河与长江的交汇处。唐开元以来为南北水运要冲。渡头：渡口。

[5] 吴山：泛指江南群山。

◎ 评析

　　唐时南北交通，主要依靠水运。汴水、泗水、瓜洲、吴山，就是从洛阳南下到达江南的舟行路线。词中的行人，就是在这条南行线上愈行愈远。思妇的相思和别恨也随汴水、泗水流，流到瓜洲，流到江南。此词借水流寄情，含情绵邈，频用叠字叠韵，句句押韵，声调舒徐悠扬，又极尽行云流水之致。

杨柳枝^[1]

《六幺》《水调》家家唱^[2]，《白雪》《梅花》处处吹^[3]。
古歌旧曲君休听，听取新翻《杨柳枝》。

◎ 注释

[1]《尊前集》录白居易《杨柳枝》十首，约作于大和二年（828）至开成三年（838）退居洛阳期间。本书选其第一、第四首。《杨柳枝》本有隋曲，传至开元。白居易新翻入健舞曲，已非旧声。王灼《碧鸡漫志》卷五："《乐府杂录》云：白傅作《杨柳枝》。予考乐天晚年与刘梦得唱和此曲词。白云：'古歌旧曲君休听，听取新翻《杨柳枝》。'又作《杨柳枝二十韵》云：'乐童翻怨调，才子与妍词。'注云：'洛下新声也。'刘梦得亦云：'请君莫奏前朝曲，听取新翻《杨柳枝》。'盖后来始变新声，而所谓乐天作《杨柳枝》者，称其别创词也。"

[2]《六幺》：唐教坊曲名。又名绿要、绿腰、录要、乐世。幺是小的意思，因此调羽弦最小，节奏繁急，故名。白居易《乐世》诗："管急弦繁拍渐稠，绿腰宛转曲终头。诚知乐世声声乐，老病人听未免愁。"自注："乐世一名六幺。"《水调》：相传为隋曲。杜牧《扬州》诗："谁家唱《水调》，明月满扬州。"自注："炀帝凿汴渠成，自造《水调》。"唐时有大曲《水调》及《新水调》，其中第五遍声调最怨切。白居易《听〈水调〉》诗："五言一遍最殷勤，调少情多似有因。不会当时翻曲意，此声肠断为何人。"

[3]《白雪》：乐曲以"白雪"为名者甚多。春秋时晋师旷作《幽兰》《白雪》之曲，战国时楚国有名曲《阳春》《白雪》，这里指优美的笛曲。《梅花》：《梅花落》。郭茂倩《乐府诗集·横吹曲辞四》："《梅花落》，本笛中曲也。按唐笛曲，亦有《大单于》《小单于》《大梅花》《小梅花》等曲，今其声犹有存者。"

◎ 评析

　　"若无新变，不能代雄。"新陈代谢也是音乐艺术本身发展的规律，需要时有新创，不断地向前发展。唐五代时乐曲的变迁相当频繁，李清照《词论》说开元天宝以后，"郑卫之声日炽，流靡之变日烦"。并且列举了当时新创的不少曲词、词调。"古歌旧曲君休听，听取新翻《杨柳枝》"，正是音乐进化的正常现象。白居易的诗词创作获得巨大成功，就是因为他善于新创，促进艺术上的不断变革。

杨柳枝

红板江桥青酒旗[1]，馆娃宫暖日斜时[2]。可怜雨歇东风定，万树千条各自垂。

◎ 注释

[1] 青酒旗：酒帘。张籍《江南曲》诗："长干午日沽春酒，高高酒旗悬江口。"

[2] 馆娃宫：遗址在今苏州灵岩山上，传说是吴王夫差为西施所建。吴人称美女为娃，故名"馆娃"。

◎ 评析

　　白居易《杨柳枝》之五云："苏州杨柳任君夸，更有钱塘胜馆娃。若解多情寻小小，绿杨深处是苏家。"这首咏柳诗风流蕴藉。查慎行《初白庵诗评》卷上谓"无意求工，自成绝调"。又黄白山《唐诗摘钞》卷四云："咏杨柳未有不咏其舞风者，此独从风定时着笔，另是一种风致。只写景，不入情，情自无限。"

✥ 段成式

（803？—863）

字柯古，临淄（今山东淄博临淄）人。宰相段文昌子，以父荫入官，历任吉州、处州、江州刺史，终太常少卿。有《酉阳杂俎》二十卷，词存一首。

闲中好[1]

闲中好，尘务不萦心[2]。坐对当窗木[3]，看移三面阴[4]。

◎ 注释

[1]《酉阳杂俎》录段成式、郑符、张希复词三首，以首句三字为调名，词即咏调名本意。会昌三年（843），段成式为秘书省秘书郎，与郑符、张希复同游长安诸寺，并为联句。

"闲中好"三首就是三人游永安坊永寿寺所作。

[2] 尘务：指世俗之事。

[3] 木：指松树。

[4] "看（kàn）移"句：谓看太阳运转而使树荫移动位置。

◎ 评析

　　所谓"闲中好"，并非在于遍游长安诸寺，而是在如同世外的禅院之中，身心获得真正的清虚恬静。佛家、道家都主虚静寂慧之说，虚静方能自照，虚静也方能观物。苏轼《送参寥师》诗说："欲令诗语妙，无厌空且静，静故了群动，空故纳万境。"认为因虚致静是个重要的诗法。段成式此词与郑符的一首："闲中好，尽日松为侣。此趣人不知，轻风度僧语"，都因虚静其心，方得静中之趣。俞陛云《唐词选释》将二首词比较后说："郑言人在松阴，但听风传僧语，乃耳闻之静趣；段言清昼久坐，看日影之移尽，乃目见之静趣。皆写出静者之妙心。"

❀ 皇甫松

（生卒年不详）

松一作嵩，字子奇，自称檀栾子，睦州新安（今浙江淳安）人，皇甫湜之子。身后，光化三年（900），韦庄奏请追赠李贺、赵光远、皇甫松等进士及第。《花间集》称之为"皇甫先辈"。著有《醉乡日月》三卷（今佚），为唐人饮酒令。《花间集》录其词十一首，《尊前集》录其词十首，王国维《唐五代二十一家词辑》辑为《檀栾子词》一卷。陈廷焯《白雨斋词话》卷七："唐人皇甫子奇词，宏丽不及飞卿，而措词闲雅，犹存古诗遗意。唐词于飞卿而外，出其右者鲜矣。五代而后，更不复见此种笔墨。"

天仙子[1]

其一

晴野鹭鸶飞一只[2]。水蕻花发秋江碧[3]。刘郎此日别天仙[4]，
登绮席[5]。泪珠滴。十二晚峰高历历[6]。

◎ 注释

[1]《天仙子》：唐教坊曲名。段安节《乐府杂录》："《万斯年》曲，是朱崖李太尉（德裕）
进此曲名，即《天仙子》。"天仙，就是女仙，唐人称美女为仙或真。《花间集》录皇甫
松《天仙子》二首，为联章，借天仙神女之事以记艳遇。

[2]鹭鸶：水鸟名。羽毛洁白，脚高颈长而喙强，栖水边。鹭鸶飞一只：暗喻情侣分离。

[3]水蕻（hóng）：水草名。人取以为蔬，谓之蕻菜，其茎中空，俗名空心菜。

[4]"刘郎"句：刘义庆《幽明录》记汉时刘晨、阮肇共入天台山，遇溪边二女子，因邀还
家，刘、阮遂留居半载而别。既出，亲旧零落，邑屋全异。以后诗词中每以阮郎代指恋
情中的青年男子。天仙，仙女，唐宋诗词中，每称名妓、女冠及艳情中的青年女子为
"天仙"或"玉真"。孙肇《北里志》载有《戏李文远狎妓》诗："引君来访洞中仙，新
月如眉拂户前。"又进士李标诗："洞中仙子多情态，留住刘郎不放归。"

[5]绮席：指饯别宴会。

[6]十二晚峰：巫山十二峰。巫山之上，群峰叠起，其中最著名者，有十二峰。李端《巫
山高》诗："巫山十二峰，皆在碧虚中。"据祝穆《方舆纪胜》，十二峰为望霞、翠屏、
朝云、松峦、集仙、聚鹤、净坛、上升、起云、飞凤、登龙、圣泉。

其二

踯躅花开红照水[1]。鹧鸪飞绕青山觜[2]。行人经岁始归来[3]，
千万里。错相倚。懊恼天仙应有以[4]。

◎ 注释

[1]踯躅：花名，羊踯躅的简称，即杜鹃花。

[2]鹧鸪：鸟名。其鸣声如曰"行不得也哥哥"。觜：同"嘴"。山觜：山口。

[3]"行人"句：与前首"刘郎此日别天仙"所指相同，此处"行人"即指刘郎。始归来，

谓刘郎出山归回人间。

[4]懊恼:烦恼。有以:有因。

◎ 评析

　　这二首词咏刘晨、阮肇与天台两个仙女的故事,是咏调名本题之作。皇甫松的词具有江南民歌的风格。这两首词言离别,第一首说刘郎,第二首说天仙。开头二句皆以咏物起兴,"鹭鸶飞一只"喻失偶,"水蒇花发"喻中空而不实,就都是民歌开头咏物起兴常用的手法。第二首次句的"鹧鸪飞绕"与末句"懊恼天仙",也有着情事上的必然联系。俗谓鹧鸪声犹如"行不得也哥哥",这是人们已经熟知的,但是鹧鸪的鸣声还有一层重要意义。韦庄《鹧鸪》诗云:"秦人只解歌为曲,越女空能画作衣。懊恼泽(疑当作'浑')家知有恨,年年长忆凤城归。"自注:"懊恼泽家,鹧鸪之音也。"又南齐有《懊恼曲》(一作《懊侬曲》):"常叹负情侬,郎今果行许。"吴声歌曲有《懊恼歌》(一作《懊侬歌》)十四首,多为男女相思之曲:"我与欢相怜,约誓底言者。常叹负情人,郎今果成诈。""我有一所欢,安在深阁里。桐树不结花,何由得梧子。""懊恼奈何许,夜闻家中论,不得侬与汝。"温庭筠集中也有《懊恼曲》一首:"两股金钗已相许,不令独作空成尘。""野土千年怨不平,至今烧作鸳鸯瓦。"这就是令天仙"懊恼"的实际内容与真正原因。

浪淘沙[1]

滩头细草接疏林,浪恶罾舡半欲沉[2]。宿鹭眠鸥非旧浦,去年沙觜是江心。[3]

◎ 注释

[1]《浪淘沙》:唐教坊曲名。中晚唐多用七言四句,司空图《浪淘沙》云:"不必长漂玉洞

花，曲中偏爱《浪淘沙》，就是这种如同绝句的曲子。五十四字双调《浪淘沙》，起于五代。

[2] 罾：鱼网。舡：同"船"。罾舡：渔船。

[3] "宿鹭"二句：意谓旧浦与沙觜本是同地，而今鹭宿之处，鸥眠之所，已非原来的旧浦，沧海桑田，倏忽迁变，去年旧浦之沙觜，今已变成江心。浦，水滨。觜，同"嘴"。

◎ 评析

　　咏调名本意。白居易《浪淘沙》云："暮去朝来淘不住，遂令东海变桑田"，说得过直。此词"宿鹭"两句则为此作一转语，声调亦宛然可听。汤显祖评《花间集》卷一云："桑田沧海，一语破尽，红颜变为白发，美少年化为鸡皮老翁，感慨系之矣。"

摘得新[1]

其一

酌一卮。须教玉笛吹。[2] 锦筵红蜡烛，莫来迟。繁红一夜经风雨，是空枝。

◎ 注释

[1]《摘得新》：唐教坊曲名，用于饮席，是一种劝酒曲。《花间集》录皇甫松《摘得新》二首，本书一并选录。

[2] "酌一卮"二句：谓以乐声侑酒。卮（zhī），酒杯。唐时乐曲用琵琶伴奏的，称琵琶曲，用笛子伴奏的，称笛曲。《摘得新》伴以"玉笛吹"，当为笛曲。

其二

摘得新。枝枝叶叶春。管弦兼美酒，最关人[1]。平生都得几十度[2]，展香茵[3]。

[1] 最关人：犹云最关情。

[2] 都：总共。

[3] 茵：茵席。

◎ 评析

　　这是两首饮席上用的劝酒之辞，虽然说到了花红易衰、人生苦短这些话，但并非悲观气氛。玉笛红烛、管弦美酒、枝枝叶叶、春光满眼，本身是个非常热闹的场面，更何况有美人的频频劝酒，自然令人豪爽，酒兴如酣了。李冰若《栩庄漫记》说得对："语浅意深而不病其直者，格高故也。"

梦江南[1]

兰烬落[2]，屏上暗红蕉[3]。闲梦江南梅熟日[4]，夜船吹笛雨萧萧[5]。人语驿边桥。

◎ 注释

[1]《梦江南》：即《忆江南》。

[2] 兰烬：蜡烛的余烬，结花如兰，故称。李贺《恼公》诗："蜡泪垂兰烬。"王琦注："兰烬，谓烛之余烬状如兰心也。"

[3] 红蕉：屏风上画的美人蕉。宋祁《益部方物略记》："红蕉于芭蕉，盖自一种，叶小，其花鲜明可喜，蜀人语染深红者谓之蕉红。"

[4] 梅熟日：江南五月间梅子黄熟时，常阴雨连绵，称"梅雨"。梁元帝《纂要》："梅熟而雨曰梅雨。"

[5] 萧萧：同"潇潇"，风雨交加声。

◎ 评析

　　皇甫松是江南人。一般人作词怀念江南之春，这首《梦江南》却专写江南之夜——富有江南特色的五月梅雨之夜，清代有人把它画成江南夜雨图。词中除写了夜船、驿桥这些水乡景物外，还写了勾人思念的船窗笛声、篷背雨声，及以驿桥边依依话别的人语声。这些笛声、雨声和人声无不带有亲切的乡味。梦中人亦即心中人。笛声幽怨，多水乡情调；人语缠绵，是吴侬软语，因此这个江南之梦更使人依恋难舍了。

厉鹗《论词绝句》云："美人香草本《离骚》，俎豆青莲尚未遥。颇爱《花间》断肠句，'夜船吹笛雨萧萧'。"

梦江南

楼上寝，残月下帘旌[1]。梦见秣陵惆怅事[2]，桃花柳絮满江城。双髻坐吹笙[3]。

◎ 注释

[1] 帘旌：帘额，即帘上所缀软帘。

[2] 秣陵：金陵，今江苏南京。

[3] 双髻：少女的发式。这里代指少女。

◎ 评析

"楼上"二句，是一境；"梦见"二句，又是一境。前者是入梦之境，后者是梦中之境。前后两境皆堪入画，都是非常优美的画境。但以"梦"字带出，自有今昔之感。梦中之境，在昔日本是充满温馨的情调，然而今日入梦，却又蒙上了凄清的色彩。

王国维《檀栾子词》云："黄叔旸称其《摘得新》二首，为有达观之见，余谓不若《忆江南》二阕，情味深长，在乐天（白居易）、梦得（刘禹锡）上也。"

采莲子[1]

其一

菡萏香连十顷陂[2]，举棹小姑贪戏采莲迟年少。晚来弄水船头湿[3]，举棹更脱红裙裹鸭儿[4]。年少

◎ 注释

[1]《采莲子》：唐教坊曲名。子是曲子的简称。六朝乐府有《采莲曲》，与此不同。皇甫松二首，七言四句。唱时每句都有和声。"举棹""年少"就是歌时相和之声。

[2] 菡萏（hàndàn）：荷花。十顷：极言莲池荷塘之广。

[3] 弄水：玩水。

[4] 鸭儿：船家所饲养。红裙裹鸭：红裙因"弄水"打湿了，就脱下来裹起水中的鸭子，也是小姑"贪戏"的情态。

其二

船动湖光滟滟秋[1]，举棹贪看年少信船流[2]。年少无端隔水抛莲子[3]，举棹遥被人知半日羞。年少

◎ 注释

[1] 滟滟：水光晃动貌。张若虚《春江花月夜》诗："滟滟随波千万里。"

[2] 年少：小姑在船上，少年在岸上。信船流：任采莲的船随水而行。

[3] 无端：无缘无故。莲子：莲与爱怜之"怜"谐音，抛莲子，含有爱意。

◎ 评析

　　皇甫松这两首词完全具有生动活泼的民歌风味，不但情景宛然，而且洋溢着青春气息和生活实感，与乐府民歌一脉相承。在《花间集》词多绮丽之外，另立一体。五代以后，就不复见此种笔墨了。

❀ 温庭筠

（801？—866）

原名岐，字飞卿，太原（今山西太原）人，寓居鄠县。开成、大中间，数举进士不第，大中十年（856），贬隋县尉，留襄阳为巡官，终国子监助教。才情绮丽，能走笔成万言。诗与李商隐齐名，号"温李"；又与段成式以骈文著称，三人皆排行十六，时号"三十六体"。善鼓琴吹笛，能逐弦吹之音，为侧艳之词，上播宫廷，流传饮席，传唱甚广。后蜀赵崇祚编《花间集》，首列温词六十六首，盖尊为"花间词"之鼻祖。黄昇《花庵词选》云："温庭筠词极其流丽，宜为《花间集》之冠。"刘熙载《艺概·词曲概》云："温飞卿词精妙绝人，然类不出乎绮怨。"王国维辑为《全荃词》一卷。

菩萨蛮

小山重叠金明灭[1]。鬓云欲度香腮雪[2]。懒起画蛾眉[3]。弄妆梳洗迟。　照花前后镜。花面交相映。[4]新帖绣罗襦[5]。双双金鹧鸪[6]。

◎ 注释

[1] 小山重叠：唐时女子画眉流行十种式样，称十种眉，其二为小山眉，又称远山眉。由于是宿妆，经过一夜辗转无眠，眉黛已狼藉，有深有浅，犹如山峰重叠。金明灭：唐时女子在额上涂黄色，叫作额黄，隔了一夜，额黄或浓或淡，故曰明灭。温庭筠《南歌子》"脸上金霞细"，亦以"金"状女子颜面。牛峤《女冠子》"额黄侵腻发"，则是盛妆之貌。

[2] "鬓云"句：犹言鬓丝散乱也。度，动词，指鬓发飘动。唐时女子把发盘成髻，鬓盛如云。睡后发乱下垂，故曰"欲度"。雪，比喻脸面雪白。

[3] 蛾眉：形容女子眉毛细长如蚕蛾之触须。《诗·卫风·硕人》："蝼首蛾眉。"

[4]"照花"二句：指对镜簪花。因有两镜前后对照，故云"交相映"。

[5]帖：熨帖。王建《田侍郎归镇》诗："熨帖朝衣抱战袍。"

[6]金鹧鸪：用金钱盘绣而成的鹧鸪鸟图案。双鹧鸪与鸳鸯同，取成双成对之意。

◎ 评析

　　《花间集》录温庭筠《菩萨蛮》十四首（约作于宣宗大中年间），大多景物精美，意境要眇，辞采艳丽，情调幽怨。温庭筠《归国谣》云："谢娘无限心曲。"这些词就表现了华贵典丽的环境中这类不幸女性内心深处的哀怨柔情。这是第一首，词中的女子一夜候人不至，翌晨再精心打扮，严妆以待。全词写的就是闺中理妆的过程。首两句写宿妆已残，是睡余之态。"懒起"二句写晨起重新梳妆打扮，曰"懒"曰"迟"，因对方失约而未免没精打采。下片则是整妆之后，五、六二句是簪花照镜，七、八二句是穿上新贴的绣衣，新妆后与上片慵懒之情顿别，容光焕发，明艳照人。但上片残妆，下片盛妆，两者都具有美感，前者是残缺美、残破美，后者是丰腴美、完整美。不过这个簪花后的女子尽管是盛妆的丽人，却掩盖不了其内心的孤单与寂寞。权德舆《玉台体十二首·其六》有云："罗衣不忍著，羞见绣鸳鸯。"正可作为此词结句的潜台词，盖寓自伤不偶之叹。词中人物始终处于"无言"状态，全词宛如一组连续拉开的无声镜头，从人物的神态、动作、服饰、景物，层层暗示其内心的复杂感情，不用抒情笔法，而其无限心曲却可以由表及里、由形及神地一一感知，温丽芊绵，深婉不迫。

　　清代常州词派好以"寄托"说词。张惠言《词选》谓此词"感士不遇也"，并谓"照花"四句，"离骚初服之意"，未免穿凿。中晚唐词作为燕乐歌词传唱，作诗重寄托的传统在词中还未推开，说温词的寄托尤须郑重。

菩萨蛮

水精帘里颇黎枕[1]。暖香惹梦鸳鸯锦[2]。江上柳如烟。雁飞残月天。　藕丝秋色浅[3]。人胜参差剪[4]。双鬓隔香红。玉钗头上风[5]。

◎ 注释

[1] 水精、颇黎：都是唐时从西域传入的名贵玉石。水精帘：水晶帘，用珠串成的珠帘。颇黎枕：用碧玻璃做成的玉枕。两者皆极华贵。

[2] 鸳鸯锦：绣有鸳鸯图案的锦被。《古诗十九首》："文采双鸳鸯，裁为合欢被。"

[3] 藕丝：纯白色的丝。秋色浅：喻衣色淡雅。

[4] 人胜：又叫花胜，旧俗人日（正月初七）剪彩纸或金箔来作为妇女的首饰。

[5] "双鬓"句：谓两鬓簪花。香红，花的代称。一说香红指人面。

◎ 评析

　　这首词惝恍迷离，颇多异说，但彼此并不乖违。上片昨宵远梦，"水精"两句极言洞房深闺的华贵温馨，个中人物则娇美可知，"梦"字为连接上下的关键。"江上"两句即转入梦境，杨柳残月，雁行不已，气氛情调由此一变。前者居处幽深，暖香满室；后者江天旷远，夙夜行役。这个梦境把闺中少妇与远方行人连接起来，盖"梦魂已逐郎行远"矣。下片人日新妆，着笔于衣香鬓影。"人胜"点出时令，也正是共惜芳时之节序怀人的时候。隋薛道衡《人日思归》诗："入春才七日，离家已二年。人归落雁后，思发在花前。"或谓此词上下片从此诗脱化而来，可以思悟。温庭筠此词也可以说是词中最早的节序词。末句与温庭筠《咏春幡》诗"玉钗风不定，香步独徘徊"，牛峤《菩萨蛮》词"玉钗风动春幡急"意境近似。不让李贺《咏怀》诗"弹琴看文君，春风吹鬓影"专美于前。

菩萨蛮

蕊黄无限当山额[1]。宿妆隐笑纱窗隔[2]。相见牡丹时。暂来还别离[3]。　翠钗金作股[4]。钗上蝶双舞[5]。心事竟谁知。月明花满枝。

◎ 注释

[1]"蕊黄"句：谓以黄粉涂饰面额。明田艺蘅《留青日札》卷二一"额黄"条："额上涂黄，汉宫妆也。"郑方坤《五代诗话》卷四引《西神脞说》："妇人匀面，古惟施朱傅粉而已。至六朝，乃兼尚黄。《幽怪录》神女智琼额黄，梁简文帝诗'同安鬟里拨，异作额间黄'，唐温庭筠诗'额黄无限夕阳山'，又'黄印额山轻为尘'，又词'蕊黄无限当山额'，牛峤词'额黄侵腻发'，此额妆也。"山额，指眉额。

[2]宿妆：隔夜的妆饰。

[3]暂来：初来、才来、刚来。

[4]翠钗：以翡翠镶嵌的金钗。股：钗脚。

[5]"钗上"句：翠钗上的金饰，或作双蝶，或作凤凰。

◎ 评析

　　这首词写初会旋别的一段恋情。开头即写初次相会时的突出印象，额黄是容，隐笑是声，当时的音容笑貌就别久难忘。"相逢牡丹时"一语双关，牡丹既是说花，也是说人，都是最美的青春时节。下片从翠钗上双双蝶舞，感伤别后的情难再偶，勾起无限心事重重，不得平复。末二句倒装，意谓对着当头明月的满枝繁花，也无从诉说她的心事。以淡语收煞，融怀人的情思于眼前之景，意境凄迷。李渔《窥词管见》以为这是"以淡语收浓词"的作法，"大约此种结法，用之忧怨处居多，如怀人、送客、写爱、寄慨之词，自首至终，皆诉凄怨。其结句独不言情，而反述眼前所见者，皆自状无可奈何之情，谓思之无益，留之不得，不若且顾目前。而目前无人，止有此物，如'心事竟谁知，月明花满枝'之类是也。此等结法最难，非负雄才，具大力者不能"。

菩萨蛮

杏花含露团香雪[1]。绿杨陌上多离别。灯在月胧明。觉
来闻晓莺。[2]　　　玉钩褰翠幕[3]。妆浅旧眉薄[4]。春梦
正关情。镜中蝉鬓轻。

◎ 注释

[1] "杏花"句：谓杏花含露凝聚，色白而香。团，凝聚。

[2] "灯在"二句：倒叙初醒时的见闻。月胧明，月色朦胧。

[3] 玉钩：玉制的帘钩。罗隐《帘》诗："叠影重纹映画堂，玉钩银烛共荧煌。"褰（qiān）：
挂起。翠幕：翠绿色的帷幕。

[4] "妆浅"句：谓宿妆已残。浅、薄义同。

◎ 评析

　　这首词也是借闺梦以抒离情。上片梦觉，下片梦后。"杏花"两句
陌上送别，杏花团白，柳丝垂青，离人远去，这是长安城外春时常见的
情景，场面是很典型的。"灯在"两句则是别后远梦。梦觉时残灯未灭，
月色朦胧，使梦境更有迷离之感。而晓莺啼处，远梦初回，还令人想起
唐金昌绪的《春怨》诗："打起黄莺儿，莫教枝上啼。啼时惊妾梦，不
得到辽西"。下片写梦后晨起，开帷理妆，全是一组无言的镜头。"春
梦""镜中"两句乃倒装，谓晓妆之时，依然怀着昨夜梦中之情。春梦
虽了，余情则萦绕难消，有无可名状之苦。此词蝉联而下，前后环应，
映带生姿。结句犹似梦非梦，似醒非醒，与上片梦觉情景同样，处于精
神恍惚之中。

菩萨蛮

玉楼明月长相忆[1]。柳丝袅娜春无力。门外草萋萋。送

君闻马嘶。^[2]　　　画罗金翡翠^[3]。香烛销成泪^[4]。花落子规啼^[5]。绿窗残梦迷。

◎ 注释

[1] 玉楼：装饰华丽的高楼。

[2] "门外"二句：江淹《别赋》："春草碧色，春水绿波，送君南浦，伤如之何……掩容与而詎前，马寒鸣而不息。"

[3] "画罗"句：谓画有翡翠的帷帐。翡翠，鸟名。

[4] "香烛"句：意犹杜牧《赠别》诗："蜡烛有心还惜别，替人垂泪到天明。"

[5] 子规：杜鹃。传说杜鹃为古蜀帝杜宇之魂所化，故又称之为杜宇。左思《蜀都赋》："碧出苌弘之血，鸟生杜宇之魂。"后以子规啼声悲切喻伤别之情。

◎ 评析

　　上片言忆，下片言梦，无论是"长相忆"还是"残梦迷"，都反映了词中女子的月夜思念，低回欲绝。忆是清醒的，暮春时节，柳丝袅娜，门外马嘶，送君远行的场面，犹历历在目，不时在眼前显现。梦则是迷茫的，只有香烛泪和子规声，伴随着这个孤独的寻梦者，而一去不归、杳无音信的情人，在梦里再也找不到，唤不回了。温庭筠还有一首《菩萨蛮》曰："相忆梦难成，背窗灯半明。"张惠言《词选》谓："'相忆梦难成'，正是'残梦迷'情事。"

菩萨蛮

宝函钿雀金鸂鶒^[1]。沉香阁上吴山碧^[2]。杨柳又如丝。驿桥春雨时^[3]。　　　画楼音信断。芳草江南岸。鸾镜与花枝^[4]。此情谁得知。

◎ 注释

[1] 宝函：指华丽的枕头。钿雀：指钗。金鸂鶒（xīchì）：枕头上的装饰。鸂鶒，水鸟名，大于鸳鸯，色紫，又称紫鸳鸯。

[2] 沉香阁：用沉香木制作窗户、栏杆之类的楼阁。这里指楼居的华贵。吴山：杭州有吴山，此处泛指江南一带的山。

[3] 驿桥：驿站附近的桥。驿是古代供官员途中歇息的馆舍。

[4] 鸾镜：《艺文类聚》卷九十载范泰《鸾鸟诗序》说，昔罽（jì）宾王获一鸾鸟，三年不鸣。其夫人曰："尝闻鸟见其类而后鸣，何不悬镜以映之。"鸾睹形悲鸣，哀响中宵，一奋而绝。诗词中用鸾镜含有自伤之意。这句是说对镜自照，色貌如花，可形单影只，空度芳春。

◎ 评析

　　这首词从满目春光触发，引出离居已久，自嗟青春虚度的心情。柔情婉转，笔致绵密。开篇是晨起小阁眺远，杨柳如丝，驿桥春雨，正是江南特有的清丽风光，境界非常优美。然中间着一"又"字，点出离人远去，又复经年的时序变迁和离居之久、无缘重逢的伤怀，感情的天平上就加重了砝码，读来不是轻快，倒是另有一种沉重感。陈廷焯《大雅集》卷一评曰："只一'又'字，含多少眼泪。"看出了本来全是景语中所饱含的感情的分量。下片明叙别情，脉络似断复续。"鸾镜"喻离群失偶，"花枝"喻青春美貌，对镜顾影，顿起"如花美眷，似水流年"的怅触，伤乱念远和自嗟命薄的心情，终于千回百转，再难平复了。此词结句，陈廷焯评曰："沉郁"，非常恰当，因为盘郁中肠，终未一吐，这与未歌先咽，虽说还休，还是有所不同的。

菩萨蛮

南园满地堆轻絮[1]。愁闻一霎清明雨[2]。雨后却斜阳。杏花零落香。　　无言匀睡脸[3]。枕上屏山掩[4]。时节欲黄昏[5]。无憀独倚门[6]。

[1] 轻絮：柳絮。

[2] 一霎：犹言一阵。孟郊《春后雨》诗："昨夜一霎雨，天意苏群物。"清明：节气名，在每年的四月四、五、六日。

[3] 匀：用手搓脸使脂粉匀净。张泌《江城子》："睡起卷帘无一事，匀面了，没心情。"晏几道《木兰花》："画眉匀脸不知愁，殢酒熏香偏称小。"匀脸：犹匀面。

[4] 屏山：屏风。

[5] 时节：时间名词，与"时下""眼下"同。

[6] 无憀：同"无聊"。

◎ 评析

　　室外柳絮堆积，春雨骤起骤息，杏花零落沾泥，雨后斜阳返照。清明时节，春色已感虚寂与迟暮，令人感伤。而独居深闺，无人与语，睡起唯与孤枕屏风为伴，则更觉寂寞无聊，心情黯然。篇末以时近黄昏犹倚门作无望的等待收束全词，显得孤寂苦闷之至。司马相如《长门赋》："日黄昏而望绝兮，怅独托于空堂。"意境相近。宋卢祖皋《菩萨蛮》词："时节又黄昏，东风深闭门。"方千里《大酺》词："况时节黄昏，闲门人静，凭栏身独。"则皆承温庭筠此词结句而来。宋赵德麟《清平乐》词："断送一生憔悴，只消几个黄昏。"则更进一层矣。

菩萨蛮

夜来皓月才当午。重帘悄悄无人语。深处麝烟长[1]。卧时留薄妆[2]。　　当年还自惜[3]。往事那堪忆。花露月明残。锦衾知晓寒。

◎ 注释

[1] 麝烟：熏炉里加麝香所燃起之烟。

[2]薄妆：淡妆。

[3]当年：指少年、妙年。

◎ 评析

　　从午夜至拂晓，室外皓月流天、花寒露重，室内帘幕深深、余香未歇，在这样的时间与空间中，除了一片寂静，就是万般无奈的孤寂。思绪虽萦绕于往事，但现在的处境更堪自伤。一夜无眠，自哀身世。身心无托，欲诉无从。结句比之韦庄《女冠子》"除却天边月，没人知"，更进一层。陈廷焯《大雅集》卷一评曰："'知'字凄紧，与'愁人知夜长'同妙。"

更漏子[1]

柳丝长，春雨细。花外漏声迢递[2]。惊塞雁[3]，起城乌[4]。
画屏金鹧鸪。　　香雾薄，透帘幕。惆怅谢家池阁[5]。
红烛背[6]，绣帘垂。梦长君不知。

◎ 注释

[1]《花间集》录温庭筠《更漏子》六首，本书选其四首。《更漏子》双调，上下片各六句，上片两仄韵，两平韵，下片三仄韵，两平韵。

[2]"花外"句：犹云漏声花外迢递。迢递，言漏声传愈远，渐至于无。

[3]塞雁：犹云北雁，春来北飞。

[4]城乌：宿于城堞之乌。

[5]谢家：谢娘家。东晋谢道韫为著名才女，善诗。又唐李德裕有姬人谢秋娘，谢亡后，李德裕为作《谢秋娘》曲。见段安节《乐府杂录》。但诗词中之刘郎、谢娘，泛指恋情中的青年男女，谢娘、谢女，尤多指歌妓。温庭筠《赠知音》诗："窗间谢女青娥敛，门外萧郎白马嘶。"韦庄《浣溪沙》词："小楼高阁谢娘家。"又《归国谣》词："日落谢家池馆。"皆其例。

[6]背：暗。

《更漏子》，犹词调中之小夜曲，子是曲子的简称。唐五代时作《更漏子》者，多咏入夜深宵情事。《花间集》载温庭筠《更漏子》六首，似为联章，概与调名本意有关，本书所选四首，"柳丝长""星斗稀"二首，咏春夜；"玉炉香"一首，则咏秋夜。此词首三句以"柳丝长，春雨细"，衬托"漏声迢递"，极言夜深人静，塞雁宵行，城乌时起，画屏金鹧鸪则飞不起，前为动者，后为静者，动静对举，亦以动写静。下片直叙谢娘。帘垂烛背，深闺梦远，从"君不知"见出此番怀人情意，尽付徒然。"梦长君不知"与温庭筠《菩萨蛮》每以"心事竟谁知"，"此情谁得知"作法用意全同，由于"君不知"而愈感孤独苦闷了。

更漏子

星斗稀，钟鼓歇。帘外晓莺残月。兰露重[1]，柳风斜。满庭堆落花。　　虚阁上[2]，倚栏望。还似去年惆怅[3]。春欲暮，思无穷。旧欢如梦中。

◎ 注释

[1] 兰露重：言宵露重而兰叶低垂。

[2] 虚阁：空而静的楼阁。

[3] "还似"句：言已别离经年。

◎ 评析

上首早春，此首暮春。"还似去年惆怅"承上首"惆怅谢家池阁"而来，盖远别又过了一年。"旧欢"五字，结出不堪回首之意，而相会之期则愈发渺茫而不可问了。此词上片言天色将晓，实亦写一夜无眠，露重风斜，落花满地，尤以喻此夜身心所感，红颜身世，直与风露中之月残花落无以有异，看似写景，实乃至情。

更漏子

背江楼，临海月。城上角声呜咽[1]。堤柳动，岛烟昏[2]。
两行征雁分[3]。　　京口路[4]，归帆渡。正是芳菲欲度[5]。
银烛尽，玉绳低[6]。一声村落鸡[7]。

◎ 注释

[1] 角声：军中号角声。

[2] 岛：江中小洲。

[3] "两行"句：雁阵飞时每作"人"字形，故云两行分。

[4] 京口：今江苏镇江，唐时有江防驻军。

[5] 芳菲欲度：犹云春色将尽。

[6] 玉绳：星名。此泛指群星。玉绳低：喻天将晓。

[7] 村落：村庄。

◎ 评析

　　这首词写江楼夜别。上片皆临别情景，盖一夜话别，时近拂晓，将
"兰舟催发"矣。"两行征雁分"，既言征鸿，又言征人，"分"字双关。
唐七岁女子诗："所嗟人异雁，不作一行飞。"可与此参看。下片"京口
路，归帆渡"，言行者将乘船自京口启航，由南返北。京口地当运河要
冲，唐宋时南北航行必经之地。江边有金陵渡（镇江唐时亦称金陵），
对岸为瓜洲渡，都是长江下游著名的渡口。唐张祜《题金陵渡》诗：
"金陵津渡小山楼，一宿行人自可愁，潮落夜江斜月里，两三星火是瓜
洲。"可为此词提供背景。"银烛尽"三句，又归到江楼作结，烛尽星
低，鸡声已作，这是离别的最后一刻了。

更漏子[1]

玉炉香，红蜡泪。偏照画堂秋思[2]。眉翠薄[3]，鬓云残[4]。
夜长衾枕寒。　　梧桐树，三更雨。不道离情正苦[5]。
一叶叶，一声声。空阶滴到明。

◎ **注释**

[1] 此首《尊前集》《阳春集》作冯延巳词。按《花间集》结集于后蜀广政三年（940），即
　　南唐升元四年。冯延巳时为齐王李璟掌书记，其词一无传入蜀中者。《花间集》中有
　　温庭筠《更漏子》（玉炉香）《酒泉子》（楚女不归）《归国谣》（雕香玉）韦庄《清平乐》
　　（春愁南陌）《应天长》（绿槐荫里）及薛昭蕴、张泌、牛希济、顾敻、孙光宪词共十二
　　首，见于《阳春集》，皆因未考《花间集》年代而误入。

[2] 偏：正、恰。

[3] 眉翠：眉上画的翠黛色。薄：暗淡。

[4] 鬓云残：鬓发散乱。

[5] 不道：犹云不管或不顾。王昌龄《送姚司法归吴》诗："但令意远扁舟近，不道沧江百
　　丈深。"李白《长干行》诗："相迎不道远，直至长风沙。"皆同此例。

◎ **评析**

　　此词在温庭筠《更漏子》六首中列于末章，乃咏秋夜之曲，也是写
女子一夜无眠的无穷思念。上片点明"秋思"，下片点明"离情"，两者
实为同义。但上片秾丽，下片则变为疏淡明快，集于一词，并不觉得有
所不合，反而感到相当和谐。"梧桐树"六句，与温词向来重暗示、多
浓缩的句法不同，而是放笔纵行，接连六句直流而下，情酣意畅。《古
今词统》卷五引徐士俊语云："'夜雨滴空阶'（梁何逊《临行与故游夜
别》）五字不为少，'梧桐树'此二十三字不为多。"陈廷焯《大雅集》
卷一且以为"后半阕无一字不妙，沉郁不及上二章，而凄紧特绝"。李
冰若《栩庄漫记》推飞卿此词为"集中之冠"，认为"温词如此凄丽有
情致不为设色所累者，寥寥可数也。"北宋都下妓聂胜琼《鹧鸪天》词

下片云："寻好梦，梦难成，有谁知我此时情。枕前泪共阶前雨，隔个窗儿滴到明。"全从温词化出，且加一"泪"字以见离情之苦，但语意过于说尽，反而不如温词之含浑。

南歌子[1]

手里金鹦鹉，胸前绣凤凰[2]。偷眼暗形相[3]。不如从嫁与[4]，作鸳鸯[5]。

◎ 注释

[1]《南歌子》：唐教坊曲名，《花间集》录温庭筠《南歌子》七首，本书选其二首，皆为单调，三平韵。按温庭筠另有《南歌子》二首，乃七言绝句，《花间集》不载，见《温飞卿诗集》。唐人曲子词。长短句与齐言并用者不少。

[2]"胸前"句：唐滕白《燕》诗："佳人未必全听尔，正把金针绣凤凰。"

[3]形相：端详、细看。敦煌变文《父母恩重经讲经文》："百般美味不形相，是种珍修（馐）不尝啜。"又《丑女缘起》："大王再三形相，嗟叹数声。"

[4]从：任从，意思是无须考虑。

[5]作鸳鸯：结成情侣、夫妻。

◎ 评析

"手里""胸前"两句互文，"绣"字管领鹦鹉、凤凰。金鹦鹉与凤凰都是正在刺绣的花样。意思是这个女子双手正在织物上穿针引线，绣上鹦鹉、凤凰等花样。"金"是金色丝线，显得华贵、有气派。这些绣花的织物就是她为自己准备出嫁用的。"偷眼"二字也不应误解。因为正在刺绣，不能老是抬头正面看，于是边绣边看几眼，所以说"偷眼"。"不如"二句吐露心曲，表现得直截大胆，明快通俗，一点也不婉转其辞，颇有六朝小乐府的遗意，晚唐五代犹有此种词风，两宋词人避俗就雅，不再写如此热情奔放的词了，谭献于周济《词选》上卷评温庭筠

《南歌子》三首，谓"源出古乐府"，评此词则曰："尽头语，单调中重笔，五代后绝响。"

南歌子

倭堕低梳髻[1]，连娟细扫眉[2]。终日两相思。为君憔悴尽，百花时。

◎ 注释

[1] 倭堕：一种妇女发髻俯向额前的式样。《古乐府·日出东南隅行》："头上倭堕髻，耳中明月珠。"

[2] 连娟：同"联娟"，眉毛细曲貌。宋玉《神女赋》："眉联娟以娥扬兮，朱唇的其若丹。"温庭筠《江南曲》："连娟眉绕山，依约腰如杵。"

◎ 评析

首二句写容貌，"终日两相思"，透露出双方已经通情，而这个女子的感情又由大胆直率进而深沉诚挚。谭献评"百花时"三字为"加倍法，亦重笔"，简直要与春天同归于尽了。

清平乐[1]

洛阳愁绝。杨柳花飘雪[2]。终日行人恣攀折[3]。桥下水流呜咽。　　上马争劝离觞。南浦莺声断肠[4]。愁杀平原年少[5]，回首挥泪千行。

◎ 注释

[1] 《花间集》录温庭筠《清平乐》二首，分咏长安、洛阳，本书所选为后一首。《清平乐》为双调，上下片各四句，上片四仄韵，下片三平韵。

[2]飘雪:谓柳絮。柳絮色白如雪,故云。

[3]"终日"句:指折柳赠别。

[4]南浦:屈原《九歌·河伯》:"子交手兮东行,送美人兮南浦。"后以南浦泛指送别之地。江淹《别赋》:"送君南浦,伤如之何。"

[5]平原:今山东平原。战国时赵胜平原君,《史记·平原君虞卿列传》称为"翩翩浊世之佳公子"。这里的平原年少,泛指贵族子弟。

◎ 评析

　　唐时以长安、洛阳为东、西两都。此词所咏,是以洛阳为背景的一种都城之别。词中凡言离别,大多以女方为中心,说临行时如何恋恋不舍,垂泪相送。此词独云"愁杀平原年少,回首挥泪千行",显得与众不同。其实这种写法,是从对面落笔,就"平原年少"的眼中,突出女方的名流身份和不解的情结,因为值得"平原年少"如此留恋的,不正是女方的"其奈风流端正外,更别有、系人心处"(柳永《昼夜乐》)吗?

　　俞陛云《唐词选释》特赏此词结句:"临歧忍泪,恐益其悲,更难为别。至别后回头,料无人见,始痛洒千行之泪,洵情至语也。后人有出门诗云:'欲泣恐伤慈母意,出门方洒泪千行。'此意于别母时赋之,弥见天性之笃。"

梦江南[1]

千万恨,恨极在天涯[2]。山月不知心里事,水风空落眼前花。摇曳碧云斜。

◎ 注释

[1]《忆江南》的异名。

[2]天涯:指心中所思之人十分遥远。

◎ 评析

　　"山月"一联，颇具摇曳之姿。万千离恨，郁积难伸，但眼前的山月、水风、落花、碧云，所有一切，都是兴歇自然的自在之物，谁也不会给予关怀顾惜。同时，谁也不会理解她的寄情与诉说，盖人自多情而物自无情，彼此本来不相关涉，因此愈觉孤寂凄苦，万千之恨也因而转极了。

梦江南

梳洗罢，独倚望江楼。过尽千帆皆不是，斜晖脉脉水悠悠[1]。肠断白蘋洲[2]。

◎ 注释

[1] 脉脉：含情欲伸貌。

[2] 白蘋洲：长着白蘋的水边小洲。梁柳恽《江南曲》："汀洲采白蘋，日落江南春。洞庭有归客，潇湘逢故人。故人何不返，春花复应晚。不道新知乐，但言行路远。"

◎ 评析

　　自梁谢朓《之宣城郡出新林浦向板桥》"天际识归舟，云中辨江树"的名句问世以后，唐人以此意入诗者甚多。刘采春《啰唝曲》："莫作商人妇，金钗当卜钱。朝朝江口望，错认几人船。"子兰（唐昭宗时文章供奉）《襄阳曲》："为忆南游人，移家大堤住。千帆万帆来，尽过门前去。"罗邺《江帆》诗："别离不独恨蹄轮，渡口风帆发更频。何处青楼方凭槛，半江斜日认归人。"严维《丹阳送韦参军》诗："日晚江南望江北，寒鸦飞尽水悠悠。"温庭筠这首《梦江南》，亦祖其意，但胜于并时诸家之作。"过尽千帆"一联，具有唐人绝句的风神。在人们读过温庭筠众多秾艳之作后，更能欣赏这首词的风格疏淡而韵味深长。有人以为末句"肠断白蘋洲"过于显露，不如删此五字更觉意味无穷，不无道理。然而词中白蘋洲这个典故，与柳恽《江南曲》有关。《江南曲》结句云："不道新知乐，只言行路远。"就是此词"肠断"二字的实际内涵。游子不返的原因不在于"行路远"，而是在他乡已有新的相知了。这怎能不使人肠断呢？可惜这一点过去常被忽略。

唐赵微明《思归》诗："为别未几日，去日如三秋。犹疑望可见，日日上高楼。惟见分手处，白蘋满芳洲。"以白蘋州为情人"分手"之处，以此读温词，亦别具胜韵。

河　传^[1]

湖上。闲望。雨萧萧。烟浦花桥路遥。谢娘翠娥愁不销^[2]。终朝^[3]。梦魂迷晚潮。　　荡子天涯归棹远。春已晚。莺语空肠断。若耶溪^[4]。溪水西。柳堤。不闻郎马嘶。

◎ 注释

[1]《河传》：据说是隋炀帝开运河时所制曲，双调，上片两仄韵、五平韵，下片三仄韵、四平韵。《花间集》录温庭筠《河传》三首，本书选其一首。

[2] 谢娘：见前温庭筠《更漏子》(柳丝长) 注 [5]。

[3] 终朝：整天。

[4] 若耶溪：在浙江会稽（今绍兴）若邪山下，亦名五云溪。相传西施曾浣纱于此，故又名浣纱溪。李白《采莲曲》诗："若耶溪旁采莲女，笑隔荷花共人语。"这里并非实指其地，而是用以衬托谢娘之美。

◎ 评析

《河传》传为隋曲。《花间集》中，温庭筠、韦庄、张泌、李珣、阎选、孙光宪等都有《河传》之作。宋人即以《河传》为"花间体"之一，但作者绝少。这个词调的特点是短句多，四个二字句，四个三字

046

句，已占半数。同时句句有韵，韵位多而且密，又多平仄转换，节奏急迫，句子跳跃，如非作手，就难以连贯通畅。词中"湖上""烟浦""晚潮""归棹"等，都与调名本意有关。上片写望而不见，梦魂为迷；下片写归棹不返，郎马不嘶，语意联属，意脉顺畅，不因句断而生割裂之感，反而有蝉联之妙。

蕃女怨[1]

万枝香雪开已遍[2]。细雨双燕。钿蝉筝[3]，金雀扇[4]。画梁相见。雁门消息不归来[5]。又飞回。

◎ 注释

[1]《花间集》录温庭筠《蕃女怨》二首，从调名知为边地之曲。单调，四仄韵，两平韵。

[2] 香雪：指杏花。温庭筠《菩萨蛮》词："杏花含露团香雪。"

[3] 钿蝉筝：嵌金为饰之筝谓钿筝，饰以金蝉者谓钿蝉筝。

[4] 金雀扇：画有金雀的扇子。

[5] 雁门：山名，在山西代县西北。山岭高峻，绝顶处为雁门关，亦名西陉关，历来为戍守重地。雁门消息：谓从军守边的征夫消息。

蕃女怨

碛南沙上惊雁起[1]。飞雪千里。玉连环[2]，金镞箭[3]。年年征战。画楼离恨锦屏空。杏花红。

◎ 注释

[1] 碛南：犹云漠南。指蒙古高原大漠以南。古时为匈奴、突厥居住的地方。

[2] 玉连环：连接成串的玉环。

[3] 镞：箭头。

◎ 评析

《蕃女怨》为边地之曲,多咏征人思妇。这二首是联章,借燕、雁以寄怀。第一首写画梁双燕隔了一年重又飞回,而雁门消息则仍杳然。温庭筠《定西番》说:"雁来人不来",与此词结句同意。第二首中的玉连环,表示等待征夫还家。"连环"二字,合音就是一个"还"字。韩愈《送张道士》诗:"昨宵梦倚门,手取连环持。"孙汝听注:"持连环,以示还意。"然而边地犹"金镞箭。年年征战",不仅消息全无,甚至存亡未卜。这类题材,在唐诗中常见,但温庭筠这两首词多用短句,时拗时顺,且字面华丽,与唐诗风味不同。俞陛云《唐词选释》谓"其擅胜处在节奏之哀以促,如闻急管幺弦。"

杨柳枝[1]

馆娃宫外邺城西[2],远映征帆近拂堤[3]。系得王孙归意切[4],不关芳草绿萋萋。

◎ 注释

[1]《花间集》录温庭筠《杨柳枝》八首,分咏宜春苑、南内诸地之柳。本书所选为其第五首。《杨柳枝》传为隋曲,与隋堤柳有关。唐时另有新制,称为"洛下新声"。唐人所作,全同七绝。因此《杨柳枝》一调,常被置于诗词之间,往往诗选词选一并选录。

[2]馆娃宫:见前白居易《杨柳枝》(红板江桥青酒旗)注[2]。邺城:曹操封魏王,建都于邺,建有邺宫,游宴甚盛。故城在今河北临漳,所筑铜雀台,在邺城西。

[3]"远映"句:馆娃、邺城多柳,映帆拂堤,乃状其盛。

[4]"系得"句:言王孙归意之切,盖杨柳能系情,非关春草之故。

◎ 评析

吴王夫差建馆娃宫以贮西施,曹操于邺城筑铜雀台,以置姬妾,而且还打算纳江东的大乔、小乔二美女。临终时吩咐诸妾:"汝等时时登铜雀台,望吾西陵墓田。"这首词就借以起兴,表面上说两地的杨柳牵住了王孙的心，骨子里还是为姑苏、郏城的风流艳事所吸引。"系"字双关，声情绵邈。

✥ 司空图
(837—908)

字表圣，自号知非子、耐辱居士，河中（治今山西永济）人。咸通十年（869）进士。僖宗朝历礼部郎中、知制诰，迁中书舍人。后归隐中条山王官谷。唐亡，闻哀帝被杀，不食而死。有《司空表圣诗集》五卷。《尊前集》录其词一首。

酒泉子

买得杏花，十载归来方始坼[1]。假山西畔药栏东。满枝红[2]。　　旋开旋落旋成空。白发多情人更惜。黄昏把酒祝东风。且从容。

◎ 注释

[1] 十载：司空图于咸通十年（869）登进士第，至其归隐终南山，共历十一年。坼（chè）：开、绽。

[2] 满枝红：指杏花初开。韩愈《杏花》诗："杏花两株能白红。"方世举注："杏花初放，红后渐白。"

◎ 评析

　　"把酒祝东风，且从容"，希望东风不要吹落枝头的花，让"满枝红"的盛况尽可能长一点。这种惜花的心情，非常温柔体贴。这个名句在宋词中就被大词人欧阳修所袭用。欧阳修《浪淘沙》词云："把酒祝东风，且共从容。垂杨紫陌洛城东。总是当时携手处，游遍芳丛。　聚散苦匆匆，此恨无穷。今年花胜去年红，可惜明年花更好，知与谁同。"

窦弘余

（生卒年不详） 京兆金城（今陕西兴平）人。窦常之子。会昌元年为黄州刺史，大中五年为台州刺史。

广谪仙怨[1]

玄宗天宝十五载正月，安禄山反，陷没洛阳。王师败绩，关门不守，车驾幸蜀。途次马嵬驿，六军不发，赐贵妃自尽，然后驾发。行次骆谷，上登高下马，谓力士曰："苍皇出狩长安，不辞宗庙，此山绝高，望见秦川，吾今遥辞陵庙。"因下马，望东再拜，呜咽流涕，左右皆泣。谓力士曰："吾取九龄之言，不到于此。"乃命中使，往韶州以太牢祭之。因上马，遂索长笛，吹于曲。曲成，潸然流涕，伫立久之。时有司旋录成谱。及銮驾至成都，乃进此谱，请曲名。上不记之，视左右曰："何曲？"有司具以骆谷望长安、下马后索长笛吹出对。上良久曰："吾省矣。吾因思九龄，亦别有意，可名此曲为《谪仙怨》。"其旨属马嵬之事。厥后以乱离隔绝。有人自西川传得者，无由知，但呼为《剑南神曲》，其音怨切，诸曲莫比。大历中，江南人盛为此曲。随州刺史刘长卿左迁睦州司马，祖筵之内，吹之为曲。长卿遂撰其词，意颇自得，盖亦不知本事。词云："晴川落日初低，惆怅孤舟解携。鸟去平芜远近，人随流水东西。白云千里万里，明月前溪后溪。独恨长沙谪去，江潭春草萋萋。"余在童幼，亦闻长老话谪仙之事颇熟，而长卿之词甚是才丽，与本事意兴不同。余既备知，聊因暇日，辄撰其词，复命乐工唱之，用广不知者。

胡尘犯阙冲关[2]。金辂提携玉颜[3]。云雨此时消散[4]，君王何日归还。　　伤心朝恨暮恨，回首千山万山。独望天边初月，蛾眉犹在弯弯。

[1] 录自康骈《剧谈录》卷下。

[2] 胡尘犯阙：指安禄山叛军入长安。

[3] "金辂"句：谓玄宗奔蜀。金辂，饰金之车，帝王所乘，此指玄宗。玉颜，指杨贵妃。

[4] "云雨"句：借宋玉《高唐赋序》中楚怀王梦与巫山神女幽会于高唐，神女自谓"旦为
 行云，暮为行雨"的传说，喻马嵬驿兵变，杨贵妃被迫自缢身亡。

◎ 评析

　　唐玄宗是"梨园班头"，音乐才能很高，《谪仙怨》就是他创作的
曲子，"其音怨切，诸曲莫比"，主旨是怀念死于马嵬坡的杨贵妃。此词
取名《广谪仙怨》，并非另为一调，而是再写一首《谪仙怨》来推广之。
咏杨贵妃事者，中晚唐人已习为寻常。在词中则窦弘余的这首《广谪仙
怨》还属初见。

✥ **李　　晔**
（867—904）
　　即唐昭宗，初名杰，改名晔。在位十四年。词
存四首，二首见《新五代史·韩建传》《中朝故事》，
二首见《尊前集》。

菩萨蛮[1]

其一

登楼遥望秦宫殿[2]。翩翩只见双飞燕[3]。渭水一条流[4]。
千山与万丘。　　野烟遮远树[5]。陌上行人去。何处有
英雄[6]。迎归大内中[7]。

◎ 注释

[1] 据沈括《梦溪笔谈》卷五，李晔作《菩萨蛮》联章三首。沈括在陕州一佛寺中，亲见到

三首的墨本，纸札甚草草。"登楼遥望"一首，本是卒章，还有后人的许多题跋。但传世的仅为两首，敦煌卷子也有李晔这两首词，可见当时甚为流传。

[2] 楼：指齐云楼。宋庄绰《鸡肋编》卷上："华州子城西北有齐云楼基，昭宗驻跸韩建军，尝登其上，赋《菩萨蛮》词。"秦宫殿：长安的宫殿。

[3] "翩翩"句：一作"茫茫只见双飞燕"。

[4] 渭水：源出甘肃，东流横贯陕西，经潼关入黄河。

[5] "野烟"句：一作"野烟生远树"，一作"远烟笼碧树"。

[6] "何处"句：一作"安得有英雄"。

[7] "迎归"句：一作"迎侬归故宫"或"迎奴归故宫"，"侬""奴"为一声之转。大内，皇宫。

其二

飘飘且在三峰下[1]。秋风往往堪沾洒。肠断忆仙宫[2]。朦胧烟雾中。　　思梦时时睡。不语长如醉。何日却回归[3]。玄穹知不知[4]。

◎ 注释

[1] 三峰：华山上有莲花峰、落雁峰、五云峰，称华岳三峰。

[2] 仙宫：指长安皇宫。

[3] "何日"句：一作"早晚是归期"。

[4] 玄穹：苍天。

◎ 评析

　　晚唐藩镇跋扈，一再举兵反叛，攻陷长安。唐昭宗李晔时，邠宁王行瑜，凤翔李茂贞，华州韩建三镇，谋废李晔，另立皇帝。乾宁三年（896），李茂贞攻长安，李晔出奔，为韩建强迫至华州。禁军解散，诸王被杀，李晔被软禁，完全失去了自由。次年七月，李晔登华州齐云楼，西北顾望京师，作《菩萨蛮》三章以思归。乐工唱时，从臣皆悲歌泣下。原作三首，今存二首，纯是一片亡国的哀音。天复四年（904），李晔为朱全忠所杀。二词各本文字稍有异同，本书据敦煌卷子斯二六〇七选录。敦煌卷子斯二六〇七还有当时诸臣的四首。今录其二，以供参读。"千年凤阙争离弃。何时献得安邦计。銮驾在三峰。天同地不同。　　宇宙憎嫌侧。今作蒙尘客。阙外有忠常。思佐圣人王。""御园点点红丝挂。因风坠落沾枝架。柳色正依依。玄宫照渌池。　　每思龙凤阙。惟恨累年别。计日却回归。象似南山不动微。"

巫山一段云[1]

蝶舞梨园雪[2]。莺啼柳带烟。小池残日艳阳天。苎萝山又山[3]。　　青鸟不来愁绝[4]。忍看鸳鸯双结。春风一等少年心。闲情恨不禁。

◎ 注释

[1]《巫山一段云》：唐教坊曲名，双调。上片四句三平韵，下片四句两仄韵。晚唐五代词中，此调或咏调名本意，或咏美人。李晔二词，见《尊前集》。本书选其第二首。

[2] 梨园：唐玄宗时官内有梨园，这里是泛指。

[3] 苎萝：传说春秋时越国美女西施生于苎萝山。山在今浙江诸暨。《吴越春秋·勾践阴谋外传》："勾践得苎萝山鬻薪之女，曰西施。"

[4] 青鸟：据《汉武故事》：青鸟是神话中为西王母传递书信的使者。

◎ 评析

　　《尊前集》于"昭宗"名下录《巫山一段云》二首，注云："上幸蜀，宫人留题宝鸡驿壁。"这二首词究竟是昭宗李晔所作，还是昭宗宫人所为，疑莫能明。光化四年（901），李晔为宦官韩全诲等所劫，奔凤翔，词或作于此时。陈廷焯《闲情集》卷一改题下注云："题宝鸡驿壁"，并赏其结句，谓"遣词哀艳，至有李茂贞之变"。

❖ 张 曙
（生卒年不详）　小字阿灰，南阳（今河南邓州市）人，大顺二年（891）进士，官至右补阙。

浣溪沙

枕障熏炉隔绣帏。二年终日两相思。[1]好风明月始应知[2]。
天上人间何处去，旧欢新梦觉来时。黄昏微雨画帘垂[3]。

◎ 注释

[1]"枕障"二句：枕障，枕屏。熏炉，香炉。绣帏，帷帐。都是亡者的遗物。参看潘岳
《悼亡诗》："帏屏无仿佛，翰墨有余迹；流芳未及歇，遗挂犹在壁。"

[2]"好风"句：谓二年的相思之苦，可请风与明月来作证。

[3]画帘垂：意同李商隐《王十二兄与畏之员外相访见招小饮、时予以悼亡日近不去因寄》
诗："更无人处帘垂地，欲拂尘时簟竟床。"

◎ 评析

　　孙光宪《北梦琐言》卷八："唐张祎（yī）侍郎，朝望甚高，有爱姬早逝，悼念不已。因入朝未回，其犹子（侄子）右补阙曙，才俊风流，因增大阮（叔父）之悲，乃制《浣溪沙》词曰（从略），置于几上。大阮朝退，凭几无聊，忽睹此诗，不觉哀恸，乃曰：'必是阿灰所作。'阿灰，即中谏小字也。"原来这是张曙为他叔叔张祎所作，哀悼亡姬之词。张曙也因此词得以闻名。但此词《花间集》卷四作张泌词，为张泌十首《浣溪沙》之一。究竟谁是此词的作者，识此待考。

钟 辐
（生卒字里不详）

同时有两钟辐，一为虔州南康（今属江西）人，曾建山斋为习业之所，后三十余年，始登进士第，咸通末，以广文先生为苏州院巡，事迹见《唐摭言》卷八。一为金陵（今属江苏南京）人，娶樊若水女，后周时至洛阳应试中甲科，后归隐钟山，年八十余卒，事迹据《分门古今类事》卷十引《潘佑集》《湘山野录》卷中引潘佑《樊氏墓志》。《全唐诗·附词》录钟辐词一首，系于唐钟辐名下。

卜算子慢[1]

桃花院落，烟重露寒，寂寞禁烟晴昼[2]。风拂珠帘，还记去年时候。惜春心，不喜闲窗绣。倚屏山[3]，和衣睡觉，醺醺暗消残酒[4]。 独倚危阑久[5]。把玉笋偷弹[6]，黛蛾轻斗[7]。一点相思，万般自家甘受[8]。抽金钗，欲买丹青手。[9]写别来，容颜寄与，[10]使知人清瘦。

◎ 注释

[1]《卜算子慢》：双调，上片十句四仄韵，下片十句五仄韵。

[2]禁烟：指寒食节。古人逢此节日，禁火冷食。

[3]屏山：屏风。

[4]醺醺：酣醉貌。岑参《送羽林长孙将军赴歙州》诗："青门酒楼上，欲别醉醺醺。"

[5]危阑：高栏。

[6]把：用。玉笋：喻指美女的手指。韩偓《咏手》诗："暖白肤红玉笋芽，调琴抽线露尖斜。"

[7]黛蛾轻斗：犹云双眉微皱。

[8]自家：自己。

[9]"抽金钗"二句：相传汉元帝时掖庭宫女王昭君，因拒绝贿赂画师毛延寿，图像被画丑，未被元帝赏识。这里反用其意。抽，犹云拿出。丹青手，画家、画师。

[10]"写别来"二句：承上谓让画师把自己的容貌画下来，寄给所念之人。写，画。

◎ 评析

　　这是唐五代文人词中最早的几首慢词之一。清叶申芗《本事词》卷上谓是赠妓之作："江南士人钟辐，有妓名青箱，甚宠之，后因外出，而寄以《卜算子慢》云。"但未知所据。张德瀛《词征》卷五评曰："词笔哀怨，情深而不诡。"

✦ 韩　偓
（842？—923）

字致尧，一作致光，小名冬郎，自号玉山樵人，京兆万年（今陕西西安）人。龙纪元年进士。官至兵部侍郎、翰林学士承旨，以不附朱全忠被贬逐，入闽依王审知而终。有《玉山樵人集》。王国维《唐五代二十一家词辑》有《香奁词》一卷。

生查子[1]

侍女动妆奁。故故惊人睡[2]。那知本未眠，背面偷垂泪。　　懒卸凤凰钗[3]。羞入鸳鸯被[4]。时复见残灯[5]，和烟坠金穗[6]。

◎ 注释

[1]《生查子》：唐教坊曲名，双调，上下片各四句、两仄韵。韩偓《生查子》两首，见《香奁集》，此选其一。

[2]故故：故意，特地。

[3]凤凰钗：妇女首饰。形如凤凰的金钗。

[4]鸳鸯被：夫妇共寝之被，又称合欢被。

[5] 残灯：喻天色欲明。

[6] 穗：同"繐"。金穗，指灯花。

◎ 评析

　　这首词写女子一夜孤寂无眠，又不愿旁人知情的复杂心情。前六句重在心理刻画。末句则转叙所见，以景写情，从不时看到灯花的坠落，将身世之感一并打入，与冯延巳《鹊踏枝》（一作欧阳修）"泪眼问花花不语，乱红飞过秋千去"同一意境。贺裳《皱水轩词笺》云："凡写迷离之况者，止须述景，如'小窗斜日到芭蕉，半床斜月疏钟后'，不言愁而愁自见。因思韩致光'空楼雁一声，远屏灯半灭'，已足色悲凉，何必又赘'眉山正愁绝'耶？觉首篇'时复见残灯，和烟坠金穗'，如此结句，更自含情无限。"

◈ 无名氏

醉公子[1]

门外猧儿吠[2]。知是萧郎至[3]。划袜下香阶[4]，冤家今夜醉[5]。　　扶得入罗帏。不肯脱罗衣。醉则从他醉，还胜独睡时。

◎ 注释

[1]《醉公子》：唐教坊曲名。《花间集》中有薛昭蕴、顾夐、尹鹗、阎选等《醉公子》五首，皆咏调名本意。《怀古录》录这首词，谓"此唐人词也"。按《怀古录》三卷，南宋陈模字子宏撰。其以此词为唐人作，未知所据。然宋人罕有作者。史达祖有《醉公子》一首，乃一百零六字之长调，与五代时《醉公子》曲迥异。

[2] 猧（wō）儿：一称猧子，今俗称哈巴狗，闺阁中宠物。王仁裕《开元天宝遗事》卷下："一日，明皇与亲王棋……妃子立于局前观之。上欲输次，妃子将康国猧子放之，令于局上乱其输赢，上甚悦焉。"

[3]萧郎：指女子所欢。详敦煌词《茶怨春》(柳条垂处)注[4]。

[4]划袜：只穿袜子行走。

[5]冤家：对情人的昵称。

◉ 评析

《怀古录》云："此唐人词也。前辈谓读此可悟诗法。或以问韩子苍，子苍曰：'只是转折多耳。且如喜其至，"划袜下香阶"，是一转矣；而苦其"今夜醉"，又是一转；喜其"入罗帏"，又是一转；而"不肯脱罗衣"，又是一转。后二句自家开释，又是一转。直是赋尽醉公子也。'"

后庭宴[1]

千里故乡，十年华屋[2]。乱魂飞过屏山簇。眼重眉褪不胜春，菱花知我销香玉[3]。　　双双燕子归来，应解笑人幽独[4]。断歌零舞，遗恨清江曲。万树绿低迷，一庭红扑簌[5]。

◉ 注释

[1]《后庭宴》：双调，上片五句三仄韵，下片六句三仄韵。此词始见宋陈岩肖《庚溪诗话》卷下，云得之洛阳地下石刻。刘毓盘《词史》谓此词"与毛熙震四十四字体之《后庭花》又无一相似处。唐人词自《河传》外，前后叠相去无如是之远者。且'眼重'句，与前蜀后主'柳眉桃脸不胜春'句法同，当是五代人所作也。"

[2]华屋：曹植《箜篌引》："生存华屋处，零落归山丘。"

[3]菱花：镜的代称。

[4]应解：犹云应得。张相《诗词曲语辞汇释》卷一："解，犹会也；得也；能也。"

[5]"一庭"句：元稹《连昌宫词》："风动落花红簌簌。"扑簌，象声词。

◉ 评析

陈岩肖《庚溪诗话》卷下云："宣、政间，修西京洛阳大内，掘地得一碑，隶书小词一阕，名《后庭宴》，其词曰（从略）。余见此碑墨本于李丙仲南家。仲南云得之张魏公侄椿处也。"

俞陛云《唐词选释》云:"千里之遥,十年之久,而知其憔悴者,惟有菱花,其踪迹之销匿可知。观'遗恨清江曲'句,殆唐末遗民,自晦其姓名者。以其姓名无考,诸选家有列于唐末者,有附于五代者,未能确定也。"

菩萨蛮[1]

牡丹含露真珠颗[2]。美人折向庭前过。含笑问檀郎[3]。"花强妾貌强。"   檀郎故相恼。须道"花枝好"[4]。一饷发娇嗔[5]。碎挼花打人[6]。

◎ 注释

[1] 此词亦见张先《张子野词》卷一,末句作"花若胜如奴,花还解语无"。然宋章渊《槁简赘笔》引此词为唐无名氏词,唐宣宗已引及词中"碎挼花打人"之语,《全宋词》谓《张子野词》误收。今暂录于此。

[2] 真珠颗:谓露如颗颗珍珠。真,即珍。

[3] 檀郎:潘岳,见后敦煌词《竹枝子》(高卷珠帘)注[8]。潘岳,小名檀郎。

[4] 须道:却说、偏说。张相《诗词曲语辞汇释》卷一:"须,犹却也。于语气转折时或语气加紧时用之。"

[5] "一饷"句:承上而来,意谓因檀郎偏说其貌不如花枝美,故使她懊恼而长久生气。一饷,许久。

[6] 挼:搓揉。

◎ 评析

章渊《槁简赘笔》云:"今人见妇人粗率者,戏之曰:'碎挼花打人。'唐宣宗时,有妇人以刀断其夫两足,宣宗戏语宰相曰:毋乃'碎挼花打人'耶!盖引当时人有词。"

《删补唐诗选脉笺释会通评林》卷六〇引周珽云:"佳人自恃其貌

美，问郎、惹郎、相恼，无限风情，妙在'故'字，岂真好不花若耶？碎接花打，还相娇嗔，一种媚态，可掬如画。"

明唐寅又承此词演为《妒花歌》："昨夜海棠初着雨，数朵轻盈娇欲语。佳人晓起出兰房，折来对镜比红妆。问郎花好奴颜好，郎道不如花窈窕。佳人见语发娇嗔，不信死花胜活人。将花揉碎掷郎前，请郎今夜伴花眠。"

◈ 韦 庄
(836?—910)

字端己，京兆杜陵（今陕西西安）人。广明元年（880）应举时，值黄巢入京，陷兵中。后避地越中，漫游江西、湖湘。在江南漂泊十年。乾宁元年（894）第进士，授校书郎，迁左补阙。乾宁四年，以两川宣谕使判官入蜀，西川节度使王建留为掌书记。天复七年（907），王建自立，国号大蜀。韦庄定制度号令，官至吏部侍郎同平章事，二年后，卒。有《浣花集》。《花间集》录其词四十八首，王国维辑为《浣花词》一卷。韦庄词情深语秀，能运密入疏，寓浓于淡，与温庭筠齐名，然温浓而韦淡，各极其妙。前人论韦庄词且有"初日芙蓉，晓风杨柳"之喻。

浣溪沙[1]

惆怅梦余山月斜[2]。孤灯照壁背窗纱[3]。小楼高阁谢娘家[4]。　　暗想玉容何所似，一枝春雪冻梅花。满身香雾簇朝霞[5]。

◎ 注释

[1]《浣溪沙》，唐教坊曲，双调，上片三平韵，下片两平韵。《花间集》录韦庄《浣溪沙》五首，本书选其二首。

[2]梦余：梦醒之后。

[3]背：犹"暗"。温庭筠《更漏子》："红烛背，绣帘垂。"蒋捷《阮郎归》词："雪飞灯背雁声低。"皆其例。

[4]谢娘：见前温庭筠《更漏子》（柳丝长）注[5]。

[5]"满身"句：曹植《洛神赋》："远而望之，皎若太阳升朝霞。"

◎ 评析

　　自白居易《长恨歌》"玉容寂寞泪阑干，梨花一枝春带雨"之后，此词的"暗想玉容何所似，一枝春雪冻梅花"，又树立了一种女性的美的风范。此后嗣起者众，在宋词中就络绎不绝。贺铸《浣溪沙》"玉人和月摘梅花"、姜夔《暗香》"算几番照我，梅边吹笛。唤起玉人，不管清寒与攀摘"，都把玉人和梅花联系在一起，用以表现玉人的品性高洁，超尘脱俗。韦庄此词还有一点可以说一下。"春雪冻梅花"，一片冷艳，下句接以"满身香雾簇朝霞"，则明丽照人，两者色调不同，但相映生辉，不可偏废。

　　韦庄《浣花集》另有《春陌》诗二首，其一曰："满街芳草卓香车，仙子门前白日斜。肠断东风各回首，一枝春雪冻梅花。"可见这是他的得意之句，既以入诗，又以入词。

浣溪沙

夜夜相思更漏残[1]。伤心明月凭栏干。想君思我锦衾寒。　　咫尺画堂深似海[2]，忆来唯把旧书看[3]。几时携手入长安。

◎ 注释

[1]"夜夜"句：谓每夜相思，直至天明。更漏残，犹云夜尽。

[2]“咫尺”句：唐崔郊恋姑之婢，后婢与连帅于公颇，思慕不已，因寒食偶出相遇，崔遂
　　赠诗云：“侯门一入深似海，从此萧郎是路人。”

[3]忆来：忆时。旧书：旧时书信。

◎ 评析

　　“想君思我”，想到对方也在今夜此刻思念自己，其中当然有悬想的
成分，但这是一种心心相印的心灵的感通，语虽淡而情弥深。后来姜夔
《鹧鸪天》词说：“谁教岁岁红莲夜，两处沉吟各自知。”不用悬想，各
自感知，则更是心灵间永久的默契了。“忆来”二句，是明知相见无缘，
唯以旧书慰藉，但心中依然存有一线希望之光，惓惓不已。韦庄是京
兆杜陵人，自中和二年（882）离开长安后，再也未能回去。“几时”一
句，则把重逢与回乡两个愿望连接为一了。

菩萨蛮[1]

其一

红楼别夜堪惆怅。香灯半卷流苏帐[2]。残月出门时。美
人和泪辞。　　琵琶金翠羽[3]。弦上黄莺语[4]。劝我早
归家。绿窗人似花。

◎ 注释

[1]《花间集》录韦庄《菩萨蛮》词五首，是一组联章。俞平伯《读词偶得》说：“韦庄此词
　　凡五首，实一篇之五节耳。”各家选本，每予割裂，并不恰当。

[2]流苏帐：用彩色丝线作为穗子的帷帐。

[3]金翠羽：嵌金点翠的捍拨，安置于琵琶槽上。

[4]“弦上”句：唐王仁裕《荆南席上咏胡琴妓二首·其一》：“寒敲白玉声偏婉，暖逼黄莺
　　语自娇。”

◎ 评析

韦庄《菩萨蛮》五首，是同时所作的一组联章，内容连贯，彼此
声息相通，过去就有人把它们当作一篇五章，逐一分析其章法。张惠言
《词选》定为蜀中所作。韦庄入蜀时已六十二岁，词意与之不合。据其
末章，当作于洛阳，其时约为光启三年（887），但难以确指，不过它们
作于韦庄说"老"而实"未老"之时，是可以肯定的。此词是第一首，
记离别之始。"香灯半卷流苏帐"，是夜别光景，画面上一片温馨，使人
流连。"残月"二句，不说我辞美人，而说"美人和泪辞"，化直为曲，
突出美人泪眼莹莹的凄楚状态，是最令人销魂的一刻。下片补叙临别有
美人所弹的一曲琵琶。"金翠羽"是琵琶捍拨上的金饰，作凤凰形状。
"黄莺语"形容琵琶美妙的乐声，犹如春莺鸣啭。这琵琶一曲弹奏的是
什么内容呢？那就是"劝我早归家，绿窗人似花。"唐五代词多琵琶曲，
有《思归乐》《醉思乡》《还乡曲》《念家山》《思帝乡》诸曲，韦庄听到
的就是这类曲调。"早归"二字，可以说是本篇的主脑，"早归家"犹云
"早归来""似花"之人就是"和泪辞"之人，叮嘱他早早归来，不要辜
负了青春年少。"绿窗"也与上片"红楼""香灯"相应复合，使上下片
连成一气。姜夔《长亭怨慢》云："韦郎去也，怎忘得玉环分付：第一
是早早归来，怕红萼无人为主。"可为此词下片注脚。这首词居于五章
之首，等于在说思念的缘起。俞平伯《读词偶得》谓此词"闲闲说出，
正合开篇光景，其中淡处皆妙境也。"

其二

人人尽说江南好[1]。游人只合江南老[2]。春水碧于天。
画船听雨眠。　　垆边人似月。皓腕凝霜雪。[3]未老莫还乡。
还乡须断肠。

[1] 江南：唐时江南包括江南东道与江南西道。韦庄因避乱移家越中，后自三衢往游江西两湖，其家眷还在金陵，居住多年，故《浣花集》中多江南之作和怀念江南的诗篇。如《古离别》："更把玉鞭云外指，断肠春色在江南。"《寄江南逐客》："记得竹斋风雨夜，对床孤枕话江南。"《含山店梦觉作》："灯前一觉江南梦，惆怅起来山月斜。"

[2] 合：合应，合该。

[3] "垆边"二句：谓酒家女。垆，酒店里用土砌成放酒瓮的地方。卓文君曾当垆卖酒。人似月，如月一样明丽照人。凝霜雪，指两腕明净洁白。

◎ 评析

　　此词说别后，言不合离去而为之肠断。"只合江南老"，如同刘禹锡《曹刚》诗："一听曹刚弹《薄媚》，人生不合出京城。"张祜《纵游淮南》诗："人生只合扬州死，禅智山光好墓田。"说得斩绝，别无选择。此时已不须"劝我"而决然作断了。"春水"二句，一幅春江图画，雨丝风片，随波容与，诗情荡漾。许昂霄《词综偶评》谓："此景此情，生长雍冀（泛指北地）者，实未曾梦见。"皮日休诗有云："汉水碧于天，南荆廓然秀。"就缺少这种神韵。"垆边"二句，是不同于红楼美人的酒家女，唐人诗中屡见。此词却不涉风情，以"月"和"霜雪"为喻，写出一种端庄的明丽丰腴之美。"须断肠"之"须"与上片"只合"相应，再次加强语气，实已追悔莫及矣。

　　《尊前集》此词误作李白词，词云："游人尽道江南好。游人只合江南老。未老莫还乡。还乡空断肠。　　绣屏金屈曲。醉入花丛宿。春水碧于天。画船听雨眠。"下片错乱得几乎不可卒读，诗意和美感被破坏了。

其三

如今却忆江南乐[1]。当时年少春衫薄。骑马倚斜桥。满楼红袖招[2]。　　翠屏金屈曲[3]。醉入花丛宿[4]。此度见花枝。白头誓不归。[5]

◎ 注释

[1] 却忆：回忆，反想。李白《对酒忆贺监》诗："金龟换酒处，却忆泪沾巾。"

[2] 红袖：王建《夜看扬州市》诗："夜市千灯照碧云，高楼红袖客纷纷。如今不似时平
　　日，犹自笙歌彻晓闻。"杜牧《南陵道中》诗："正是客心孤迥处，谁家红袖凭江楼。"
　　与本词所写相同，可参看。

[3] 翠屏：嵌有翡翠的屏风。屈曲：指屏风上可折叠的环纽，即蝴蝶扇铰，今日铰链，用
　　以屈申折叠。

[4] 花丛：指游冶之地。

[5] "此度"二句：承上作立誓语。意谓如果现在重到江南，就死也不回来了。白头，为将
　　来之辞，非指眼前。

◎ 评析

　　第二首言"江南好"，极写江南景色之丽与江南人物之美。这一首
言"江南乐"，则专涉冶游，追叙艳遇。在吴声西曲与诸多唐人诗中，
江南本为风流渊薮，"骑马倚斜桥，满楼红袖招"二句，风情如画，且
有春风得意，风流自赏之意。起句"却忆"直贯六句，"此度"则与
"如今"相接，因却忆而生悬想。"花丛宿"犹是泛说，"见花枝"则是
意中人，情专于一。"白头誓不归"，意为至死不归，且为此立誓，较之
前阕"只合江南老"，主观意念加强了，语气也愈发决绝，对当年的轻
别怀着深深的悔恨。

　　这五首词多次说到"老"字，其实作词时并非真的已老，"白头誓
不归"，就是设想于未来之辞。

其四

劝君今夜须沉醉。尊前莫话明朝事。珍重主人心。酒深
情亦深。　　须愁春漏短[1]。莫诉金杯满[2]。遇酒且呵
呵[3]。人生能几何。

◎ 注释

[1] 春漏短：犹云春夜短。

[2] 诉：辞酒曰诉。韦庄《离筵诉酒》诗："感君情重惜分离，送我殷勤酒满卮。不是不能判酩酊，却忧前路醉醒时。"诉酒就是辞酒。

[3] 呵呵：笑声。

◎ 评析

　　选韦庄《菩萨蛮》者，这一首每弃而不取。其实在"却忆江南乐"之后，必然有一种无可奈何的悲哀，"今夜须沉醉"，"人生能几时"，就是此时极为自然而正常的心态。所谓"明朝事"，正包括上阕结尾所说"此度见花枝，白头誓不归"在内。但这些本是悬想，并无实现之可能，所以说"莫话"，不必再提了。"遇酒且呵呵"二句，是聊以排遣，暂为欢笑的口吻，看似十分浅俗，内心却是相当沉痛的。

其五

洛阳城里春光好。洛阳才子他乡老[1]。柳暗魏王堤[2]。此时心转迷[3]。　　桃花春水渌[4]。水上鸳鸯浴。凝恨对残晖[5]。忆君君不知。

◎ 注释

[1] 洛阳才子：西汉贾谊是洛阳人，潘岳《西征赋》说："贾生洛阳之才子。"唐·包佶《同阎伯均宿道士观有述》诗："南国佳人去不回，洛阳才子更须媒。"令狐楚《皇城中花园讥刘、白赏春不及》诗："洛阳才子何曾爱，下马贪趋广运门。"这里是韦庄自指。

[2] 魏王堤：唐时洛水流入城内，经尚善、旌善二坊之北，南溢为池，为都城之胜，贞观中以赐魏王泰，故名。池上有堤，多植柳。白居易《魏王堤》诗："何处未春先有思，柳条无力魏王堤。"

[3] 心转迷：心更迷。

[4] "桃花"句：据《礼记·月令》，二月桃花开时，春水渐盛，称为"桃花水"。王维《桃源行》诗："春来遍是桃花水，不辨仙源何处寻。"渌，水清貌。

◎ 评析

如果《菩萨蛮》五首是同时所作的联章这一点没有问题，末章就表明它们作于洛阳。有人说"洛阳才子"是韦庄自谓，韦庄多次在洛阳居住，洛阳可以说是他的第二故乡（汉代贾谊是洛阳人，后迁谪长沙，就是"洛阳才子他乡老"的）。又第二首开头两句叠用"江南"，此处首两句叠用"洛阳"，犹如歌谣，非常流畅。此词从洛阳之春想到从前的江南之春，"红楼别夜"以及"江南好""江南乐"的一幕幕，重又在眼前展现，因而"心转迷"而"凝恨"不已了。"忆君君不知"一句，正是对首章"劝我早还家，绿窗人如花"遥致的回答，也是这五首词的主旨和总结，五首词就贯串着一个"忆"字，从而使江南的景色人物历历在目，耿耿不忘。

韦庄生平，详见于夏承焘先生的《韦端己年谱》，但有关韦庄早年的资料甚少，韦庄寓居越中、金陵，漫游江西及湖湘十余年，这五首词就留下了他的一些侧影。当时正值中原大乱，江南却依然承平故态，或许"劝君今夜须沉醉"一首，稍稍透露出一点乱世的气息。

归国遥[1]

金翡翠[2]。为我南飞传我意。罨画桥边春水[3]。几年花下醉。　　别后只知相愧。泪珠难远寄。罗幕绣帏鸳被[4]。旧欢如梦里。

◎ 注释

[1] 原唐教坊曲名。双调，上下各四句四仄韵。《花间集》录韦庄《归国遥》三首，本书选其第二首。

[2] 金翡翠：翠鸟、青鸟。这里借用青鸟为西王母与汉武帝传递书信故事，指传书的使者。

[3] 罨（yǎn）画：彩色画。

[4] 鸳被：绣有鸳鸯图案的锦被。《古诗十九首》（十八）："文彩双鸳鸯，裁为合欢被。"骆宾王《从军中行路难》诗："雁门迢递尺书稀，鸳被相思双带缓。"

◎ 评析

　　这也是一首忆江南的词，陈廷焯《大雅集》卷一谓"此亦《菩萨蛮》之意"，甚确。词中委托青鸟飞到江南，传达情意。"罨画桥边""罗幕绣帷"，就是《菩萨蛮》中所说的"江南乐"，如今旧欢如梦，泪珠难寄，因而只能不胜感愧了。"别后只知相愧"，语虽朴拙，而情则深厚，故陈廷焯《云韶集》卷一评曰："真有此情。"

女冠子[1]

其一

　　四月十七。正是去年今日。别君时。忍泪佯低面[2]，含羞半敛眉[3]。　　不知魂已断，空有梦相随。除却天边月，没人知。

◎ 注释

[1]《女冠子》，唐教坊曲名。女冠，即女道士。子是曲子的简称。《花间集》中作《女冠子》者，不少咏调名本意。韦庄《女冠子》二首联章，已与调名无涉。《女冠子》，双调，上片两仄韵、两平韵，下片两平韵。

[2] 佯：假装。

[3] 敛眉：皱眉。

◎ 评析

　　"四月十七"，是去年离别的日子，开头就特予标明，可能还有重要意义。广明元年（880）韦庄在长安应举，值黄巢攻长安，身陷兵中。

中和二年（882）春后，离长安至洛阳。四月十七，可能就是韦庄告别长安的日子，所以说得这么郑重。韦庄《出关》诗云："正是灞陵春酬绿，仲宣何事独辞家。"此后又有《长安旧里》诗："满目墙匡春草深，伤时伤事更伤心。车轮马迹今何在，十二玉楼无处寻。"读此词时，皆可用作参考。

《女冠子》两首是联章，写双方同在此夜梦中相遇。第一首说女方，"忍泪"两句是别时情景，此后愈离愈远，则梦魂相随。"除却天边月，没人知"，犹如说"忆君君不知"，略带怨恨之意。王闿运《湘绮楼词选》谓："'不知'得妙，梦随乃知耳。若先知，那得有梦？唯有月知，则常语矣。"

词中记年、月、日者，近代王闿运《湘绮楼词》有《女冠子》一首，即步武韦庄此作。词云："二月初一。十九年前今日。正春分。酒绿香如雾，花红晕作云。　娉婷轻嫁了，旖旎暗怜人。惟有迷离梦，又逢春。"词中月日，对个人命运来说，也是个有特殊意义的日子。

其二

昨夜夜半。枕上分明梦见。语多时。依旧桃花面[1]，频低柳叶眉[2]。　半羞还半喜，欲去又依依。觉来知是梦[3]，不胜悲。

◎ 注释

[1]"依旧"句：用崔护故事。

[2]柳叶眉：白居易《长恨歌》诗："芙蓉如面柳如眉。"

[3]觉来：觉后。

◎ 评析

前一首说女方，这一首则说男方。梦中情景一一"分明"。"依旧"与"去年今日"相应，"半羞"两句，则宛然是第一首别君时的情状。

"语多时"与"欲去又依依"则关合双方。

唐五代的联章体形式多样,这两首犹如相隔千里的男女月下对唱。实际上彼此不通音信,并非真的互诉梦境。两首词中,一方是实情,一方是虚拟,不能一概坐实。

更漏子

钟鼓寒,楼阁暝。月照古桐金井[1]。深院闭,小庭空。落花香露红。　　烟柳重,春雾薄。灯背水窗高阁[2]。闲倚户,暗沾衣。待郎郎不归。

◎ 注释

[1] 金井:井边的铁栏杆。

[2] 灯背:灯暗。水窗:临水之窗。

◎ 评析

同温庭筠《更漏子》一样,韦庄此词也都写夜间情事。词中一片冷落空寞的气氛,而终夜候人的心情则更为凄苦。其身世如同"落花香露红"一样,自己也何尝不感到已被弃置呢?所以结句楚楚可怜。

思帝乡[1]

春日游。杏花吹满头。陌上谁家年少,足风流[2]。妾拟将身嫁与,一生休[3]。纵被无情弃,不能羞。[4]

◎ 注释

[1]《思帝乡》,唐教坊曲名,单调,八句五平韵。《花间集》录韦庄《思帝乡》二首,此选

其一。

[2] 足风流：犹云十分风流。

[3] 一生休：这一辈子就算了。

[4] "纵被"二句：即使被无情的人遗弃，也不以为羞。

◎ 评析

　　唐五代文人笔下的恋情词，大都用比兴手法，隐约含蓄。这首《思帝乡》却直用赋体，写一个怀春少女对爱情的表白：敢于说出自己的爱，敢于以身相许，甚至不计后果，即使将来遭到遗弃也在所不惜。这是一种不顾一切的特别炽热的爱情，在春天、杏花、不相识的风流少年等外界环境的触发下突然爆发出来。最后以仅三字的誓言般的短语作结，尤显得干脆决绝，志不可夺。

　　《皱水轩词筌》引贺裳语曰："小词以含蓄为佳，亦有作决绝语而妙者，如韦庄'陌上谁家年少，足风流。妾拟将身嫁与，一生休。纵被无情弃，不能羞'之类是也。牛峤'须作一生拼，尽君今日欢'，抑亦其次。柳耆卿'衣带渐宽终不悔，为伊消得人憔悴'，亦即韦意，而气加婉矣。"

荷叶杯[1]

绝代佳人难得。倾国。[2]花下见无期。一双愁黛远山眉[3]。不忍更思惟[4]。　　闲掩翠屏金凤[5]。残梦。罗幕画堂空。碧天无路信难通。惆怅旧房栊[6]。

◎ 注释

[1]《荷叶杯》：唐教坊曲名。有单调、双调二体。单调五句两仄韵、三平韵。双调倍之。

[2] "绝代"二句：《汉书·外戚传》："李延年倚上，起歌舞曰：'北方有佳人，绝世而独立。一顾倾人城，再顾倾人国。宁不知倾城与倾国，佳人再难得。'"

[3]远山眉:画眉式样之一。《西京杂记》卷二:"(卓)文君姣好,眉色如望远山。"

[4]思惟:思量。

[5]翠屏金凤:床前屏风,上面绣着凤凰鸟。

[6]房栊:栊亦房之通称。惆怅旧房栊,犹叹人去楼空。

◉ 评析

　　《荷叶杯》是唐五代流行的劝酒曲,大多是酒宴上送行时唱的。韦庄《荷叶杯》二首,旧说为悼念亡姬而作。韦庄《浣花集》中有《悼亡姬》《独吟》《悔恨》《虚席》《旧居》诸诗,俱悼亡姬。《荷叶杯》是否如此,难以考定。不过说到"碧天无路信难通",这绝代佳人似乎已经不在人间,那么旧说也不是绝无可能。

荷叶杯

记得那年花下。深夜。初识谢娘时[1]。水堂西面画帘垂[2]。携手暗相期。　　惆怅晓莺残月。相别。从此隔音尘。如今俱是异乡人。相见更无因。

◉ 注释

[1]谢娘:见前温庭筠《更漏子》(柳丝长)注[5]。

[2]水堂:临水之堂。

◉ 评析

　　从当年初别到如今离散,人生的聚散本是无常。两人的因缘只写了"初识"之时与"相别"之时两个场面,前者其时其地,情景宛然。后者"晓莺残月",已开柳永"杨柳岸晓风残月"的境界。"如今俱是异乡人",则语有足悲者。犹如罗隐《偶题》诗:"我未成名君未嫁,可能俱是不如人。"由旧情而滋生彼此的深切同情。

河　传

何处。烟雨。隋堤春暮。柳色葱茏。[1]画桡金缕[2]。翠旗高飐香风。水光融。　青娥殿脚春妆媚[3]。轻云里。绰约司花妓[4]。江都宫阙，清淮月映迷楼[5]。古今愁。

◎ 注释

[1]"隋堤"二句：大业元年（605），隋炀帝开掘名为通济渠的大运河，自洛以达淮水。又开邗沟，自山阳（江苏淮安）至扬子（江苏仪征）入长江。通济渠广四十步，两岸筑御道，种柳树护岸，世称隋堤。《河传》最初就是隋炀帝开运河时的曲子。

[2]"画桡"句：隋炀帝为了行幸江都，造龙舟及杂船数百艘。龙舟四重，高四十五尺，长二百丈。上重有正殿、内殿、东西朝堂，中二重有百二十房，皆饰以金玉。船楫皆雕刻镂金。龙舟所过，香闻百里。

[3]青娥殿脚：为隋炀帝挽舟的美女。《开河记》："炀帝诏造大船，泛江沿淮而下，于吴越间取民间女年十五、六岁者五百人，谓之殿脚女。至于龙舟御桥，即每船用彩缆十条，每条用殿脚女十人，嫩羊十口，令殿脚女与羊相间而行，牵之。"

[4]绰约：柔婉貌。司：主。司花妓：《隋遗录》卷上："长安贡御车女袁宝儿，年十五，腰肢纤堕，骇冶多态，帝宠爱之特厚。时洛阳进合蒂迎辇花……其香秋芬馥，或惹襟袖，移日不散，嗅之令人不睡。帝令宝儿持之，号曰司花女。"

[5]江都：今江苏扬州。迷楼：遗址在扬州观音山上。隋炀帝晚年，沉迷女色，浙人项升为造迷楼，所筑幽房曲室，以贮美女。

◎ 评析

　　韦庄有《河传》四首，这一首犹咏调名本意，另外三首则皆以咏成都。韦庄自洛阳南行，到过江淮，感炀帝隋堤事，就赋此以慨古今盛衰，可属词中怀古之作。李白《越中览古》诗："越王勾践破吴归，义士还家尽锦衣。宫女如花满春殿，只今惟有鹧鸪飞。"前三句极言往昔之盛，末句则急转直下，以"只今惟有鹧鸪飞"轻轻地把前三句所着力渲染的一下转个精光。韦庄此词与上述李白诗的作法相同。前十句追记隋炀帝坐龙舟行幸扬州，辞藻极其富丽，最后以"古今愁"三字结之，以盛映衰，化实为空，很见笔力。

河　传

春晚。风暖。锦城花满^[1]。狂杀游人。玉鞭金勒^[2]。寻
胜驰骤轻尘^[3]。惜良辰。　　翠娥争劝临邛酒^[4]。纤纤手。
拂面垂丝柳。归时烟里，钟鼓正是黄昏。暗销魂。

◎ 注释

[1] 锦城：今四川成都。

[2] 玉鞭金勒：华贵的车马。勒，马络头。

[3] 寻胜：指成都的园林名胜，如摩诃池、宣华苑、芳华楼。

[4] 翠娥：美女。李白《忆旧游寄谯郡元参军》诗："翠娥婵娟初月晖，美人更唱舞罗衣。"
临邛酒：《汉书·司马相如传》："司马相如与卓文君俱之临邛，尽卖车骑，买酒舍，乃
令文君当垆。"临邛，今四川邛崃。

◎ 评析

　　成都春日有花市，韦庄《奉和左司郎中春物暗度感而成章》诗：
"锦江风散霏霏雨，花市香飘漠漠尘。"自正月十日起，成都成为花海，
游宴不绝。四月十九日，则是成都的赏花节。陆游《老学庵笔记》卷
八："四月十九日，成都谓之浣花。邀头宴于杜子美草堂沧浪亭，倾城
皆出，锦绣夹道。自开岁宴游，至是而止，故最盛于此时。予客蜀数
年，屡赴此集，未尝不晴。蜀人云：'虽戴白之老，未尝见浣花日雨
也。'"韦庄这首词，就记述了成都花市的盛况，反映了成都的节令风物
和当地习俗。

小重山^[1]

一闭昭阳春又春^[2]。夜寒宫漏永^[3]，梦君恩。卧思陈事
暗消魂^[4]。罗衣湿，红袂有啼痕^[5]。　　歌吹隔重阍^[6]。

绕庭芳草绿，倚长门[7]。万般惆怅向谁论。凝情立[8]，宫殿欲黄昏。

◉ 注释

[1]《小重山》：一名《感皇恩》。双调，上下各六句，四平韵。

[2]闭昭阳：喻失宠。见前王建《调笑令》(团扇)注[5]。春又春：犹言年复一年。

[3]宫漏永：喻夜长。

[4]陈事：往事。

[5]红袂：红袖。啼痕：泪痕。

[6]歌吹：乐声。重阁：重重宫门。

[7]长门：汉武帝时，陈皇后因妒失宠，幽居长门宫。

[8]凝情：一往而深之情，犹云痴情。

◉ 评析

　　这首词就是唐诗中常见的"宫怨"。一闭昭阳，多年经岁，君恩已变，犹凝情不已。结句写深宫幽恨，尤为凄绝。沈际飞《草堂诗余正集》卷二说："红袂有啼痕"与"罗衣湿"意思重复。汤显祖评本《花间集》卷二云："'红袂'句向作'新揾旧啼痕'，语更超远。"则不知何人所改。

木兰花[1]

独上小楼春欲暮。愁望玉关芳草路[2]。消息断、不逢人，却敛细眉归绣户[3]。　　坐看落花空叹息。罗袂湿斑红泪滴[4]。千山万水不曾行，魂梦欲教何处觅。

◉ 注释

[1]《木兰花》：唐教坊曲名，双调，上下片各四句，三仄韵。

[2] 玉关：玉门关，这里泛指边地。

[3] 敛细眉：因愁而皱眉。

[4] 罗袂：罗袖。

◎ 评析

　　因思念而劳远梦，在诗词中已成惯例。这首词的结句"千山万水不曾行，魂梦欲教何处觅"，则说两地相距太远，梦亦难成，别开生面。有人指出这是从沈约《别范安成》诗"梦中不识路，何以慰相思"变化而来，但韦庄并非蹈袭。沈诗古风质朴，韦词情辞婉转，很可借此看出诗词之别，且这层意思用于深闺女子的身上，更为贴切。岑参《春梦》诗云："枕上片时春梦中，行尽江南数千里。"虽是仄韵绝句，然而却是词境，又戴叔伦《闺怨》诗："看花无语泪如倾，多少春风怨别情。不识玉门关外路，梦中昨夜到边城。"为沈诗韦词作一转语，正可参看。

谒金门[1]

　　空相忆。无计得传消息。天上嫦娥人不识[2]。寄书何处觅。　　新睡觉来无力。不忍把伊书迹[3]。满院落花春寂寂。断肠芳草碧。

◎ 注释

[1]《谒金门》：唐教坊曲名，双调，上下片各四句四仄韵。

[2] 嫦娥：传说为后羿之妻，得不死药，奔月成仙，为月中女神。

[3] 把：用手拿。白居易《卖炭翁》诗："手把文书口称敕。"韩愈《送石处士赴河阳幕》诗："长把种树书。"伊：第二人称。四印斋影宋本《花间集》作"君"。书迹：书信。

◎ 评析

　　理解这首词的关键，是"寄书"与"把书"，感情也由此展开。上片说"寄书何处觅"，不知人在何处，消息无由转达；下片说"不忍把伊书迹"，对方已经回信，然而不忍把读。"不忍"二字值得玩味。这封远方来信为什么不忍看一遍呢？汉乐府《饮马长城窟行》："长跪读素书，书中竟何如？上言加餐食，下言长相忆。"原来信中只说了各自珍重，彼此思念这些话，根本没有说到行止与归期，收到这书则犹如"永诀"。"空相忆""觉来无力"以及"断肠"等等，就统统由此而来。

杨湜《古今词话》谓韦庄有宠姬为王建所夺，韦追念悒怏，而作此词。姬闻之，不食而卒。这个传说未必是事实。然清尤侗据此为姬代作和篇一首云："休相忆。红叶不传消息。燕锁雕梁路未识。旧巢难再觅。　　风卷杨花无力。浪打萍花无迹。永巷夜台同寂寂。土花凝血碧。"见《百末词》。

谒金门[1]

春雨足。染就一溪新绿。柳外飞来双羽玉[2]。弄晴相对浴[3]。　　楼外翠帘高轴[4]。倚遍阑干几曲。云淡水平烟树簇[5]。寸心千里目[6]。

◎ 注释

[1] 这首词《花间集》未载。明洪武本《草堂诗余前集》卷下置韦庄同调"空相忆"词后，然无作者姓名。晚出诸本《草堂诗余》题韦庄作。近人刘毓盘、王国维、胡鸣盛诸家辑本收作韦庄词。

[2] 双羽玉：一对白鸥。玉，形容羽毛洁白。

[3] 晴：与"情"为谐音双关。

[4] 高轴：犹云高卷。

[5] 烟树簇：烟树丛丛貌。簇，攒聚、堆积。

[6] "寸心"句：目极千里，心亦如之。

◎ 评析

　　春雨过后，溪绿柳新，阳光温煦，双鸟对浴，画面一片生机，春意勃郁。"染就一溪新绿"，在春雨楼头所见的景色中，尤鲜艳夺目。下片因卷帘倚楼，睹溪鸟双飞对浴，遂起闺人之想。远处烟树迷离，天淡云平，寸心已在千里之外。全词以"阑干"为定点，自近至远，末句尤善将目中之景与心中之情融而为之。

清平乐

野花芳草。寂寞关山道[1]。柳吐金丝莺语早。惆怅香闺暗老。　　罗带悔结同心[2]。独凭朱栏思深。梦觉半床斜月，小窗风触鸣琴[3]。

◎ 注释

[1] 关山道：指远人行处。

[2] 同心：用罗带打成同心结，表示定情。

[3] "小窗"句：李商隐《夜半》诗："玉琴时动倚窗弦。"

◎ 评析

　　这首词前六句意思都很明白显露，行人不返，闺中暗老，不胜寂寞惆怅，以至悔结同心。末两句则笔意清幽，造境要眇，词场本色。李冰若《栩庄漫记》云："昔爱玉溪生（李商隐《夜半》）'三更三点万家眠，露欲为霜月堕烟。斗鼠上堂蝙蝠出，玉琴时动倚窗弦'一诗，以为清婉超绝。韦相此词，以'惆怅香闺暗老'为骨，亦盛年自惜之意，而以'梦觉半床斜月，小窗风触鸣琴'为点醒，其声绵邈，设色隽美，抑又过之。"

清平乐

莺啼残月。绣阁香灯灭。[1]门外马嘶郎欲别[2]。正是落花时节。　妆成不画蛾眉。含愁独倚金扉[3]。去路香尘莫扫，扫即郎去归迟。

◎ 注释

[1]"莺啼"二句：破晓灯方灭，意谓通宵未寐。

[2]"门外"句：温庭筠《菩萨蛮》词："门外草萋萋，送君闻马嘶。"

[3]扉：门。金扉：形容居处华丽。

◎ 评析

　　上片送行，下片别后，最后以"香尘莫扫"，以期行人早返作结，既是一种祝愿，也是一种心理上所必需的慰藉。李白《长干行》诗也说到这习俗："门前迟行迹，一一生绿苔。苔深不能扫，落叶秋风早。"凡家里有人出门远行，此日就忌避扫除门户，否则行人将永无归期。这是唐代颇为流行的民间禁忌。但这种风俗包含着人们的良好愿望，并不属于迷信。韦庄这首就是很好的风俗词。以民俗入词，在《花间集》中还是初见。

应天长[1]

其一

绿槐阴里黄莺语。深院无人春昼午。画帘垂，金凤舞[2]。寂寞绣屏香一炷[3]。　碧天云，无定处。[4]空有梦魂来去。夜夜绿窗风雨。断肠君信否[5]。

◎ 注释

[1]《应天长》，双调，上下片各五句，四仄韵。冯延巳《阳春集》、欧阳修《近体乐府》皆
　　有此词，当误入。《花间集》录韦庄《应天长》二首，二首组成联章。

[2] 金凤：指帘上所画的图案。风吹帘动，故曰"金凤舞"。

[3] 香一炷：一炷香。韩偓《秋村》诗："绝粒看经香一炷。"

[4]"碧天云"二句：形容所怀之人到处漂泊，行止无定。

[5] 否：读作"甫"，以与"语""午""舞""炷""处""去"押韵。

◎ 评析

　　《应天长》两首是联章，颇似问答体。这一首写女方，结句"夜
夜绿窗风雨，断肠君信否"，犹如女方发问。陈廷焯曾把这两句与韦庄
《菩萨蛮》"凝恨对斜晖，忆君君不知"作比，先是《大雅集》卷一评
"夜夜"二句云："亦'忆君君不知'意。"后在《云韶集》卷一有所改
变："端巳《菩萨蛮》'凝恨对斜晖，忆君君不知'，未尝不妙，然不及
'断肠君信否'。"陈廷焯的意思，大概是前者怨望殊深，后者则更见忠
爱缠绵之意。

其二

别来半岁音书绝。一寸离肠千万结。难相见，易相别。
又是玉楼花似雪。　　暗相思，无处说。惆怅夜来烟月。
想得此时情切。泪沾红袖黦[1]。

◎ 注释

[1] 黦（yuè）：颜色着湿变斑，俗称霉点。周处《风土记》："梅雨沾衣，服皆败黦。"这里
　　谓红袖沾泪，泪多成斑。

◎ 评析

　　前首最后以"夜夜绿窗风雨，断肠君信否"发问，这一首有了回

答。回答就是"想得此时情切，泪沾红袖黦"。表示心灵感通，两地如一。"黦"字用得有点僻。用"黦"字是说红袖沾泪，泪多成斑，比之诗词中通常所说的"红袖啼痕"之类，语意加重多了。所以徐士俊云"以末一字而生一首之色"，见《古今词统》卷六。王士禛《花草蒙拾》云："花间字法，最着意设色，异纹细艳，非后人纂组所及。如'泪沾红袖黦''犹结同心苣''豆蔻花间趖晚日''画梁尘黦''洞庭波浪飐晴天'，山谷所谓古蓍锦，其殆是耶？"

定西番[1]

挑尽金灯红烬，人灼灼[2]，漏迟迟[3]，未眠时。　　斜倚银屏无语，闲愁上翠眉。闷杀梧桐残雨，滴相思。

◎ 注释

[1]《定西番》，唐教坊曲名，双调，上下各四句。《尊前集》录韦庄《定西番》二首（《花间集》不载），犹咏调名本意。也是联章，写一早一晚的闺中思远。本书所选为第一首。

[2]灼灼：鲜明貌。况周颐《餐樱庑词话》："韦端己《定西番》云：'挑尽金灯红烬，人灼灼，漏迟迟，未眠时。'韦有《伤灼灼诗序》云：'灼灼，蜀之丽人也。近闻贫且老，殂落于成都酒市中，因以四韵吊之。''尝闻灼灼丽于花，云髻盘时未破瓜。桃脸曼长横绿水，玉肌香腻透红纱。多情不住神仙界，薄命曾嫌富贵家。流落锦江无处问，断魂飞作碧天霞。'《定西番》所云'灼灼'，疑指其人盛时。其又一阕云：'塞远久无音问，愁消镜里红。'是时玉容消息，即已不堪回首矣。"录此聊备一说。

[3]漏迟迟：漏滴缓慢。

◎ 评析

　　末句意境，与温庭筠《更漏子》词："梧桐树，三更雨。不道离情正苦。一叶叶，一声声。空阶滴到明"相似。但以"滴相思"为结，其中暗藏着一个"泪"字，因为"滴相思"者，实乃是"泪"而决非是"雨"也。

❀ 薛昭蕴
（生卒字里不详）

曾登进士第，在长安为官多年，因事贬官湖南，官至侍郎。王国维《庚辛之间读书记》以为即薛昭纬之误传，然无确证。《花间集》录其词十九首，王国维《唐五代二十一家词辑》辑为《薛侍郎词》一卷。李冰若《栩庄漫记》云："薛昭蕴词雅近韦相，清绮精艳，亦足出人头地，远在毛文锡上。"

浣溪沙[1]

红蓼渡头秋正雨[2]，印沙鸥迹自成行。整鬟飘袖野风香。　　不语含嚬深浦里[3]，几回愁煞棹船郎[4]。燕归帆尽水茫茫。

◎ 注释

[1] 孙光宪《北梦琐言》卷四说薛昭纬："每入朝省，弄笏而行，旁若无人，好唱《浣溪沙》词。"昭蕴疑与其为兄弟行。《花间集》录其《浣溪沙》，凡八首之多，殆有同好。本书选其第一、第二、第三、第六、第七首。陈廷焯《闲情集》卷一："《浣溪沙》数阕，委婉沉至，音调亦闲雅可歌。"本调首句本当入韵，而此首"雨"字非韵。

[2] 红蓼（liǎo）：一种水草，花淡红色，生于水边。

[3] 嚬：通"颦"，含愁皱眉。

[4] 棹：船桨。棹船郎，即驾船工。陆龟蒙《江南曲》诗："寄语棹船郎，莫夸风浪好。""几回愁煞棹船郎"是反衬之笔，谓船工因见惨惨离别也一再为之动情。

◎ 评析

　　这是一首送行词。渡口红蓼白鸥，阵阵秋雨，岸边人一任野风，整鬟飘袖，不语含颦；船上人则以兰舟不发，使得棹船郎也为之愁煞。末句说舟行已远，孤帆不见，江水茫茫，双方的离情也就弥漫于茫茫空间了。

浣溪沙

钿匣菱花锦带垂[1]。静临兰槛卸头时[2]。约鬟低珥算归期[3]。　　花茂草青湘渚阔[4]，梦余空有漏依依[5]。二年终日损芳菲[6]。

◎ 注释

[1]钿匣：嵌有宝钿的镜匣。菱花：指镜。锦带：系于菱花镜的带子。

[2]卸头：解去头上的装饰。司空图《灯花》诗：“姊姊教人且抱儿，逐他女伴卸头迟。”

[3]约鬟低珥：低环其发，至于珥珰，约鬟，即环发。珥，珥珰，即耳环。

[4]“花茂”句：写梦境。以梦中的良辰美景，喻往日的欢会，以增梦后之愁。湘渚，湘江，在今湖南、湖北一带。

[5]依依：状漏声。

[6]芳菲：本指花草和芳草，这里代指青春容貌。损芳菲：犹言容貌憔悴。

◎ 评析

　　“花茂草青湘渚阔”是写梦境，行人南去，远在三湘，故为此而寻梦。但是在梦里见到要找的人了吗？“阔”字就暗示了梦寻的结果。梦中还找不到，归期就更加渺茫了。

浣溪沙

粉上依稀有泪痕。郡庭花落欲黄昏。远情深恨与谁论。　　记得去年寒食日[1]，延秋门外卓金轮[2]。日斜人散暗销魂。

◎ 注释

[1]寒食：节令名。冬至后一百零五日为寒食，禁火三日，只吃冷食。

◎ 评析

　　去年寒食踏青出游，在长安西门外相遇，为之停车回顾。从此惹起相思，其中"远情深恨"，只有自己知道了。上片为果，下片为因，犹姜夔《鹧鸪天》云："当初不合种相思。"言下却并无悔意。

浣溪沙

江馆清秋缆客船[1]。故人相送夜开筵。麝烟兰焰簇花钿[2]。正是断魂迷楚雨，不堪离恨咽湘弦。[3]月高霜白水连天。

◎ 注释

[1]缆：船缆。缆客船：指泊船待发。

[2]"麝烟"句：言离筵之盛。麝烟兰焰，是说其香如兰如麝。花钿，妇女首饰。这里指艳妆女子。杜牧《早春赠军事薛判官》诗："弦管开双调，花钿坐两行。"簇花钿，指女子之多。

[3]"正是"两句：楚雨，用巫山神女事。湘弦，用湘灵鼓瑟事。这里都指夜筵上的离情别绪。

◎ 评析

　　这是一首离别词。主人情重，盛筵相送，但席间歌舞，充满离情，不胜凄然。一结更有怊怅不尽之意。"麝烟兰焰"，销魂地用香艳语，在此并非俗笔。"月高霜白"，则又易以高远矣。

浣溪沙

倾国倾城恨有余[1]。几多红泪泣姑苏[2]。倚风凝睇雪肌肤[3]。　　吴主山河空落日，越王宫殿半平芜[4]。藕花菱蔓满重湖[5]。

[1] 倾国倾城：喻绝代佳人。这里指西施。

[2] 几多：多少。姑苏：越进西施于吴，吴王夫差为筑姑苏台，游宴其上。泣姑苏：是说西施到了吴国，终因怀恨而不知流了多少眼泪。

[3] 倚风：临风。凝睇：犹言痴望，指思越。

[4] 越王：指勾践。李白《苏台览古》诗："只今唯有西江月，曾照吴王宫里人。"平芜：平旷的草地。

[5] 重湖：指太湖，一称五湖。《越绝书》："西施亡吴国后，复归范蠡，同泛五湖而去。"

◎ 评析

　　这首词当为姑苏怀古。上片为西施遗恨，下片为亡国余哀，无限苍凉感喟。

谒金门

春满院。叠损罗衣金线[1]。睡觉水精帘未卷。帘前双语燕。　　斜掩金铺一扇[2]。满地落花千片。早是相思肠欲断。忍教频梦见[3]。

◎ 注释

[1] 叠损：折坏。

[2] 金铺：门扇上衔环的铜质底盘，作龙蛇兽面状，饰以金。

[3] 频：屡屡。

◎ 评析

　　清朱彝尊《卜算子》词云："镇日帘栊一片垂，燕语人无语。"厉鹗为之心折，其《论词绝句》云："偶然'燕语人无语'，心折小长芦钓师（朱彝尊号小长芦钓师）。"此词"睡觉"二句，不失为朱词之祖本。"早是"二句，把词中常见的"相思断肠"与"梦见"化作两层写，因为

"梦见"之后，又多了一场梦中的离别，词意更有曲折与波澜，是善于翻陈出新的作法。

离别难[1]

宝马晓鞴雕鞍[2]。罗帏乍别情难。那堪春景媚。送君千万里。半妆珠翠落[3]。露华寒。红蜡烛。青丝曲[4]。偏能钩引泪阑干[5]。　　良夜促。香尘绿。魂欲迷[6]。檀眉半敛愁低[7]。未别心先咽。欲语情难说。出芳草、路东西。摇袖立。春风急。樱花杨柳雨凄凄。

◎ 注释

[1]《离别难》：唐教坊曲名，双调，上片九句，四平韵四仄韵，下片十一句，四平韵六仄韵。

[2] 鞴（bèi）：动词。李调元《雨村词话》卷一："今人呼马加鞍辔曰鞴马。见《花间集》薛昭蕴词'宝马晓鞴雕鞍'。"

[3] 半妆：指妆饰草率。

[4] 青丝：喻弦乐器。青丝曲：指弹奏离别之曲。

[5] 偏能：特别能够。阑干：泪流纵横貌。

[6] 迷：乱。

[7] 檀眉：妇女眉旁的晕色。檀，浅赭色。眉晕似之，故云。

◎ 评析

　　《花间集》中，多为小令，这个词调长至八十七字，已是最长的一个词调。其特点不但多用短句（三字句就有十句），不但句句押韵（全词二十句），而且平仄夹押，全词虽以平韵为主，上下片还要换韵，中间夹押仄韵，韵部又多不同。因此，这个词调用韵极其错杂。词中"鞍""难""寒""干"为一韵，"媚""里"为一韵，"烛""曲""促""绿"

为一韵,"迷""低""西""凄"为一韵,"咽""说""立""急"为一韵,共五部韵交错夹押,在词调中是很少见的。繁音促节,拗多顺少,真可谓"心先咽,情难说"了。

　　樱花入词,此词为始。况周颐《蕙风词话》卷四:"中国樱花不繁而实,日本樱花繁而不实。薛昭蕴《离别难》云:'摇袖立。春风急。樱花杨柳雨凄凄。'此中国樱花也。入词殆自此始。此花以不繁,故益见娟倩。日本樱花唯绿者最佳。其红者或繁密至八重,清气反为所掩,唯是气象华贵,宜彼都花王奉之。"

◆ **牛　峤**
（生卒年不详）

字松卿,一字延峰,狄道(今甘肃临洮)人。唐宰相牛僧孺之孙。乾符五年进士,历官拾遗、补阙、尚书郎。光启三年游梓州,题诗于陈子昂书台。大顺二年王建镇蜀后,辟为判官,称帝后,拜给事中。《花间集》称之为"牛给事"。著有《牛峤集》三卷,自序云:"窃慕李长吉所为歌诗,辄效之。"已佚。《花间集》录其词三十二首,王国维《唐五代二十一家词辑》辑为《牛给事词》一卷。李冰若《栩庄漫记》谓其词"大体皆莹艳缛丽,近于飞卿,微不及希济耳。"

梦江南

其一

衔泥燕[1],飞到画堂前。占得杏梁安稳处[2],体轻唯有主人怜。堪羡好因缘[3]。

◎ 注释

[1] 衔：含。

[2] 杏梁：形容屋宇华丽精美。司马相如《长门赋》："刻木兰以为榱兮，饰文杏以为梁。"

[3] 因缘：缘分。

其二

红绣被，两两间鸳鸯[1]。不是鸟中偏爱尔，为缘交颈睡南塘。全胜薄情郎。

◎ 注释

[1] 两两：犹云双双成对。

◎ 评析

　　这两首词借咏物以抒闺情。第一首羡画梁之双燕，能与主人结缘，第二句慕所绣之鸳鸯，常在南塘交颈，用以怨叹自己的因缘不好，郎君薄幸。这种初期的咏物词，前三句描写物态，尾二句点明人情，显示本意，实际上是托物起兴，而于卒章显志，还是近于民歌的率直作风。宋人的咏物词就很少这种写法了。《历代诗余词话》引《古今词话》："姜夔云：'牛峤《望江南》，一咏燕，一咏鸳鸯，是咏物而不滞于物者也，词家当此法。'"

更漏子

星渐稀，漏频转。[1]何处《轮台》声怨[2]。香阁掩，杏花红。月明杨柳风。　　挑锦字[3]。记情事。唯愿两心相似。收泪语，背灯眠。玉钗横枕边[4]。

[1]"星渐"二句：言天将破晓。

[2]《轮台》：舞曲名。李商隐《汉南书事》诗："文吏何曾重刀笔，将军犹自舞轮台。"《大日本史·乐志》录有唐佚名所撰《轮台》曲歌辞。轮台，在今新疆乌鲁木齐附近。

[3]挑锦字：暗用窦滔妻苏蕙织锦回文诗以寄远的故事。《晋书·列女传》："窦滔妻苏氏，始平人也。名蕙，字若兰，善属文。滔，符坚时为秦州刺史，被徙流沙。苏氏思之，织锦为《回文旋玑图诗》以赠滔，宛转循环以读之，词甚凄婉，凡八百四十字。"

[4]玉钗横：玉钗坠。

◉ 评析

　　上下片均以结句佳。"月明杨柳风"五字，秀韵独绝。"玉钗横枕边"，是头发散乱的孤眠景象，与李商隐《偶题》："水纹簟上琥珀枕，旁有堕钗双翠翘。"欧阳修《临江仙》："水精双枕，旁有堕钗横。"况味自有不同。

更漏子

春夜阑，更漏促。金烬暗挑残烛[1]。惊梦断，锦屏深。两乡明月心。　　闺草碧。望归客。还是不知消息。辜负我，悔怜君。告天天不闻。

◉ 注释

[1]金烬：指蜡烛烛焰短光暗。

◉ 评析

　　结句"辜负我"，怨恨对方，"悔怜君"，为自己叹息，表面上似乎是悔和恨交织、混染的心情，实际上还是爱情的一种表现。汤显祖评《花间集》卷二云："女娲补不到，天有离恨天。世间缺陷事不少，天也管不得许多。"说得很诙谐，因为怨恨归怨恨，骨子里还是一往情深。

更漏子

南浦情[1]，红粉泪。争奈两人深意[2]。低翠黛[3]，卷征衣。马嘶霜叶飞。　　招手别[4]，寸肠结。还是去年时节。书托雁[5]，梦归家。觉来江月斜。

◎ 注释

[1] 南浦情：离别情。南浦，泛指送别之地。

[2] 争奈：怎奈。

[3] 低翠黛：低眉，即低头。张籍《苏州江岸留别乐天》诗："渐消酒色朱颜浅，欲语离情翠黛低。"

[4] 招手别：言征人已远，招手相送。

[5] 书托雁：用苏武"雁足系书"故事。

◎ 评析

　　读到"还是去年时节"，方知前面所写的是倒叙。"马嘶霜叶飞"五字，亦堪入画，是一幅霜林晓别图。

望江怨[1]

东风急。惜别花时手频执。罗帏愁独入。马嘶残雨春芜湿[2]。倚门立。寄语薄情郎，粉香和泪泣。

◎ 注释

[1]《望江怨》：单调，七句六仄韵。

[2] 春芜：泛指春草。芜，草丛。

◎ 评析

　　"马嘶残雨春芜湿"，比之温庭筠《菩萨蛮》"门外草萋萋，送君闻马嘶",同是词境,然更俱画境。况周颐《餐樱庑词话》:"昔人情语艳语,大都靡曼为工。牛松卿《望江怨》词、《西溪子》词,繁弦促柱间,有劲气暗转,愈转愈深。此等佳处,南宋名作中,间一见之。北宋人虽绵博如柳屯田,顾未克办。"李冰若《栩庄漫记》云:"松卿善为闺情,儿女情多,时流于荡,下开柳屯田一派,特笔力不至沓赘,为可诵耳。"

菩萨蛮[1]

玉炉冰簟鸳鸯锦[2]。粉融香汗流山枕[3]。帘外辘轳声[4]。敛眉含笑惊。　　柳阴烟漠漠。低鬟蝉钗落[5]。须作一生拼[6]。尽君今日欢。

◎ 注释

[1]《花间集》录牛峤《菩萨蛮》七首,本书选其第七首。

[2] 冰簟(diàn):凉席。簟,竹席。鸳鸯锦:绣有鸳鸯图案的锦被。

[3] 粉融香汗:言脂粉被汗水融解。山枕:枕两端突起,形状如山,故云。

[4] 辘轳:汲水器。《广韵》:"辘轳,圆转木,用以汲水。"

[5] 蝉钗:饰有蝉形的金钗。

[6] 拼:原作"拚",或作"拌",义训抛弃。

◎ 评析

　　这首词写男女欢会时的浓情密意,绮情而丽,为《花间集》中艳词之一。三、四两句,言欢情正洽、天色将明,汲井之声,将其惊起。"敛眉含笑惊"五字之中,表达了惊、忧、喜三种心情,特具写生之妙。况周颐《餐樱庑词话》称此"别是一种密眼法"。下片写临别情景,末句有表示拼却一生,以求暂时之乐,情热如火,倾泻而出。王国维《人间词话》说:"'岂不尔思,室是远而',孔子讥之。故知孔门用词,则牛峤之'须作一生拼,尽君今日欢'等作,必不在见删(删诗)之数。"

又《人间词话》删稿："词家多以景寓情。其专作情语而绝妙者，如牛峤之'甘作一生拼，尽君今日欢'、顾夐之'换我心，为你心，始知相忆深'、欧阳修之'衣带渐宽终不悔，为伊消得人憔悴'、美成之'许多烦恼，只为当时，一饷留情'，此等词求之古今人词中，曾不多见。"

定西番[1]

紫塞月明千里[2]。金甲冷[3]。戍楼寒[4]。梦长安。　　乡思望中天阔，漏残星亦残[5]。画角数声呜咽[6]，雪漫漫。

◎ 注释

[1]《定西番》：唐教坊曲名，双调，上下各四句，以四平韵为主，三仄韵借叶。《花间集》中作《定西番》者，还多与调名本意有关，述征夫、思妇之怨。

[2]紫塞：崔豹《古今注》："秦筑长城，土色皆紫，汉塞亦然，故称紫塞焉。"这里泛指边塞。

[3]金甲：铁制铠甲。

[4]戍楼：边塞驻军的望楼。

[5]"漏残"句：指天明。

[6]画角：《弦管记》："胡角有双角，即今画角。"画角声，即军中的号声。

◎ 评析

　　这首词犹有唐人边塞诗的遗音。上片写月，下片写乡思，境界颇为壮阔。塞外荒寒，跃然纸上。

西溪子[1]

捍拨双盘金凤[2]。蝉鬓玉钗摇动[3]。画堂前，人不语。弦解语[4]。弹到《昭君怨》处[5]。翠娥愁[6]。不抬头。

◎ 注释

[1]《西溪子》：唐教坊曲名。八句，四仄韵，一叠韵，二平韵。《词谱》卷二："此词三换韵，两仄一平，与间叶者不同。其第四、五句用叠韵，或非定格。"

[2] 捍拔：见前韦庄《菩萨蛮》（红楼别夜）注[3]。金凤：琵琶上镂刻的金凤图案。

[3] 蝉鬓：一种发式。鬓发梳得薄如蝉翼。

[4] 解：懂得。

[5]《昭君怨》：琵琶曲名。传说昭君远嫁，有怨思之歌。石崇《王昭君辞》："昔公主嫁乌孙，令琵琶马上作乐，以慰其道路之思。其送明君，亦必尔也。其造新曲，多哀怨之声。"处，犹言时。

[6] 翠娥：画眉，这里代指琵琶女。

◎ 评析

　　晏几道《菩萨蛮》词："弹到断肠时，春山眉黛低"，其蓝本即是"弹到《昭君怨》处。翠娥愁。不抬头"。陆游《鹧鸪天》词："情知言语难传恨，不似琵琶道得真。"则比"人不语，弦解语"更进了一层。

江城子^[1]

鸂鶒飞起郡城东^[2]。碧江空。半滩风。越王宫殿，蘋叶藕花中。^[3]帘卷水楼鱼浪起，千片雪^[4]，雨濛濛。

◎ 注释

[1]《江城子》：一名《江神子》，五代词多为单调，八句，五平韵，宋人则原曲重填一片，作双调。

[2] 鸂鶒（jiāo jīng）：水鸟名。《埤雅·释鸟》："鸂鶒，一名鵁，似凫而脚高，有毛冠，长目似睛交，故云交睛。"

[3]"越王"二句：言越王勾践的宫殿已成沼泽。

[4] 雪：承上言浪花之白。

　　俞陛云《五代词选释》云："与李白咏勾践'宫女如花满春殿，只今唯有鹧鸪飞'，皆怀古苍凉之作。此词兼咏越溪风物，风吹雪浪，在空蒙烟雨中，诗情画景兼之。"

🏛 张　泌
（生卒字里不详）

《花间集》称之"张舍人"，列于牛峤后、毛文锡前，与字子澄、仕于南唐的张泌，并非一人。李冰若《栩庄漫记》云："《花间》词十八家，约可分为三派：镂金错彩，缛丽擅长，而意在闺帏，语无寄托者，飞卿一派也；清绮明秀，婉约为高，而言情之外，兼书感兴者，端己一派也；抱朴守真，自然近俗，而词亦疏朗，杂记风土者，德润一派也。张子澄词盖介乎温、韦之间，而与韦最近。"《花间集》录张泌词二十七首，王国维《唐五代二十一家词辑》辑有《张舍人词》一卷。

浣溪沙[1]

马上凝情忆旧游[2]。照花淹竹小溪流[3]。钿筝罗幕玉搔头[4]。　　早是出门长带月，可堪分袂又经秋[5]。晚风斜日不胜愁。

◉ 注释

[1]《花间集》录张泌《浣溪沙》九首，本书选其第二、第三、第四首。

[2] 凝情：一往而深之情。旧游：往日的游侣、游踪。

[3] 淹：浸渍，并非淹没。

[4] 钿筝：以平磨螺钿为饰的筝。玉搔头：玉簪。

[5] 可堪：那堪，怎得经受得住。分袂：分手，离别。

　　以"忆旧游"领起全词。"照花"两句，未言其人而其人如见。俞平伯《唐宋词选释》谓"钿筝"句叠用三名词，玉搔头，玉簪，指妆饰；罗幕，帷帐，指所在地；钿筝，乐器，指技艺。只七字，人、境、事都有了。"早是"两句记别，"长带月"言别非一度，以朦胧淡月衬托别时情景，凄清之中有高华气度，而且笔致化实为虚，疏宕空灵。此词又见冯延巳《阳春集》，但上片改为"醉忆春山独倚楼。远山回合暮云收。波间隐隐仞归舟"。易"马"为"舟"，可能是五代宋初歌手们按照离席上的实际情况，允许作为句中临时变动。

浣溪沙

独立寒阶望月华。露浓香泛小庭花。绣屏愁背一灯斜。
云雨自从分散后[1]，人间无路到仙家。但凭魂梦访天涯。

◎ 注释

[1] 云雨：用宋玉《高唐赋序》中的传说，喻指男女欢会。

◎ 评析

　　这首词写别后的愁苦心绪。"露浓"一句，幽艳生香。王国维《张舍人词跋》云："沈文悫（德潜）赏泌'绿杨花扑一溪烟'（见《唐诗别裁》卷一六，题为《洞庭阻风》。沈德潜曰：夜泊洞庭湖边港汊，故有'绿杨花扑一溪烟'句，否则风景全不合矣。按此诗《全唐诗》于张泌、许棠名下两收之。许诗题为《洞庭湖》，为南唐张泌诗，与西蜀张泌无涉）为晚唐名句，然此词如'露浓香泛小庭花'，较前语更幽艳。"王国维误认为西蜀张泌与南唐张子澄同为一人，故有此评。《浣溪沙》一名《小庭花》，即从张泌此词得名。

浣溪沙

依约残眉理旧黄[1]。翠鬟抛掷一簪长[2]。暖风晴日罢朝妆。　　闲折海棠看又捻[3]，玉纤无力惹余香[4]。此情谁会倚斜阳。

◎ 注释

[1] 黄：指额黄。唐时女子额上施妆，黄色涂饰，亦称额山。李商隐《蝶》之三："寿阳公主嫁时妆，八字宫眉捧额黄。"

[2] "翠鬟"句：谓翠鬟散乱，不用簪钗。

[3] 捻：拨弄。

[4] 玉纤：犹言玉指、手指。韩偓《咏柳》诗："玉纤折得遥相赠，便似观音手里时。"

◎ 评析

　　此词写闺阁女子在暖风晴日中娇慵春困的情态，入木三分，最后一句透露出一缕春怀，是恹恹春困的根由。前面的残眉慵画、朝妆不理、闲折海棠、玉指无力等一系列意态或动作，遂都明其所自了。况周颐《餐樱庑词话》谓张泌《浣溪沙》诸阕"其佳者能蕴藉有韵致"。

临江仙

烟收湘渚秋江静[1]，蕉花露泣愁红[2]。五云双鹤去无踪[3]。几回魂断，凝望向长空。　　翠竹暗留珠泪怨[4]，闲调宝瑟波中[5]。花鬟月鬓绿云重[6]。古祠深殿[7]，香冷雨和风。

◎ 注释

[1] 湘渚：湘江边。

[2]蕉花：美人蕉。

[3]五云：五色祥云，指帝舜所居。双鹤去无踪，指驾鹤升天。这里喻帝舜。

[4]"翠竹"句：用帝舜死后二妃泪洒翠竹而竹留斑点的故事。详前刘禹锡《潇湘神》(斑竹
　　枝)注[1]。

[5]调：调弦奏曲。闲调宝瑟：用湘灵鼓瑟的故事。

[6]绿云：喻发。

[7]古祠：湘妃祠，即黄陵庙。在今湖南湘阴北洞庭湖边。韩愈《黄陵庙碑》："湘旁有庙
　　曰黄陵，自前古以祠尧之二女舜二妃者。""今之渡湖江者，莫敢不进礼庙下。"

◎ 评析

　　《临江仙》这个词调每言仙事，这首词咏怀古迹，凭吊湘君，将追
怀帝舜的湘君如怨如慕之情，写得"祭神如神在"，而且写出了人神共
性，具有人类通常具有的优美情怀，词中湘江边的古祠深殿景色，也感
染了湘君的这种感情色调，灵风梦雨，不但显得一片凄迷，而且也充满
着虚无缥缈的神灵气氛。

　　李冰若《栩庄漫记》云："'蕉花露泣愁红'凄艳之句。全词亦极缥
缈之思，不落凡俗。"

河　传[1]

渺莽，云水[2]。惆怅暮帆，去程迢递[3]。夕阳芳草。千
里万里。雁声无限起。　　梦魂悄断烟波里。心如醉。
相见何处是。锦屏香冷无睡。被头多少泪。

◎ 注释

[1]《花间集》录张泌《河传》二首，句格互异。本书选其第一首。

[2]渺莽：同"渺茫"。

[3]迢递：遥远貌。

上片望断行人风帆，惆怅悲凉。李冰若《栩庄漫记》云："起句飒然而来，不亚（江淹）《别》《恨》二赋首语，可谓工于发端。而承以'夕阳千里'三句，苍凉悲咽，惊心动魂。"下片梦断心醉，低回欲绝，"锦屏"二句蝉联而下，梦醒后香消被冷，泪尽秋宵，处于含思宛转、神情恍惚之中。

南歌子[1]

岸柳拖烟绿，庭花照日红。数声蜀魄入帘栊[2]。惊断碧窗残梦，画屏空。

◎ 注释

[1]《花间集》录张泌《南歌子》三首，本书选其第二首。

[2] 蜀魄：指杜鹃，一名子规。传说为古蜀望帝的魂魄所化。李益《从军夜次六胡北饮马磨剑石为祝殇辞》诗："有鸟自称蜀帝魂。"罗邺《闻子规》诗："蜀魄千年尚怨谁，声声啼血向花枝。"

◎ 评析

这首词写闺中春情，清疏可诵。积思成梦，被子规啼醒，情尤凄怨，"画屏空"三字，复加强其暗示性，词旨倍感怅惘。

江城子[1]

碧阑干外小中庭。雨初晴。晓莺声。飞絮落花，时节近清明。睡起卷帘无一事，匀面了[2]，没心情。

[1]《花间集》录张泌《江城子》二首，或合作一首。黄昇《花庵词选》卷二："唐词多无换头，如此词两段，自是两首，故两押'情'字，今人不知，合为一首，则误矣。"

[2] 匀面：傅粉。

◎ 评析

　　李冰若《栩庄漫记》云："'飞絮落花，时节近清明'，流丽之句，却寓伤春之感。"汤显祖评本《花间集》卷二云："'无一事'，不消匀面；'匀面了，没心情'，连匀面也是多余的。"惜春伤春，诗词中屡见不鲜。而这首词却以青春女子的这种万般无奈、没精打采的情态，寄寓其见絮飞花落的景色后的感受，伤春之情，分外浓烈。

江城子

浣花溪上见卿卿[1]。脸波明[2]。黛眉轻。绿云高绾[3]，金簇小蜻蜓[4]。好是问他"来得么"[5]，和笑道："莫多情"。

◎ 注释

[1] 浣花溪：一名濯锦江，又名百花潭，在今四川成都，溪畔有杜甫故居浣花草堂。四月十九日，蜀人多游宴于此，谓之"浣花日"。卿卿：男女间的昵称。

[2] 脸波明：汤显祖谓应是"眼波明"。眼波，指女子目光流眄，如水波之清澈。

[3] 绾：系。绿云高绾：谓梳成高髻。

[4] "金簇"句：谓金制首饰若蜻蜓状。

[5] 好是：犹言好在、妙在，表示赞美。来得：犹云能不能来约会。

◎ 评析

　　这首词叙写年轻男女邂逅相遇，风流调笑，"好是问他'来得么'"，是男方提出的请求；"和笑道：'莫多情'"，是女方接到邀请后的回答。这个回答，正如陈廷焯《闲情集》卷一所说："妙在若会意，若不会意之间，惜语近俚。”“莫多情”，含意甚深而天真可爱，其用意绝不是拒绝，实际上双方都是多情的。“好是”二句，以对话作结，词中甚不多见。

蝴蝶儿[1]

蝴蝶儿。晚春时。阿娇初著淡黄衣[2]。倚窗学画伊[3]。　　还似花间见，双双对对飞。无端和泪拭胭脂。惹教双翅垂[4]。

◎ 注释

[1]《蝴蝶儿》：取首句三字为名。双调，上片四句四平韵，下片四句三平韵。宋词中另有《粉蝶儿》调，与此无涉。

[2] 阿娇：关中称儿女为阿娇。这里用作少女的代称，指画蝴蝶的少女。

[3] 伊：指蝴蝶。

[4]“惹教”句：谓少女泪坠画面，蝴蝶双翅为之沾湿下垂。惹教，犹言致使。

◎ 评析

　　“蝴蝶儿”二句，缘调名而来，“阿娇”四句，是阿娇画蝶和蝴蝶被画成时的欢乐情景，妩媚可爱。“无端”二句，则陡然急转，一片天真，亦为之感伤起来。说是“无端”，实是有因。历来以鸳鸯并浴、双燕并栖、蝶儿成对，比喻男女间情事。阿娇画成“双双对对飞”的蝴蝶，无意之间唤起了潜意识，冲破了本来朦胧的状态，不禁黯然泪下了；而画中的蝴蝶也似乎为此受到感染，垂下双翅，无心作双飞对舞了。陈廷焯《云韶集》卷一谓此词：“妮妮之态，一一绘出，干卿甚事，如许钟情耶？”正指出了作者写蝶写人，人蝶关合的主旨所在。

毛文锡
（生卒年不详）

字平圭，高阳（今属河北）人。年十四登进士第，唐时曾入仕，后仕前蜀，历中书舍人、翰林学士承旨，迁礼部尚书，判枢密院事。通正元年（916），进位至司徒，《花间集》称为毛司徒。天汉元年（917），贬茂州司马。著有《前蜀王氏纪事》二卷，《茶谱》二卷，均佚。《花间集》录其词三十一首，《尊前集》录一首。王国维《唐五代二十一家词辑》辑为《毛司徒词》一卷。毛词大体匀净，时有秀句，王国维《毛司徒词跋》云："毛词比牛（峤）、薛（昭蕴）诸人，殊为不及。叶梦得谓文锡词以质直为情致，殊不知流于率露。"

更漏子

春夜阑[1]，春恨切。花外子规啼月[2]。人不见，梦难凭。红纱一点灯。　　偏怨别，是芳节。庭下丁香千结[3]。宵雾散，晓霞辉。梁间双燕飞。

◎ 注释

[1] 春夜阑：春夜将尽。

[2] 子规：杜鹃。状如雀鹨而色惨黑，赤口，夜啼达旦，鸣必向北，若云"不如归去"，声甚哀切。

[3] 丁香：木类桂，高丈余，叶如栎，凌冬不凋，花圆细，色黄。丁香千结：指丁香花蕾。诗词中常用以比喻愁思固结不解，李商隐《代赠》诗："芭蕉不展丁香结，同向春风各自愁。"牛峤《感恩多》词："自从南浦别，愁见丁香结。"

◎ 评析

　　陈廷焯《云韶集》卷一甚赏此词"红纱一点灯"之句，意境富丽而隽美。李冰若《栩庄漫记》称，"文锡词质直寡味，如此首之婉而多怨，绝不概见，应为其压卷之作"。

甘州遍[1]

秋风紧，平碛雁行低[2]。阵云齐。萧萧飒飒，边声四起，愁闻戍角与征鼙[3]。　　青冢北[4]，黑山西[5]。沙飞聚散无定，往往路人迷。铁衣冷[6]，战马血沾蹄。破番奚[7]。凤凰诏下[8]，步步蹑丹梯[9]。

◎ 注释

[1]《甘州遍》：唐教坊曲有大曲《甘州》。甘州为今甘肃张掖地区，以州东有甘峻山得名。在唐时为通向西域的北方边州之一。大曲是大型歌舞曲。《甘州》《凉州》《伊州》等传自边地的曲调皆高亢而杂有胡乐。毛文锡《甘州遍》云："美人唱，揭调是《甘州》。"揭调就是高调。大曲又称大遍，由十几个至三十几个曲子组成。《甘州遍》就是大曲《甘州》中的一个曲子，可以单独填词歌唱。《花间集》录毛文锡《甘州遍》二首，属于联章，分咏春秋边地的悲欢。这里所选的是第二首，双调，上片六句三平韵，下片九句五平韵。

[2] 平碛：平坦的沙漠。

[3] 戍角：军号。征鼙：战鼓。

[4] 青冢：指汉王昭君墓。在今内蒙古呼和浩特西。传说当地多白草而此冢独青，故名。

[5] 黑山：在今辽宁西南、大凌河上游东岸。

[6] 铁衣：战士所穿之衣。

[7] 奚（xī）：少数民族名。《新五代史·四夷附录三》："奚，本匈奴之别种。……后徙居琵琶川，在幽州东北数百里。"及契丹阿保机强盛，服属之。奚人常为契丹守界上。后为东、西两奚，均被契丹所并。

[8] 凤凰诏：皇帝诏出自中书省，中书省苑中，有凤凰池。故唐宋诗词中常以凤池代指中书省，以凤凰诏代指皇帝诏书。

[9] 蹑：登。丹梯：宫殿前的台阶。

◎ 评析

以边曲咏边地，使边塞景象和军中生涯得以入词，虽与唐人边塞诗不可同日而语，但也开了边塞词的先声。置之软媚秾丽的《花间集》中，却在曼曼之音中忽然扬起了高亢悲壮的一阵军乐。陈廷焯《放歌集》卷一谓词末"结以功名，鼓战士之气"，倒不免落入俗套。

醉花间[1]

休相问。怕相问。相问还添恨。春水满塘生，鸂鶒还相趁[2]。　昨夜雨霏霏，临明寒一阵[3]。偏忆戍楼人[4]，久绝边庭信。

◎ 注释

[1]《醉花间》：唐教坊曲名，双调，全词九句六仄韵，首两句叠韵。《花间集》录毛文锡《醉花间》二首。

[2] 鸂鶒：见前温庭筠《菩萨蛮》（宝函钿雀）注[1]。相趁：相逐。

[3] 临明寒一阵：韩偓《懒起》诗："昨夜三更雨，临明一阵寒。"

[4] 偏忆：甚忆，最忆。戍楼：边防驻军的瞭望楼。戍楼人：即征人、守边之人。

◎ 评析

这首词也与边塞有关。况周颐《餐樱庑词话》云："《花间集》毛文锡词三十一首，余只喜其《醉花间》后段'昨夜雨霏霏'数语。情景不奇，写出政复不易，语淡而真，亦轻清，亦沉着。"在《花间集》中多至令人意烦的相思曲中，笔下出现近似唐人五绝风调的下片这四句，确是"情景不奇，写出政复不易"。

醉花间

深相忆，莫相忆，相忆情难极。银汉是红墙，一带遥相隔。[1]　　金盘珠露滴[2]，两岸榆花白。风摇玉佩清，今夕为何夕[3]。

◎ 注释

[1]"银汉"二句：传说天上的牛郎与织女为银河所隔，不能相会。曹丕《燕歌行》诗："牵牛织女遥相望，尔独何辜限河梁。"银汉，即银河。

[2]"金盘"句：汉武帝作铜柱，有仙人手掌擎盘以承露。

[3]今夕为何夕：《诗·唐风·绸缪》："今夕何夕，见此良人。"

◎ 评析

　　这是词中最早的一首七夕词。"银汉是红墙"两句，把天上与人间的"相忆情难极"联系起来，比喻尤为新颖奇特。故汤显祖评本《花间集》卷二曰："创语奇耸，不嫌高调。"毛文锡还有一首《浣溪沙》咏七夕云："七夕年年信不违。银河清浅白云微。蟾光鹊影伯劳飞。　　每恨蟏蛸怪婺女。几回娇妒下鸳机。今宵嘉会两依依。"就流于平庸，不如这一首警策。

　　沈初《论词绝句》将毛文锡的这二首《醉花间》与温庭筠的《菩萨蛮》相提并论："助教新词《菩萨蛮》，司徒绝调《醉花间》。晚唐风格无逾此，莫道诗家降格还。"

临江仙

暮蝉声尽落斜阳，银蟾影挂潇湘[1]。黄陵庙侧水茫茫[2]。楚山红树，烟雨隔高唐。[3]　　岸泊渔灯风飐碎，白蘋远散浓香。灵娥鼓瑟韵清商[4]。朱弦凄切，云散碧天长。

[1] 银蟾：月亮。潇湘：见前刘禹锡《潇湘神》(湘水流) 注 [2]。

[2] 黄陵庙：湘妃祠，遗址在湖南湘阴县北。

[3] "楚山" 二句：暗用楚襄王梦遇神女的故事。

[4] "灵娥" 句：用湘灵鼓瑟的故事，见前刘禹锡《潇湘神》(斑竹枝) 注 [2]。灵娥，即湘灵，湘水之神。清商，清商曲，其音哀怨。

◎ 评析

俞陛云《五代词选释》云："五代词多哀感顽艳之作。此词则清商弹湘瑟哀弦，夜月访黄陵遗庙，扬舲楚泽，泠然有疏越之音，与谪仙 (李白) 之 '白云明月吊湘娥' 同其逸兴。"

✧ 牛希济

（872？—？）

其先安定鹑觚（今甘肃灵台）人，后徙狄道（今甘肃临洮），流寓入蜀。后主王衍时，累官翰林学士、御史中丞。同光三年（925），降于后唐。后唐明宗时为雍州节度副使，有论文《文章论》，抨击当时 "忘于教化之道，以妖艳为胜" 的文风。又有《表章论》，主张章表 "词尚简要，质胜于文，直指是非，坦然明白"，表示 "愿复师于古，但置于理，何以幽僻文烦为能"，其词则与论文趋尚互异。《花间集》录其词十一首，王国维《唐五代二十一家词辑》辑为《牛中丞词》一卷。吴任臣《十国春秋》卷四四本传谓其尚有次牛峤《女冠子》四阕，久佚。李冰若《栩庄漫记》云："希济词笔清俊，胜于乃叔（牛峤），雅近韦庄，尤善白描。"

临江仙[1]

其一

峭碧参差十二峰[2]，冷烟寒树重重。瑶姬宫殿是仙踪[3]。金炉珠帐，香霭昼偏浓[4]。　　一自楚王惊梦断，人间无路相逢。至今云雨带愁容。月斜江上，征棹动晨钟。

◎ 注释

[1]《花间集》录牛希济《临江仙》七首，分咏七个女神，组成联章。本书选其第一、第七两首。

[2] 十二峰：指巫山十二峰。见前皇甫松《天仙子》（晴野鹭鸶）注［6］。

[3] 瑶姬：神女名。一作"姚姬"。《文选》宋玉《高唐赋序》："妾巫山之女也。"李善注引《襄阳耆旧传》："赤帝女曰姚姬，未行而卒，葬于巫山之阳，故曰巫山之女。楚怀王游于高唐，昼寝，梦见与神遇，自称是巫山之女，王因幸之，遂为置观于巫山之南，号为朝云。"按《高唐赋》"怀王"作"襄王"。

[4] 偏浓：正浓。

◎ 评析

　　自宋玉《高唐赋》后，楚襄王梦遇巫山神女的故事，成了诗词中艳情题材。这首词咏巫山神女，旨在写其"人间无路相逢"的哀愁，有怀古凭吊之意。"月斜江上，征棹动晨钟"二句为结，笔致空灵，意境缥缈，尤具远韵。吴任臣《十国春秋》卷四四云："希济素以诗辞擅名，所撰《临江仙》二阕有云：'月斜江上，征棹动晨钟。'又云：'风流皆道胜人间。须知狂客，拼死为红颜。'特为词家之隽。"

其二

洞庭波浪飐晴天[1]，君山一点凝烟[2]。此中真境属神仙。玉楼珠殿，相映月轮边。[3]　　万里平湖秋色冷，星辰垂影参然。橘林霜重更红鲜。罗浮山下，有路暗相连[4]。

◎ 注释

[1] 洞庭：湖名。在今湖南北部，湘、资、沅、澧四水汇集于此。

[2] 君山：亦名洞庭山，为湖中诸山最著名者。晋张华《博物志》卷六：“洞庭山，帝之二女居之，曰湘夫人。”《荆州图经》：“湘君所游，故曰君山。”一点凝烟：言远眺所见。

[3] “此中”三句：传说洞庭山下有金堂数百间，帝舜二妃居之，金石丝竹之声，响彻于山顶，有称“潇湘洞庭之乐”。又山有灵洞，洞中丹楼琼宇，宫观异常，花芳柳暗，异香之中众女霓裳冰颜，艳质与世人殊别。见王嘉《拾遗记》卷十《洞庭山》。

[4] 罗浮山：在今广东东山北岸。

◎ 评析

　　牛希济前六首《临江仙》，对所咏神女的神情体态均有直接描写。这首词咏神仙所居的君山与更南的罗浮山，极力铺张万里平湖的秋夜景色，展示神仙真境与神灵的缥缈存在，词境阔大，情韵悠长。汤显祖评本《花间集》卷三云：“休文（沈约）语丽而思深，名高‘八咏’（沈约守东阳时，建元畅楼，作《登楼望秋月》等诗八首，称为‘八咏’），映照千古。似此（《临江仙》）七词，亦尽有颉颃休文处。”宋时秦观作《调笑令》十首，分咏王昭君、乐昌公主等十个美女，用于即席歌唱，即承牛希济这种联章之体。

生查子[1]

　　春山烟欲收，天淡稀星小。残月脸边明，别泪临清晓。　　语已多，情未了。回首犹重道[2]。记得绿罗裙，处处怜芳草。[3]

◎ 注释

[1]《生查子》：唐教坊曲名，上片四句二仄韵，下片五句三仄韵，句式全为五言，此首第五

句则破作三、三两句。

[2] 重道：重说，再次说。

[3] "记得"二句：本南朝江总妻《赋庭草》："雨过草芊芊，连云锁南陌。门前君试看，是妾罗裙色。"芳草与绿罗裙同色，故有此临别赠言。

◎ 评析

这首词写一对情侣拂晓时的依依惜别。上片写破晓的景色与离别的心情。"残月"句，既指缺月西沉，又为女子勾勒面部轮廓，加上"别泪临清晓"，仿佛是一个无声的特写镜头，凸显女子不胜低回的惜别情怀。下片写临别时再三叮咛嘱咐，从叨叨絮语中拈出"记得"二句，实际上是告以处处不忘、念念不忘、终身不忘之意，构思巧妙，得风人比兴之体。李冰若《栩庄漫记》云："'记得绿罗裙，处处怜芳草'，词旨悱恻温厚，而造语近乎自然。岂飞卿（温庭筠）辈所可企及？'语已多，情未了，回首犹重道'，将人人共有之情，和盘托出，是为善于言情。"

生查子[1]

新月曲如眉，未有团圞意[2]。红豆不堪看[3]，满眼相思泪。　　终日劈桃穰[4]，人在心儿里[5]。两朵隔墙花，早晚成连理[6]。

◎ 注释

[1] 此词《花间集》不载，见于明杨慎《词林万选》。

[2] 团圞：犹言团圆。

[3] 不堪：承受不了，不忍。

[4] 桃穰（ráng）：桃实。

[5] 人在心儿里：人就是仁，桃仁在桃实中，故云。温庭筠《新添声杨柳枝·其八》："合欢桃核终堪恨，里许元来别有人。"亦以桃"仁"之"仁"与"人"谐音。

[6]早晚:多早晚,就是何时。连理:两株树的枝干连生为一体。古人习以连理枝比喻夫妇恩爱不离。

◎ 评析

从新月想到未能团圆,从红豆感到相思之苦,用的都是比兴的方法。"人在心儿里"是双关语,实际上是说所爱的人在我心里。此词所咏新月、红豆、桃穰,既切于情事,又别有生发。写法上用下句进而解释上句,表达女子对爱情的热切追求,保持着乐府民歌的本色。茅映《词的》卷一即称此词"全是子夜体"。杨慎《词林万选》以此词归于牛希济,未知何据。词中用语亦雅俗并行,且兼用六朝乐府的谐音双关。

✣ 欧阳炯
(896?—971)

炯或作迥、回,皆误。益州华阳(今四川成都)人。仕前蜀为中书舍人,后蜀时累官至门下平章事,入宋授左散骑常侍。宋开宝四年卒,年七十六。《宋史》卷四七九谓其"性坦率,无检操,雅善长笛","在蜀日,卿相以奢靡相尚,回犹能守俭素"。吴任臣《十国春秋》卷五六:"欧阳炯善文章,尤工诗辞。唐张素卿常绘十二真人像,世称其妙,安思谦得素卿本,乃于明庆节上献。后主(孟昶)命炯为之赞,装潢成帙,其见重多此类也。炯著有《武信军衙记》《花间集序》传世,又小词十七章,人亦时称道之。"后蜀广政三年(940),赵崇祚编成《花间集》,收炯词十七首,炯为此集作序,阐述《花间集》之编选宗旨,是最早的词集序。张宗橚《词林纪事》卷一称炯词"大抵婉约轻和,不欲强作愁思者也"。《尊前集》复录其词三十一首,王国维《唐五代二十一家词辑》辑为《欧阳平章词》一卷。

三字令[1]

春欲尽，日迟迟[2]。牡丹时。罗幌卷，翠帘垂。彩笺书[3]，红粉泪，两心知。　　人不在，燕空归。负佳期。香烬落，枕函敧[4]。月分明，花淡薄，惹相思。

◎ 注释

[1] 录自《花间集》。《三字令》，因前后片俱三字句，故名，《词谱》卷七谓"此调始于此词"。双调，上下片各八句四平韵。

[2] 日迟迟：《诗·豳风·七月》："春日迟迟。"迟迟，和舒貌。

[3] 彩笺书：书信。

[4] 枕函：枕套。敧（qī）：倾斜。

◎ 评析

　　汤显祖评本《花间集》卷三谓此词"逐句三字，转而不窘，不坌，不崛头，亦是老手"。俞陛云《五代词选释》云："十六句皆三字，短兵相接。一句一意，如以线贯珠，粒粒分明，仍一线萦曳。"《三字令》一调，全为短句，不易运笔，尤难于表情达意，如非作手，很难工此。这首词一气呵成，自然简劲，极富节奏感。许昂霄《词综偶评》云："罗幌卷"五句，由外而内，"香烬落"五句，由内而外，"花淡薄"句，春光欲尽，故曰淡薄。全篇意脉畅达流美，结句"分明""淡薄"四句，着色于浓淡之间，意境尤佳。

南乡子[1]

其一

嫩草如烟。石榴花发海南天[2]。日暮江亭春影渌[3]。鸳鸯浴。水远山长看不足。

◎ 注释

[1]《南乡子》：唐教坊曲名，歌舞曲，敦煌写卷中有《舞谱》二卷，内有《南乡子》。《南乡子》初为五句二平韵，三仄韵。冯延巳叠作双调。《花间集》录欧阳炯《南乡子》八首，本书一并选录。

[2]石榴：汉武帝时由张骞自西域安国引进，故又名安石榴。海南天：指东粤。庄绰《鸡肋编》卷下："东坡居士云：'岭南地暖，百卉造作无时。'南雄州在大庾岭下才数十里，与江南未相远也，而气候顿异。二月半梨花已谢，绿叶皆成阴矣。如石榴四时开花，橘已实仍蕊，或发于大本之上，却无枝叶，此尤可怪。"

[3]影：指水中倒影。渌：水清泠貌。

◎ 评析

　　陆游跋《金奁集》云："飞卿《南乡子》八阕，语意工妙，殆可追配刘梦得《竹枝》。信一时杰作也。"《徐大用乐府序》亦谓："温飞卿作《南乡子》九阕，高胜不减梦得《竹枝》，讫今无深赏者。"又《杨廷秀寄〈南海集〉》二首之一："飞卿数阕峤南曲，不许刘郎夸《竹枝》。"按温庭筠无《南乡子》词，陆游深赏的八首，乃欧阳炯作。此外，李珣也有《南乡子》十七首。《历代诗余》卷一一一《词话》，引周密云："李珣、欧阳炯辈，俱蜀人，各制《南乡子》数首，以志风土，亦作《竹枝》体也。"《竹枝》本咏蜀中风土，欧阳炯、李珣《南乡子》，所咏则为东粤景物，具有岭南民歌的风味。汤显祖评《花间集》卷三称欧阳炯《南乡子》八首："短词之难，难于起得不自然，结得不悠远。诸起句无一重复，而结语皆有余思，允称合作。"这八首词以观光者的身份和笔调，逐一写景纪俗，合起来犹如一篇风土志或一部风光片。李冰若《栩庄漫记》云："欧阳炯《南乡子》八首，多写炎方风物，不知其以何因缘而注意及此。炯蜀人，岂曾南游耶？然其词写物真切，朴而不俚，一洗绮罗香泽之态，而为写景纪俗之词，与李珣可谓笙磬同音者矣。"这是第一首，以"水远山长看不足"的喜悦心情，总叙南国一派美不胜收的旖旎风光，色泽明丽、柔和，令人神往。

其二

画舸停桡[1]。槿花篱外竹横桥[2]。水上游人沙上女。回顾。
笑指芭蕉林里住。

◎ 注释

[1] 画舸（gě）：彩饰的大船。《方言》卷九："南楚、江湘凡船大者，谓之柯。"桡：船桨。

[2] 槿花篱：木槿花。《玉篇》："槿，木槿，华朝生夕陨，可食。"又称槿篱。沈约《宿东
园》诗："槿篱疏复密，荆扉新且故。"王维《春过贺遂员外药园》诗："前年槿篱故，
今作药栏成。"赵殿成注引《通志》："木槿，人多植庭院间，亦可作篱，故谓之槿篱。"

◎ 评析

    第一首总叙南国风光，以下诸首则移步换形，一个景观，一幅图
画。这一首描绘的是从船上眺望岸上的景象。章法颇似李白《陌上赠
美人》诗："骏马骄行踏落花，垂鞭直拂五云车。美人一笑褰珠箔，遥
指红楼是妾家。"但呈现在这幅画面上的，岸边的槿篱、竹桥和稍远的
芭蕉林，都是岭南的风物，"笑指芭蕉林里住"的"沙上女"，又充满了
天真活泼、纯朴大方的情趣。领略着这派独特的风土人情，从外地来的
"水上游人"不禁深感新鲜而心旷神怡了。

其三

岸远沙平。日斜归路晚霞明。孔雀自怜金翠尾[1]。临水。
认得行人惊不起[2]。

◎ 注释

[1] 孔雀：鸟名。雄鸟颈部羽毛呈绿色，多带有金属光泽，尾羽延长成巨大尾屏，上具五色
金翠钱纹，开屏如彩扇，尤为艳丽。雌鸟无尾屏，羽色亦逊，产于岭南。《汉书·南粤
王赵佗传》上文帝书："谨北面因使者献白璧一双……生翠四十双，孔雀二双。"

[2] 惊不起："不起惊"的倒装。

这首词写晚霞下孔雀临水照影的雀屏全开，见了行人，也因本与人们混得很熟，既不惊起，也不避开，悠闲自在。谭献评《词辨》卷一云："'认得行人惊不起'，顿挫语似直下。"将孔雀的神态栩栩如生地描绘出来。陈延焯《云韶集》卷一云："遣词用意，俱有别致。"

其四

洞口谁家[1]。木兰船系木兰花[2]。红袖女郎相引去[3]。游南浦。笑倚春风相对语[4]。

◎ 注释

[1] 洞口：洞为南方少数民族部落单位，洞有洞主，唐王建《送流人》诗："水国山魈引，蛮乡洞主留。"又有洞丁。此处"洞口"，疑非实指山洞之口，似相当于"山口""村口"。

[2] 木兰船：船的美称。木兰，又名杜兰、林兰，皮似桂而香，状如楠，其花内白外紫，有四季开花者。

[3] 相引：相约。

[4] 笑倚春风：笑立于春风中。

◎ 评析

孙光宪《菩萨蛮》"客帆风正急，茜袖偎樯立。极浦几回头，烟波无限愁"，写岭南红袖女郎目送客船远去的情态。这首词中的红袖女郎却喜引兰舟，同游南浦，谈笑自若。一送一迎，一愁一喜，都生动地反映了南国少女的热情和当地民风的淳厚。

其五

二八花钿[1]。胸前如雪脸如莲[2]。耳坠金环穿瑟瑟[3]。霞衣窄[4]。笑倚江头招远客[5]。

◎ 注释

[1] 二八花钿：指妙龄少女。二八，十六岁，但非实指，而是用以泛称妙龄年华。花钿，女子首饰。

[2] 雪：喻肌肤之白。脸如莲：唐玄宗《好时光》："宝髻偏宜宫样，莲脸嫩，体红香。"

[3] 耳坠金环：庄绰《鸡肋编》卷中："广州波斯妇，绕耳皆穿穴戴环，有二十余枚者。"瑟瑟：宝石。碧者，唐人谓之瑟瑟；红者，宋人谓之鞋鞨。《新唐书·杨贵妃传》："遗钿堕舄，瑟瑟玑琲，狼藉于道。"

[4] 霞衣窄：犹言穿着紧身衣服。霞衣，指衣着色泽明丽，犹如红霞。

[5] 倚：立。

◎ 评析

　　这首词写妙龄少女笑迎远客时的打扮和情态。"耳坠金环穿瑟瑟"，是指其明亮而贵重的首饰。瑟瑟，产于西域于阗，即今新疆和田县一带。马端临《文献通考》卷三三七《于阗》引唐高居晦记："经吐蕃，男子冠中国帽，妇人辫发，戴瑟瑟，云珠之好者，一珠易一良马。"十分名贵。岭南少女耳环饰瑟瑟，既可见出当地的生活消费，又可窥见中唐以来岭南与内地的经济文化交流。

其六

路入南中[1]。桄榔叶暗蓼花红[2]。两岸人家微雨后。收红豆[3]。树底纤纤抬素手[4]。

◎ 注释

[1] 南中：犹言南国，指岭南。

[2] 桄榔（guānglánɡ）：唐刘恂《岭表录异》卷中："桄榔树生广南山谷，枝叶并蕃茂，与枣、槟榔等树小异。然叶下有须，如粗马尾。广人采之，以织巾子。其须尤宜咸水浸渍，即粗胀而韧，故人以此比缆舶，不用钉线。本性如竹，紫黑色，其文理而坚，工人解之，以制博奕局。其木刚，作犁锄，利如铁，中石更利，惟中蕉方致败耳。此树皮中有屑如面，可为饼食之。"

[3] 红豆：产于岭南，秋日开花，其实成荚，子大略小于豌豆，色鲜红，故名红豆。

[4] 素手：犹云雪白的手。纤纤抬素手：指少女。

◎ 评析

    这首词展现了南国少女雨后采摘红豆的画面，色彩明丽，富有情趣。陈廷焯《云韶集》卷一云"好在'收红豆'三字，触物生情，有如此者。"《古今词统》卷一引徐士俊曰："致极清丽，入宋不可复得。"

其七

袖敛鲛绡[1]。采香深洞笑相邀。藤杖枝头芦酒滴[2]。铺葵席[3]。豆蔻花间趖晚日[4]。

◎ 注释

[1] 鲛绡：传说南海鲛人所织的绡，这里指精美的手帕。

[2] 芦酒：以芦管插于酒筒中，吸而饮之。庄绰《鸡肋编》卷中："夷人造嗜酒，以荻管吸于瓶中。老杜（甫）《送从弟亚赴河西判官》诗：'黄羊饫不膻，芦酒多还醉。'盖谓此也。"唐张说《南中送北使》诗："夷歌翻下泪，芦酒未消愁。"

[3] 葵席：以蒲葵制成的席子。

[4] 豆蔻：草豆蔻，多年生草木植物，高丈许，春季开花，秋季结实，产于岭南。南人取其花尚未大开者，名含胎花，言尚小如女身，以喻处女少而美。趖（suō）：走，引申指太阳西斜、落山。"趖晚日"是"晚日趖"的倒装，指落日渐渐隐没于豆蔻花间。

◎ 评析

    这首词写邀客至家饮酒，直至日暮。藤杖芦酒，葵席设宴，豆蔻花下，鲛绡劝饮，这是前代诗歌中从未见过的场面。

其八

翡翠鵁鶄[1]。白蘋香里小沙汀。岛上阴阴秋雨色[2]。芦花扑。数只渔船何处宿。

◎ 注释

[1] 翡翠：鸟名，嘴长而直，生活在水边，吃鱼虾之类。羽毛有蓝、绿、赤、棕等色，可以做装饰品。鵁鶄：水鸟名，大如凫，高脚长喙，头有红毛之冠，身披纹彩，俗称茭鸡。

[2] 色：华钟彦《花间集注》卷六："色；与下文'扑''宿'非韵，查各本同。然雨不能称色，疑是'足'字之误，雨足方怡，韵亦叶适。"录以备考。

◎ 评析

  这首词展现了一幅岭南的渔汀水鸟图。秋雨阴阴，芦花弥望，白蘋风起，一群水鸟栖息水边，或飞或宿。这是宋代画师所画小景的常见题材，但在以浓艳见长的"花间"词中别开生面。

  欧阳炯《花间集序》云："自南朝之宫体，扇北里之倡风。"指出了《花间集》的词风特点是上承齐梁宫体，下附北里倡风。上面所选《南乡子》八首，却给"花间"词吹进了一阵沁人心脾的清风。《花间集》将这八首，以及同样纪岭南风土人情的李珣《南乡子》十首、孙光宪《菩萨蛮》等词入选其中，可以见出编者选编《花间集》的标准，是有多种取向的。

献衷心[1]

见好花颜色，争笑东风。双脸上，晚妆同。[2] 闭小楼深阁，春景重重。三五夜[3]，偏有恨，月明中。 情未已，信曾通。满衣犹自染檀红[4]。恨不如双燕，飞舞帘栊。春欲暮，残絮尽，柳条空。

[1]《献衷心》：唐教坊曲名，双调，上片九句四平韵，下片八句四平韵。

[2] 双脸：双颊。"双脸"二句，谓晚妆过后，面容犹如东风中鲜花的颜色。

[3] 三五夜：三五即农历的月半（十五日），是夕月圆。三五夜即月明之夜。

[4] 檀红：指浅红色，浅赭色。

◉ 评析

　　这首词写对意中人的热切向往而又可望不可即的惆怅，颇有李商隐《无题》诗"春心莫共花争发，一寸相思一寸灰"的韵味。《花间集评注》引郑文焯曰："起首超忽而来，毫端神妙，不可思议。"李冰若《栩庄漫记》云："'三五夜''月明中'，忽加入'偏有恨'三字，奇绝。"

江城子

晚日金陵岸草平[1]。落霞明。水无情。六代繁华[2]，暗逐逝波声。空有姑苏台上月[3]，如西子镜，照江城。[4]

◉ 注释

[1] 金陵：今南京，为六朝旧都。

[2] 六代：东吴、东晋、宋、齐、梁、陈六朝。

[3] 姑苏台：春秋时吴王夫差所筑，遗址在今苏州境内。

[4]"如西子"二句：皆对月而言。"如"为增字。西子，西施。江城，指金陵。

◉ 评析

　　这是一首怀古词，旨同李白《苏台览古》诗："旧苑荒台杨柳新，菱歌清唱不胜春。只今惟有西江月，曾照吴王宫里人。"暗寓佚乐难以久恃。李冰若《栩庄漫记》云："此词妙处在'如西子镜'一句，横空牵人，遂尔推陈出新。"

贺明朝[1]

忆昔花间相见后。只凭纤手。暗抛红豆[2]。人前不解，巧传心事，别来依旧。辜负春昼。　　碧罗衣上蹙金绣[3]。睹对对鸳鸯，空裛泪痕透[4]。想韶颜非久[5]。终是为伊，只恁偷瘦[6]。

◎ 注释

[1]《贺明朝》：又名《贺熙朝》，双调，上片七句五仄韵，下片六句四仄韵。《花间集》录欧阳炯《贺明朝》二首，本书选其第二首。

[2]暗抛红豆：犹言暗传情愫。

[3]蹙：衣上叠纹。薛昭蕴《谒金门》："春满院，叠损罗衣金线。"

[4]裛：同"浥"，沾湿。

[5]韶颜：青春容颜。

[6]只恁：只是这样。

◎ 评析

　　欧阳炯《贺明朝》凡二首，是联章。第一首写"忆昔花间初识面"时的情态，这一首写别后的相思。汤显祖评本《花间集》卷三谓此词"无甚雕巧，只是铺排妥当，自无村妆羞涩态"。"终是为伊，只恁偷瘦"二句，为柳永《凤栖梧》"衣带渐宽终不悔，为伊消得人憔悴"所自。李冰若《栩庄漫记》云："欧阳炯词《南歌子》外另一种，极为浓丽，兼有俳调风味。如《贺明朝》诸词，后启柳屯田（永），上承温飞卿（庭筠），艳而近于靡矣。"

✤ 和　凝
（898—955）

字成绩，郓州须昌（今山东东平）人。十九岁进士及第。历任梁、唐、晋、汉、周五代，累官中书侍郎、平章事、太子太傅，封鲁国公。平生为文，长于短歌艳曲，少时即好为曲子词，流布汴洛，时有"曲子相公"之称。有集百卷，自行雕板，模印数百套，分赠于人。有《演纶》《游艺》《孝悌》《疑狱》《香奁》《籝金》六集，均已佚。其《香奁》与韩偓《香奁集》同名，故沈括疑韩偓《香奁集》为伪托，所疑非是。《花间集》录其词二十首，《尊前集》七首，王国维《唐五代二十一家词辑》辑有《红叶稿词》一卷。李冰若《栩庄漫记》谓和凝："其词有清秀处，有富艳处，盖介乎温、韦之间也"。

薄命女[1]

天欲晓。宫漏穿花声缭绕。窗里星光少。冷露寒侵帐额[2]，残月光沉树杪。梦断锦帏空悄悄。强起愁眉小。

◎ 注释

[1]《薄命女》：唐教坊曲名，又名《长命女》《西河长命女》。王灼《碧鸡漫志》卷五："此曲起开元以前，大历间乐工加减节奏。"所指《长命女》旧制，和凝所作则为"今曲子"，七句六仄韵。

[2]冷露：原作"冷霞"。万树《词律》卷二："'霞'字疑是'露'字。'霞'不可言冷，亦不可言侵帐也。"兹从之。帐额：帐檐，床帐前幅的上沿部分。上有绘画或刺绣，用以装饰。卢照邻《长安古意》诗："生憎帐额绣孤鸾，好取门帘贴双燕。"

这首词写宫怨。前五句写天曙景象，先言窗内，次言窗外，皆描写景物，至"梦断"二句，始表明哀怨之情。"强起愁眉小"，押一罕用于此的"小"字，见眉头打结，喻愁之深，尤于险处见工。《草堂诗余正集》卷一引沈际飞曰："冲寂自妍，末只一句，尽却怨意。"《草堂诗余》卷下特引此阕云："此词颇尽宫中幽怨之意。"这种以末句见出本意的作法，为唐五代小令所常见。

天仙子[1]

洞口春红飞蔌蔌。仙子含愁眉黛绿。[2]阮郎何事不归来[3]，懒烧金[4]，慵篆玉[5]。流水桃花空断续。

◎ 注释

[1]《花间集》录和凝《天仙子》二首，为联章词。本书选其第二首。

[2]"洞口"二句：写洞中仙子期待所欢的情景。唐五代诗词中每以"洞"代指歌妓居处。《全唐诗》卷八〇二有宣城妓史凤诗《迷香洞》云："洞口飞琼佩羽霓，香风飘拂使人迷。自从邂逅芙蓉帐，不数桃花流水溪。"蔌蔌（sùsù），花落貌。

[3]阮郎：阮肇。相传他与刘晨共入天台山采药，遇二仙女。这里代指情侣。

[4]烧金：指道家炼丹。敦煌曲子词《内家娇》谓女道士"解烹水银，炼玉烧金。"道家以汞矿石等炼制所谓金丹，服之可长生。唐于濆《烧金曲》诗："天寿畏不永，烧金希长年。"

[5]篆玉：道家符录多用篆书。汉王褒《立通道观诏》："圣哲微言，先贤典训，金科玉篆，秘迹玄文……并宜弘阐，一以贯之。"

◎ 评析

此词是承前阕《天仙子》结句"桃花洞。瑶台梦。一片春愁谁与共"而来，两词都犹存调名本意，所咏天仙，实为女冠；所咏仙心，实为艳情。汤显祖评本《花间集》卷三云："刘改之（过）别妾赴试作

《天仙子》，语俗而情真，世多传之，遇此不免小巫。"按刘过《天仙子》词云："不道恩情拼得未""烦恼自家烦恼你"，作"喁喁尔汝"之语，还不如这一首词格之高。唐五代时，女冠流品不齐，其中不少虽身披霞服而与乐妓混迹，其心志初不在虔心学道，而主要寻求欢情的满足。这也是道教世俗化的表现之一。和凝《天仙子》就是对这种世俗化了的道教所作的一个侧面反映。

春光好^[1]

蘋叶软，杏花明。画船轻。双浴鸳鸯出渌汀。棹歌声^[2]。
春水无风无浪，春天半雨半晴。红粉相随南浦晚^[3]，几含情。

◎ 注释

[1]《春光好》：唐教坊曲名，双调，上片五句三平韵，下片四句二平韵。《花间集》录和凝《春光好》二首，本书选其第二首。

[2] 棹歌：船家行舟时所唱的歌。

[3] 红粉：指女子。南浦：送别之地。

◎ 评析

这首词咏春光。烟波画船，棹歌时起，犹如惠崇之春江小景图。"春水""春天"二句，写风平浪静，乍晴乍雨，一片春光骀荡，是春游踏青宴席间所唱。

采桑子^[1]

蝤蛴领上诃梨子^[2]，绣带双垂。椒户闲时^[3]。竞学樗蒲赌荔枝^[4]。　　丛头鞋子红编细^[5]，裙窣金丝^[6]。无事

鞏眉[7]。春思翻教阿母疑[8]。

◎ 注释

[1]《采桑子》：唐教坊曲中有《采桑》，是兼有歌舞的大曲，《采桑子》当是《采桑》中的一遍，子是曲子的简称。双调，上、下片各四句三平韵。《花间集》录和凝《采桑子》二首，本书选其第二首。

[2] 蝤蛴：《诗·卫风·硕人》："领如蝤蛴。"《毛传》："领，颈也。蝤蛴，蝎虫也。"蝎虫体白而长，以比妇人之颈。诃梨子：诃梨，花白子黄，妇人绣作衣领上的花饰。

[3] 椒户：犹椒房。以椒末涂户，室有香气。

[4] 樗（chū）蒲：古代博戏。晋张华《博物志》："樗蒲者，老子作之用卜，今人掷之为戏。"

[5] 丛头：指鞋头作花丛状，用以约束裙幅，便于行走。

[6] 窣：摇曳。裙窣金丝：即裙曳金丝。

[7] 鞏眉：皱眉。

[8] 翻教：犹云反使。

◎ 评析

　　上片"蝤蛴"二句言上服，下片"丛头"二句言下服，仪表优雅，楚楚动人。"椒户"二句言闺中嬉戏，见出少女活泼天性，末二句又转出其内心萌动而自感烦闷之春情，已为阿母察觉。自服饰仪表至心性思绪，着语不多，而极其细腻，尤长于以婉雅之笔，绘秾丽之词，所以能盛传于汴、洛一带。

渔　父[1]

白芷汀寒立鹭鸶[2]。蘋风轻剪浪花时[3]。烟幂幂[4]，日迟迟[5]。香引芙蓉惹钓丝[6]。

◎ 注释

[1]《渔父》：《渔歌子》。

[2] 白芷（zhǐ）：香草名。

[3] 蘋风：宋玉《风赋》："夫风生于地，起于青蘋之末。"后以蘋风代指微风。

[4] 幂幂（mìmì）：浓密貌。韩愈《叉鱼招张功曹》诗："盖江烟幂幂，拂棹影寥寥。"

[5] 日迟迟：《诗·豳风·七月》："春日迟迟。"

[6] 钓丝：钓鱼的线。

◎ 评析

　　陈廷焯《云韶集》卷一："较子同（张志和）作自远不逮，而遣词琢句，精秀绝纶，亦佳构也。"俞陛云《五代词选释》："凡赋《渔父》者，多作高隐之语。此词专赋本题，鹭立寒汀，蘋风剪浪，写水天风景，而扁舟蓑笠翁，宛在其间。结句袅袅竿丝，摇曳于芙蓉香里，颇堪入画也。"

江城子[1]

其一

初夜含娇入洞房。理残妆。柳眉长。翡翠屏中[2]，亲蒻玉炉香[3]。整顿金钿呼小玉[4]："排红烛，待潘郎[5]。"

◎ 注释

[1]《尊前集》录和凝《江城子》五首，为一组联章，有故事贯串其间，写得层次井然。本书一并选录。

[2] 翡翠屏：画有翡翠图案的屏风。

[3] 蒻（ruò）：点燃。

[4] 金钿：妇女首饰，即贴在脸上的花钿。小玉：侍女名。

[5] 潘郎：晋潘岳曾任郎官，因以潘郎称潘岳。潘岳貌美，深受妇女爱慕。这里以潘郎喻指情郎。

◎ 评析

　　和凝《江城子》五首历叙以理妆等待到平明送别一夜之间的男女欢

会。这首词首叙初夜时女子待人的情形。她先是含娇入房，梳妆画眉，然后走到屏风前，燃起炉中的香；但恐妆理得不够精细，重新对镜修饰贴在脸上的花钿，同时又怕因此耽误时间，一边重整金钿，一边唤来侍女，帮助排烛点烛，作好迎客准备。通过这一系列的动作，展示了女子精心化妆打扮、布置居室，以博得情人的欢心，以及期待情人到来的急切心理。

其二

竹里风生月上门。理秦筝[1]。对云屏[2]。轻拨朱弦，恐乱马嘶声。[3]含恨含娇独自语："今夜月，太迟生[4]。"

◎ 注释

[1] 理：温习。秦筝：相传筝为秦时蒙恬所造，故名秦筝。

[2] 云屏：屏风。

[3]"轻拨"二句：言不敢把筝声弹得太响，以免听不见情人的马走近时的嘶叫声。据说马能识别主人的旧游之处。晏几道《木兰花》词："紫骝认得旧游踪，嘶过画桥东畔路。"

[4] 太迟生：犹言时间过得太慢。生，语助词。欧阳修《六一诗话》云："唐人语辞好用'生'字，如'太瘦生''作么生''何以生'是也。"

◎ 评析

　　这一首写严妆后久候未至的微妙心理。古诗有云："卷帘风动竹，疑是故人来。""竹里"一句即暗用此意，用来烘托女子的全神贯注；"轻拨"二句，则以生恐筝声太响，辨不清马嘶声而轻拨筝弦，衬托她的专心致志的候人心境，"熨帖入微，似乎人人意中所有，却未经前人道过，写出柔情蜜意，真质而不涉尖纤"（况周颐《餐樱庑词话》）。最后等待得不耐烦，不免怨愤。但不怪情人来得太迟，而只怨今夜的月亮升得太慢，怨而不怒，在情迫意切之中，又深得所谓"温柔敦厚之旨"。

其三

斗转星移玉漏频[1]。已三更。对栖莺。历历花间[2]，似有马蹄声。含笑整衣开绣户，斜敛手[3]，下阶迎。

◎ 注释

[1] 斗转星移：谓斗杓回转，星亦随之移动。玉漏频：指计时的漏声频频传来。均指时间的推移。

[2] 历历：分明可数，形容马蹄声非常清晰。

[3] 敛手：拱手，表示恭敬。

◎ 评析

　　这一首写女子待至三更时分，情人驾到，下阶相迎。前章因等待得不耐烦而生怨愤，此章因终于等到而按捺不住心头的喜悦，变原先的含恨含娇为含笑相迎，一怨一喜，前后呼应，形成了鲜明的对照。况周颐《餐樱庑词话》云："'历历花间，似有马蹄声'，尤为浑雅，进乎高诣。"前一首抓住"马嘶声"这个细节，表现心理变化，这一首却用"马蹄声"，并前着"似有"二字，突出主观感受，对其企盼情人时的敏感与殷切的心理，又作了恰到好处的描绘。

其四

迎得郎来入绣闱。语相思。连理枝[1]。鬓乱钗垂，梳堕印山眉。娅姹含情娇不语[2]，纤玉手，抚郎衣。

◎ 注释

[1] 连理枝：此喻男女相爱。白居易《长恨歌》诗："在天愿作比翼鸟，在地愿为连理枝。"

[2] 娅姹：眼色妩媚貌。周邦彦《花心动》词："鸾困凤慵，娅姹双眸，画也画应难就。"

◎ 评析

这一首言四更之际闺中的艳情密意。李冰若《栩庄漫记》云："此五阕介在清与艳之间。《餐樱庑词话》摘其《江城子》'轻拨朱弦'二语，以谓熨帖入微。余喜其'娅姹含情娇不语，纤玉手，抚郎衣'，清中含艳，愈艳愈清。"

其五

帐里鸳鸯交颈情。恨鸡声[1]。天已明。愁见街前，还是说归程。临上马时期后会："待梅绽，月初生。"

◎ 注释

[1]"恨鸡声"以下：化用"鸡声断爱"的故事。五代王裕仁《开元天宝遗事》卷下《鸡声断爱》："长安名妓刘国容，有姿色，能吟诗，与进士郭昭述相爱，他人莫敢窥也。后昭述释褐，授天长簿，遂与国容相别。诘旦赴任，行至咸阳，国容使一女仆驰矮驹赍短书云：'欢寝方浓，恨鸡声之断爱，恩怜未洽，叹马足以无情。使我劳心，因君减食，再期后会，以结齐眉。'长安子弟多诵之。"

◎ 评析

这首词言五更平明送别。"愁见"五句，自室内至室外，两说归期，在叨叨絮语中，见出难舍难分的情怀，同时又约定后会之期。为梅绽月上，境界也很高洁。

陈廷焯《闲情集》卷一曾称此"五词不少俚浅处，取其章法清晰，为后人联章之祖。"和凝这五首《江城子》，按照一夜之间的时间推移和情节进展，以同个曲调相连续，写成一个完整的故事，其实是一组典型的《五更转》。而这种联章形式，早在六朝时期就已出现。《乐府诗集》卷三三陈伏知道的《从军五更转》五首，便是一例，唯其歌辞类似五言绝句，缺乏变化。敦煌曲子中，以词体形式写五更内容的，亦非绝无。

斯一四九四《五更转》"七夕相望"五首，就是借牛郎织女的故事，分叙人间闺怨，其体式仍以《喜秋天》调格演成。和凝用《江城子》这个词调写《五更转》的内容，分明是继承了民间的这种俗曲形式，不过较之民歌，有了精粗之别。和凝以外，唐五代文人笔下的不同形式的联章词，亦屡见不鲜，至宋代文人词，遂为少见。从中不难看出唐五代文人词与民间词的某种联系。

✧顾 夐
（生卒字里不详）

前蜀通正元年（916），为小臣给事内廷，久之，擢茂州刺史。后复仕后蜀，官至太尉，因称顾太尉。王士禛《花草蒙拾》称其词"已为柳七一派滥觞"。况周颐《餐樱庑词话》谓其词乃"五代艳词上驷也。工致丽密，时复清疏。以艳之神与骨为清，其艳乃益入神入骨"。《花间集》录其存词五十五首。王国维《唐五代二十一家词辑》辑有《顾太尉词》一卷。

虞美人[1]

深闺春色劳思想[2]。恨共春芜长[3]。黄鹂娇啭泥芳妍[4]。杏枝如画倚轻烟。琐窗前。　　凭阑愁立双蛾细[5]。柳影斜摇砌[6]。玉郎还是不还家。教人魂梦逐杨花。绕天涯。

◎ 注释

[1]《虞美人》：唐教坊曲名，双调，上下片各二仄韵、三平韵。《花间集》录顾夐《虞美人》六首，本书选其第五首。

[2] 劳思想：犹言勤思念。

[3] 春芜：春天的杂草。

[4] 泥：同"昵"。杨慎《词品》卷一："俗谓柔言索物曰泥，乃计切，谚所谓软缠也。杜

子美诗：'忽忽穷愁泥杀人'……字又作讵，《花间集》顾夐词 '黄莺娇啭讵芳妍'，又 '记得讵人微敛黛'。字又作妮，王通叟词 '十三妮子绿窗中'。今山东人目婢曰小妮 子，其语亦古矣。"

[5] 双蛾：双眉。

[6] 砌：台阶。

◎ 评析

　　《古今词统》卷八引徐士俊曰："调佳则词易美，如此数阕，皆人 所能言，然曲折之妙，有在诗句外者。"上阕"恨共春芜长"，先于李 煜《清平乐》"离恨恰如春草，更行更远还生"，秦观《八六子》"恨如芳 草，萋萋刬尽还生"。下阕"教人魂梦逐杨花，绕天涯"二句，亦为晏 几道《鹧鸪天》"梦魂惯得无拘检，又踏杨花过谢桥"导夫先路，《花间 集》中的隽语，亦沾溉后人多矣。

浣溪沙[1]

春色迷人恨正赊[2]。可堪荡子不还家。细风轻露著梨 花。　　帘外有情双燕飏[3]，槛前无力绿杨斜。小屏狂 梦极天涯。

◎ 注释

[1] 《花间集》录顾夐《浣溪沙》八首，本书选其第一首。

[2] 赊：犹言长、多。

[3] 飏：飞。

◎ 评析

　　王国维跋《顾太尉词》认为，"夐词在牛给事、毛司徒间，《浣溪 沙》'春色迷人'一阕，亦见《阳春集》，与《河传》《诉衷情》数阕，当 为夐最佳之作矣。"此词写春恨。上阕"细风轻露著梨花"一句，轻倩流丽，下阕"窗外"一联，亦琢句巧致，唯用"飔"字，未免音浮而不切。篇末以"小屏狂梦极天涯"作结，狂梦近乎乱梦，但"狂"字下得很有力。因为狂而且乱，所以梦极天涯。顾敻词好用"狂"字，《虞美人·其三》："谢娘娇极不成狂。"《虞美人·其四》："颠狂年少轻离别。"《河传·其二》："对池塘。惜韶光。断肠，为花须尽狂。"《玉楼春·其三》："良宵好事枉教休，无计奈他狂耍婿。"《荷叶杯·其三》："满身兰麝扑人香。狂摩狂。狂摩狂。"都用"狂"来形容情意的至稔至艳。

河　传

棹举。舟去。波光渺渺，不知何处。岸花汀草共依依[1]。雨微。鹧鸪相逐飞。　　天涯离恨江声咽。啼猿切。此意向谁说。倚兰桡。独无憀[2]。魂销。小炉香欲焦[3]。

◎ 注释

[1] 汀：这里指水边平地。

[2] 无憀：同"无聊"。

[3] 焦：烧尽。

◎ 评析

　　《花间集》录顾敻《河传》三首，汤显祖评本《花间集》卷三谓"此三调，真绝唱也"。这里选的是第三首。《河传》一调，特多短句，不易落笔，尤难于句句流美畅达。此词起笔四句，犹如冲口而出，绝不费力而自然清远。"岸花"三句，长短交错，在"波光渺渺"之中，另开清幽之境。此词上片写景，况周颐《餐樱庑词话》、李冰若《栩庄漫记》都赏其饶有"简劲"之趣。下片言情，则情景两得。"小炉香欲焦"，香焦是虚，心焦是实，实际上是说忧心如焚。

杨柳枝

秋夜香闺思寂寥。漏迢迢[1]。鸳帏罗幌麝烟销，烛光摇。　　正忆玉郎游荡去。无寻处。更闻帘外雨萧萧。滴芭蕉。

◎ 注释

[1]迢迢：漏声幽远貌。

◎ 评析

　　白居易《寄殷协律》诗："吴娘暮雨萧萧曲，自别江南久不闻。"自注："江南吴二娘曲词云：'暮雨萧萧郎不归。'"又《听弹湘妃怨》诗："似道萧萧郎不归。"自注："江南新词有云：'暮雨萧萧郎不归'。"杨慎《升庵诗话》卷四谓吴二娘为杭州名妓，"暮雨萧萧郎不归"，为其《长相思》词中语。顾敻此词结句，即承吴二娘曲词而来。全词写思妇寂寥苦况，"更闻帘外雨萧萧，滴芭蕉"，终夜雨打芭蕉之声，点点滴滴都落在心头，就愈觉孤寂了。

诉衷情[1]

永夜抛人何处去[2]，绝来音。香阁掩。眉敛[3]。月将沉。争忍不相寻[4]。怨孤衾[5]。换我心，为你心，始知相忆深。

◎ 注释

[1]《花间集》录顾敻《诉衷情》二首，本书选其第二首。

[2]永夜：长夜。

[3]眉敛：皱眉。

［4］争忍：怎忍。

［5］孤衾：喻独宿。

◉ 评析

　　这首词写女子极度思念而希望对方知情，篇末说到"换我心，为你心，始知相忆深"，确是情真意切的表露，说出了热恋中的人人意中之语。牛峤《感恩多》："泪盈襟。礼月求天，愿君知我心。"宋蔡伸《减字木兰花》七夕词："明日如今，想见君心似我心。"严仁《鹧鸪天》词："挑成锦字心相向，未必君心似妾心。"《阳春白雪》卷四徐照《阮郎归》词："妾心移得在君心，方知人恨深。"皆意有所承，同此思路。但一方"抛人"，一方曲意强求，这种恋情是不公平的。汤显祖评本《花间集》卷四云："要到换心田地，换与他也未必好。"就指出词中女子一味痴情而不敢面对事实，因为对方早已负心了。

荷叶杯[1]

一去又乖期信[2]。春尽。满院长莓苔[3]。手捻裙带独徘徊。来摩来。来摩来[4]。

◉ 注释

［1］《花间集》录顾敻《荷叶杯》九首，组成联章。每章六句，二仄韵，四平韵。篇末三字均重叠，与温庭筠、韦庄《荷叶杯》调格有异。本书选其第九首。

［2］乖期信：违约、失约。乖，背。

［3］莓苔：青苔。长莓苔：即是说一春天无人来访。

［4］摩：同"么"，疑问助字。张相《诗词曲语辞汇释》卷三："《花间集》顾敻《荷叶杯》词：'知摩知！知摩知！'又'愁摩愁！愁摩愁！'同调凡九首，句法相同，摩字凡十八见。《云谣集》为唐人作品，《花间集》为五代作品，则知唐五代时，随声取字，么、磨、摩皆假其声为一，尚未划一，似至宋以还始专用么字。"

◎ 评析

　　顾敻《荷叶杯》凡九首，是一组联章，写女子的别恨。首章以"忆佳期"起，末章以"乖期信"作结，言旧欢如梦，好事成空。每章末两句又都作叠句，为顾敻此体的特点。张德瀛《词征》卷一云："自后仿其体者，明有小词二阕，一叠'催么催'三字，一叠'轻么轻'三字。曹秋岳（曹溶）词叠'留么留'三字，毛大可（毛奇龄）词叠'参么参'三字。"按明人效顾敻《荷叶杯》此体者甚多。杨慎本调"得远信"一首，亦用"来么来"作结："远寄音书一纸。千里。一字一徘徊。泪眼愁眉不忍开。来么来。来么来。"清蒋敦复亦有《荷叶杯》拟顾敻，词云："懊恼钉华欲语，人去，不忍倚妆台。海棠月上小门开。来么来，来么来。"

　　这里所选的是第九首，说对方违约，一春杳无人迹，但心中犹有企盼。"来摩来"是内心独白，是潜台词，是极度失望之余，犹抱着一丝空幻的希望。李冰若《栩庄漫记》云："顾敻以艳词擅长，有浓有淡，均极形容之妙。其淋漓真率处，前无古人。如《荷叶杯》九首，已为后代曲中《一半儿》张本。"

醉公子

漠漠秋云淡。红藕香侵槛。枕倚小山屏[1]。金铺向晚扃[2]。
睡起横波慢[3]。独望情何限。衰柳数声蝉，魂销似去年。

◎ 注释

[1] 小山屏：床前屏风，曲折而列，状如群峰起伏，故云。

[2] 金铺：门上铺饰，作龙蛇诸兽状，用以衔环。司马相如《长门赋》："挤玉户以撼金铺兮，声嘈呅而似钟音。"扃：闭门。

[3] 横波：古人常常形容美目清如秋天的水波。横波慢：同"横波漫"，指美目清莹明亮，如漫漫秋水。

吴任臣《十国春秋》卷五六云："顾敻善小词，有《醉公子》曲，为一时艳称。"《花间集》录顾敻《醉公子》二首，这是第一首，写秋思。上片秋日昼寝，下片睡起伤怀。结句听到衰柳寒蝉，旧愁新恨交并涌至，语淡而永，故为人称道。《古今词统》卷一引徐士俊曰："《还魂曲》（指汤显祖《牡丹亭》）'恁今春关情似去年'，用此也：'最撩人春色是今年'，则又翻此。"《花间集评注》引《古今词话》云："'衰柳数声蝉，魂销似去年'，顾太尉《醉公子》词句也，陈声伯（霆）爱之，拟衍一绝云：'拥被忽听门外雨，山中又作去年秋。'两俱脱化。"

醉公子

岸柳垂金线。雨晴莺百啭。家住绿杨边。往来多少年。　　马嘶芳草远。高楼帘半卷。敛袖翠蛾攒[1]。相逢尔许难[2]。

◎ 注释

[1]攒：聚。翠蛾攒：犹言蹙眉、皱眉。

[2]尔许：犹言如许，如此，这样。

◎ 评析

这首词写女子春思，比上一首尤佳。"家住绿杨边，往来多少年"，可供选择的对象可谓不少，但"敛袖翠蛾攒，相逢尔许难"，真的意中人却是如此难觅。人生的际遇大都如此。陈廷焯《闲情集》卷一评此词曰"丽而有则"，词境颇高。

❖ 孙光宪

（895？—968）

字孟文，自号葆光子，陵州贵平（今四川仁寿）人。唐末为陵州判官，后唐天成元年（926）为荆南高季兴掌书记，历事从诲、保融、继冲三世，累官荆南节度副使，检校秘书少监兼御史大夫，宋建隆四年（963），劝高继冲归宋，授黄州刺史，乾德六年，宰相荐其为学士，未及召而卒。有《荆台集》《巩湖编玩》《笔佣集》《橘斋集》《蚕书》《续通历》《北梦琐言》等，今仅存《北梦琐言》二十卷。《花间集》录其词六十一首，《尊前集》录二十三首，数量之多，在"花间"词人中居首位。王国维《唐五代二十一家词辑》辑为《孙中丞词》一卷。陈廷焯《云韶集》卷一云："孟文词在五代时最见气格，风致亦复不泛，出韦端己之上。"《白雨斋词话》卷一又云："孙孟文词，气骨甚道，措语亦多警炼，然不及温、韦处亦在此，坐少闲婉之致。"吴梅《词学通论·概论》："余谓孟文之沉郁处，可与李后主并美。"

浣溪沙[1]

蓼岸风多橘柚香[2]。江边一望楚天长[3]。片帆烟际闪孤光[4]。　　目送征鸿飞杳杳[5]，思随流水去茫茫。兰红波碧忆潇湘[6]。

◎ 注释

[1] 孙光宪《浣溪沙》词共十九首，《花间集》录九首，《尊前集》录十首。本书选其第一首，第五首、第六首、第八首。

134

[2] 蓼：红蓼，秋日开花，紫红色，多生水边，亦名泽蓼。橘柚（yòu）：两种果树，多生
　　南方，其味香甜。

[3] 楚天：泛指南方的天空。

[4] 孤光：指帆影。

[5] 杳杳：深远幽暗貌。

[6] 兰红：红兰，秋日开花。《述异记》："紫述香，一名红兰香，出苍梧、桂林、上郡界。"
　　江淹《别赋》："见红兰之受露，望青楸之离霜。"潇湘：二水名。见前刘禹锡《潇湘
　　神》（湘水流）注 [2]。

◎ 评析

　　唐五代词人对词调的运用，往往有所偏好。温庭筠作《菩萨蛮》词
就有二十首（今存十四首），孙光宪填《浣溪沙》词，也有十九首之多。
这首词在荆南为人送行。全词通过一个"望"字，把江边红蓼橘柚的特
写镜头拉向寂廓江天、天长水远的全景与远景，而别离之情弥漫于飞鸿
杳杳，流水茫茫之中。"片帆烟际闪孤光"，则是这个全景与远景中渐行
渐远，以至于无的一个焦点。陈廷焯《云韶集》评谓"'片帆'七字，
压遍古今词人"，"'闪孤光'三字警绝，无一字不为炼，绝唱也"。王
国维《人间词话·附录》亦称"片帆烟际闪孤光"句，"尤有境界"。不
让谢朓《之宣城郡出新林浦向板桥》"天际识归舟，云中辨江树"、李白
《黄鹤楼送孟浩然之广陵》"孤帆远影碧空尽，唯见长江天际流"等佳句
专美于前。"兰红波碧"四字，善于设色，唯潇湘足以当之。

浣溪沙

半踏长裾宛约行[1]。晚帘疏处见分明。此时堪恨昧平
生[2]。　　早是销魂残烛影，更愁闻着品弦声[3]。杳无
消息若为情[4]。

[1] 半踏长裾：言长裙垂地，只能小步而行。宛约：形容步态柔美。明王錂《春芜记·阻
遇》："路岐兼得一般平，半踏香裾宛约行。"

[2] 昧平生：言未曾相识，难以通情。

[3] 品弦：调弦，弹奏。

[4] 若为情：犹言何以为情、难以为情。

◎ 评析

　　这首词写隔帘听曲而生爱慕之心。唐宋时乐妓奏曲，有当筵献艺
者，有隔帘弹唱者。词调中就有《隔帘听》，为唐教坊曲。柳永《乐章
集》有《隔帘听》曰："琵琶闲抱。爱品相思调。声声似把芳心告。隔
帘听，赢得断肠多少。恁烦恼。除非共伊知道。"就是写这种演奏场合，
与此词情景相似，可以参看。此词表达了对一个从未谋面，但又难以
通情的隔帘弹奏的琵琶女妓的爱慕。"晚帘疏处见分明"，是惊其容貌，
"更愁闻着品弦声"，更服其才艺，只可惜隔着一重垂帘，最后只能徒然
叹息"杳无消息若为情"了。

浣溪沙

兰沐初休曲槛前[1]。暖风迟日洗头天[2]。湿云新敛未梳
蝉[3]。　　翠袂半将遮粉臆[4]，宝钗长欲坠香肩。此时
模样不禁怜[5]。

◎ 注释

[1] 兰沐：《大戴礼》："五月五日，蓄兰沐浴。"旧俗以为端午浴兰，可以除不祥，增进健
康。这里指以兰汤洗头。曲槛：曲栏。

[2] 迟日：犹云春天的暖日。《诗·豳风·七月》："春日迟迟。"孔颖达疏："迟迟者，日长
而暄之意。"

[3] "湿云"句：是说尚未梳妆。湿云，喻洗头后头发尚湿。敛，束。蝉，蝉鬓，女子发式，

两鬓薄如蝉翼，故云。

[4]翠袂：翠袖。粉臆：洁白的胸脯。

[5]不禁：禁受不住，极言其娇态。怜：爱。

◎ 评析

　　这首词写日暖风和女子洗头后长发披肩，尚未梳妆时的窈窕情态。词笔细腻。陈廷焯《云韶集》卷一说："情态可想，风流窈窕，我见犹怜。'不禁怜'三字，真乃娇艳。飞燕、玉环，无此情态，真欲与丽娟并驱矣。"沈际飞《草堂诗余别集》甚至认为此词还胜过南朝的《子夜歌》："宿昔不梳头，丝发披两肩。婉伸郎膝下，何处不可怜。""不禁怜"即从"不可怜"而来，用意则尤进一层。

浣溪沙

　　轻打银筝坠燕泥[1]。断丝高罥画楼西[2]。花冠闲上午墙啼[3]。　　粉箨半开新竹径[4]，红苞尽落旧桃蹊[5]。不堪终日闭深闺。

◎ 注释

[1]轻打：犹云轻弹。打，撞击。吴曾《能改斋漫录·辨误》："丁者，当也。打字从手从丁，以手当其事者也，触事谓之打。"

[2]断丝：指游丝，蛛丝之类。罥（juàn）：挂。

[3]花冠：指公鸡。《初学记》卷二〇引沈怀远《南越志》："鸡冠四开如莲花，鸣声清彻也。"温庭筠《赠知音》诗："翠羽花冠碧树鸡，未明先上短墙啼。"

[4]粉箨（tuò）：竹笋壳。

[5]红苞：红花。蹊：小路。

◎ 评析

　　词中所写景象，春日已过，长夏将临，闺中尤觉日长无事，而添孤寂之感。"粉箨"二句，传出时节风物之转换，为周邦彦《浣溪沙》"新笋看成堂下竹，落花都上燕巢泥"所本。俞陛云《五代词选释》云："五句虽皆写景而字句妍炼，兼含凄寂。至结句言终日闭闺，则所见景物，徒为愁人供资料耳。"

河　传^[1]

太平天子^[2]。等闲游戏。疏河千里。柳如丝。偎倚。渌波春水，长淮风不起^[3]。　　如花殿脚三千女^[4]。争云雨^[5]。何处留人住。锦帆风^[6]。烟际红。烧空。魂迷大业中^[7]。

◎ 注释

[1]《花间集》录孙光宪《河传》四首，前两首为联章，咏隋炀帝开河南游事。这里所选的是第一首。

[2] 太平天子：指隋炀帝。

[3] 长淮：淮河。

[4] 殿脚：见前韦庄《河传》（何处）注[3]。

[5] 云雨：用宋玉《高唐赋》楚襄王梦遇巫山神女事，代指男女欢会。

[6] 锦帆风：《开河记》谓隋炀帝沿河南游，"舳舻相继，连接千里，自大梁至淮口，联绵不绝，锦帆过处，香闻千里。"

[7] 大业：隋炀帝年号，凡十三年，公元605—617年。

◎ 评析

　　这首词咏调名本意，写隋炀帝疏河千里，奢游江南的盛事。李冰若《栩庄漫记》云："词写炀帝开河南游事，妙在'烧空'二字一转，使上文花团锦簇，顿形消灭。此法盖出自太白'越王勾践破吴归'一诗。"按此词咏古，于"魂迷"二字见意，并非至"烧空"而有转折，李说疑误。"烧空"是"映红天空"之意，不能理解为火烧赤壁"樯橹灰飞烟灭"之"烧"。古代平原野火称烧，唐太宗《出猎》诗："寒野霜氛白，平原烧火红。"晓霞亦称烧，司空曙《送李嘉祐正字括图书兼往扬州觐省》诗："晚烧平芜外，朝阳叠浪来。"由此而红映半空亦可称烧。除孙光宪此词外，宋苏轼《正月二十六日偶与数客野步嘉祐僧舍作诗记之》："涓涓泣露紫含笑，焰焰烧空红佛桑。""烧空"也是红映天空之意。此词的"烧空"即承"锦帆风，烟际红"而来，言暮烟中无数锦帆，犹如一片红霞，映照半空。隋炀帝大业时，国势正盛，但炀帝不居安思危，"等闲游戏"，南巡扬州，最后导致亡国，这正是末句所说的"魂迷"，用此一语而惊醒迷梦，表现出怀古词的本旨。

李商隐《隋宫》诗云："乘兴南游不戒严，九重谁省谏书函。春风举国裁宫锦，半作障泥半作帆。"此词也借锦帆事点化言其侈淫无度而最后亡国亡身，不著议论而议论自见。

菩萨蛮[1]

木绵花映丛祠小[2]。越禽声里春光晓[3]。铜鼓与蛮歌[4]。南人祈赛多[5]。　　客帆风正急。茜袖隈墙立[6]。极浦几回头[7]。烟波无限愁。

◎ 注释

[1]《花间集》录孙光宪《菩萨蛮》五首，本书选其第五首。

[2]木绵：一作"木棉"。落叶乔木，产于两广，先叶开花，大而红。丛祠：泛指江边林间无名的祠庙。

[3]越：指南越，今广东、广西一带。越禽：越鸟。李德裕《岭南道中》："红槿花中越鸟啼。"

[4]"铜鼓"句：指在神祠打鼓、歌唱以娱神。铜鼓，赛神所击乐器。《后汉书·马援传》："骆越铜鼓。"注引裴氏《广州记》："狸獠（南方少数民族名）铸铜为鼓。鼓唯高大者为

贵，面阔丈余。"许浑《送客南归有怀》诗："铜鼓赛江神。"温庭筠《河渎神》词："铜鼓赛神来。满庭幡盖徘徊。"蛮歌，南方少数民族之歌。皇甫松《浪淘沙》："蛮歌豆蔻北人愁，松雨蒲风野艇秋。"

[5] 祈赛：求神与酬神。

[6] 茜袖：红袖。茜，草名。其根可做红色染料。限：同"偎""依"。

[7] 极浦：极远处的水面。

◎ 评析

　　木绵丛林掩映着神祠，神祠里聚集着求神赛神的人们，他们的鼓声、歌声与周围越鸟的鸣声构成了南方特有的交响曲；而在江边，一位红袖女郎依俯着丛祠的土墙，满怀离愁地正在目送远去的行舟。这一派南国风光、名物风土以及人情意态，都带着岭南的特色。《花间集》中，孙光宪、欧阳炯、李珣词多言南粤风物，说明荆南、蜀中与两广经济文化正在加强，日益紧密而广泛的交流。

后庭花 [1]

石城依旧空江国 [2]。故宫春色 [3]。七尺青丝芳草碧 [4]。绝世难得 [5]。　　玉英凋落尽 [6]，更何人识。野棠如织 [7]。只有教人添怨忆。怅望无极。

◎ 注释

[1]《花间集》录孙光宪《后庭花》二首，均咏调名本事，本书选其第二首。《后庭花》，唐教坊曲名。王灼《碧鸡漫志》卷五："《后庭花》，《南史》云：陈后主每行宾客，对张贵妃等游宴，使诸贵人及女学士与狎客，共赋新诗相赠答，采其尤丽者为曲调，其曲有《玉树后庭花》。伪蜀时，孙光宪、毛熙震、李珣有《后庭花》曲，皆赋后主故事，不著宫调，两段各四句，似令也。"

[2] 石城：指建业，今江苏南京。东晋及南朝宋、齐、梁、陈皆建都于此。

[3] 故宫：东晋南朝宫殿在台城，故址在今南京鸡鸣山南，陈后主于此又建临春、结绮、望仙三阁，高数十丈，并数十间，陈亡皆毁。

[4] 七尺青丝：张贵妃的美发。《南史·陈张贵妃传》："张贵妃（丽华）发长七尺，鬒黑如漆，其光可鉴。特聪慧，有神彩，进止闲华，容色端丽，每瞻眄睐，光彩溢目，照应左右，尝于阁上靓妆，临于轩槛，宫中遥望，飘若神仙。"

[5] 绝世：李延年《北方有佳人歌》："北方有佳人，绝世而独立，一顾倾人城，再顾倾人国，宁不知倾城与倾国，佳人难再得。"

[6] "玉英"句：隋军渡江，张贵妃与陈后主叔宝自投于井，及夜隋军出之，晋王杨广命斩贵妃。

[7] 野棠：亦名棠梨、杜梨、落叶乔木，二月开花，秋实似楝，多野生，易繁衍。

◎ 评析

　　这是一首怀古词，以《后庭花》调咏张丽华，言江国依旧，而佳人难得。下片"野棠如织"句，较刘禹锡《台城》诗"万户千门成野草，只缘一曲《后庭花》，语更委婉，而倍有昔日繁华，鞠为茂草之感。只是"教人"二句，则嫌过直，反而寡味。李冰若《栩庄漫记》说："孙孟文词疏朗婉丽，近于韦相。其《后庭花》第二首吊张丽华，词意蕴藉凄怨，读之使人意消。"

酒泉子[1]

空碛无边[2]，万里阳关道路[3]。马萧萧[4]，人去去[5]。陇云愁[6]。　　香貂旧制戎衣窄[7]。胡霜千里白。绮罗心[8]，魂梦隔。上高楼[9]。

◎ 注释

[1]《花间集》录孙光宪《酒泉子》三首，本书选其一。

[2] 空碛无边：大漠无边。

[3] 阳关：在今甘萧敦煌县西南，为古时出塞要冲，以居玉门关之南，故称阳关。

[4] 萧萧：马嘶声。

[5] 去去：言行程遥远，一程又一程。

[6] 陇云：陇山之云。陇山，六盘山的别称，在今甘肃陇县西北。古有《陇头流水歌》《陇
头歌》，专写征人行经此山的辛苦。郭仲产《秦州记》谓"陇山东西百八十里"，"行役
升此而顾瞻者，莫不悲思。"

[7] 香貂：指貂裘战袍。戎衣窄：杜甫《初冬》诗："垂老戎衣窄，归休寒色深。"戎衣，
军服。

[8] 绮罗：指身穿绮罗的人，即征人的妻子。

[9] 上高楼：赵微明《思归》诗："犹疑望可见，日日上高楼。"

◎ 评析

　　这首词写征夫久戍边陲的艰辛和征妇日夜遥思的愁苦。汤显祖评
《花间集》卷三说："三叠文之《出塞曲》，而长短句之《吊古战场文》
也。直读不禁酸鼻。"

清平乐[1]

愁肠欲断。正是青春半。连理分枝鸾失伴。又是一场离
散。[2]　　掩镜无语眉低。思随芳草萋萋[3]。凭仗东风
吹梦[4]，与郎终日东西。

◎ 注释

[1]《花间集》录孙光宪《清平乐》二首，本书选其第一首。
[2]"连理"二句：言夫妻或情侣分手。一场，犹云一回、一番。
[3]"思随"句：《古诗十九首》："青青河边草，绵绵思远道。"
[4] 凭仗：依仗。

◎ 评析

　　人有离别，但心无离别，梦无离别。"凭仗东风吹梦，与郎终日东
西"，在梦中随郎远行，郎东我亦东，郎西我亦西，还是终日团聚，片
刻不离。陈廷焯《闲情集》卷一说："痴情幻想，说得温厚。"可惜生活

并不真如这种梦境，这种痴情幻想，只能使她在"愁肠欲断"中愈来愈不能摆脱。

风流子[1]

茅舍槿篱溪曲[2]。鸡犬自南自北。菰叶长[3]，水荭开[4]，门外春波涨渌。听织。声促。轧轧鸣梭穿屋[5]。

◎ 注释

[1]《风流子》：唐教坊曲名，单调，八句六仄韵。《花间集》录孙光宪《风流子》三首，本书选其第一首。

[2]槿篱：见前欧阳炯《南乡子》(画舸停桡) 注[1]。

[3]菰 (gū)：俗称茭白，生于浅水，叶似蒲苇，秋季结实，称雕胡米。

[4]水荭 (hóng)：蕻菜，俗名空心菜。

[5]轧轧 (yàyà)：象声辞，指织机声。轧轧鸣梭穿屋，谓织机声由室内传至室外。

◎ 评析

　　孙光宪此词写田园生活，洋溢着农村的耕织之乐，自然清新，开田园词的先声。李冰若《栩庄漫记》说："《花间集》中忽有此淡朴咏田家耕织之词，诚为异采。盖词境至此，已扩放多矣。"

竹 枝[1]

门前春水竹枝白蘋花女儿。岸上无人竹枝小艇斜女儿。商女经过竹枝江欲暮女儿[2]。散抛残食竹枝饲神鸦女儿。

◎ 注释

[1]《花间集》录孙光宪《竹枝》二首，本书选其第一首。万树《词律》卷一："所用'竹

枝''女儿'，乃歌时群相随和之声，犹《采莲曲》之有'举棹''少年'等字。"

[2] 商女：商人女眷。

◎ 评析

　　宋长白《柳亭诗话》："江湖行旅，崇祀水神，风樯雨楫之间，常有群鸟飞绕，舟人抛食空中，竞接以去，谓之神鸦。"《竹枝》多咏风土。孙光宪此词善状江上薄暮风光，商女抛食，祈求舟行顺风顺水，也是特有的一种水上民俗民风。闲处传神，尤生动有致。

　　《竹枝》唱时每句有前声后声之分。白居易《竹枝词·其四》曰："江畔何人唱《竹枝》，前声断咽后声迟。"可见其唱时大致情状。黄燕峰《雅论》："《竹枝》入绝句，自刘（禹锡）始，而《竹枝》歌声刘集未载也。《花间集》有孙光宪，《尊前集》有皇甫松各数首，皆上四字一断为'竹枝'，下三字为'女儿'，'竹枝''女儿'皆歌中咽断之声。"

思帝乡

如何。遣情情更多。永日水堂帘下[1]，敛羞蛾。六幅罗裙窣地[2]，微行曳碧波[3]，看尽满池疏雨，打团荷[4]。

◎ 注释

[1] 永日：整日。水堂：临水而筑的水榭。

[2] 窣地：拂地。

[3] 碧波：指裙子的颜色。欧阳炯《浣溪沙》："天碧罗衣拂地垂。"

[4] 团荷：圆圆的荷叶。

◎ 评析

　　曹植《洛神赋》："凌波微步，罗袜生尘。"描写洛水之神在水波中缓缓而行的神态，风姿绰约，飘然欲举。此词"六幅罗裙窣地，微行曳碧波"，则是写水堂帘下的微步，由于罗裙窣地而似乎碧波随步而起，再加上堂前的满池团荷，犹如在一片绿荷碧波间盛开的菡萏，人花莫辨，回映生姿。王昌龄《采莲曲》："荷叶罗裙一色裁，芙蓉向脸两边开。乱入池中看不见，闻歌始觉有人来。"孙光宪这首词或从此受到启发。

谒金门

留不得，留得也应无益。白纻春衫如雪色[1]。扬州初去日。　　轻别离，甘抛掷。江上满帆风疾。却羡彩鸳三十六[2]。孤鸾还一只[3]。

◎ 注释

[1] 白纻：白麻布，细而洁白，以纻麻织成。古乐府《白纻歌》："质如轻云色如银，制以为衫余作巾。"

[2] 鸳：喻指情侣，美人。三十六：即三十六对。《玉台新咏》卷一古诗《相逢狭路间》："鸳鸯七十二，罗列自成行。"注引《谢氏诗源》："霍光园中凿大池，植五色睡莲，养鸳鸯三十六对，望之灿若披锦。"明田艺蘅《留青日札》卷二〇《鸳鸯七十二》："人皆不解七十二之说，盖言美人之数也。又古人多言三三美人，夫三三则六，而六六则为三十六矣；左右各三十六合之，则为七十二矣。盖六六阴数之极，而六六三十六者又纯阴之数，故用之妇人也。"

[3] 鸾：鸟名，常与凤为偶。孤鸾：喻指失伴的人。徐陵《鸳鸯赋》："山鸡映水那相得，孤鸾照镜不成双。"

◎ 评析

　　这首词写离情。上片言对男子的一去不归，本有所觉，下片则未甘离异孤栖，因而重生怨恨。起笔"留不得，留得也应无益"和结句"却羡彩鸳三十六，孤鸾还一只"，都为词中极为本色语。宋石孝友《谒金门》的发端"归不去，归去又还春暮"，即用此词作法。清项廷纪《忆云词》有《谒金门》拟孙光宪"留不得，留也不过今日。今日云帆天咫尺。明朝何处觅",于孙词则亦步亦趋。陈廷焯《大雅集》卷一则谓:"却羡"二句,以彩鸳起兴,以孤鸾自况,倾吐目前的孤栖独宿,是"不遇之感,自叹语,亦是自负语。"按词中"白纻"二句,尤为传神,向称名句。一个玉树临风的美哉少年,去扬州的风月繁华之地,既是"留不得,留得也应无益"的主要原因,也是最后"孤鸾还一只"的根本原因。把意中人写得如此风度翩翩,容貌甚都,可见其倾心相慕的程度,爱之恨之,两种感情实在交织在一起,爱中带着恨,恨罢更感到爱。"甘抛掷"的"甘"字,就是明证。清周之琦《十六家词录附题》咏孙光宪词云:"一庭疏雨善言愁,《佣笔》《荆台》耐薄游。最苦相思留不得,春衫如雪去扬州。"

魏承班

(? —925)

许州(今河南许昌)人。父弘夫,前蜀王建收为养子,改名王宗弼。前蜀后主光天元年(918),王宗弼以兼中书令秉政,魏承班恃父之势,奢侈骄矜。承班约于其时为驸马都尉、太尉,因称魏太尉。乾德六年(924),王宗弼谋废立未果,魏承班颇为忧之。咸康元年(925)十一月,后唐军攻蜀,王宗弼叛蜀归唐,据成都自称留后,遣魏承班以王衍玩用之器赂唐军,唐军入成都后,与家族同遭诛戮。详见陈尚君《花间词人事迹考》。《花间集》录其词十五首,《尊前集》六首,王国维跋《魏太尉词》云:"(魏承班)词,逊于薛昭蕴、牛峤,而高于毛文锡。"李冰若《栩庄漫记》云:"魏承班词浓艳处近飞卿。间有清朗之作,特不多耳。"

玉楼春[1]

寂寂画堂梁上燕。高卷翠帘横数扇。一庭春色恼人来，满地落花红几片。　　愁倚锦屏低雪面[2]。泪滴绣罗金缕线。好天凉月尽伤心，为是玉郎长不见。

◎ 注释

[1]《玉楼春》：双调，上下片各四句三仄韵。《花间集》录魏承班《玉楼春》二首，本书选其第一首。

[2] 雪面：犹粉面、白面。

◎ 评析

　　春色恼人，夜月伤心，是因为"玉郎长不见"。对于这种"卒章显其志"的作法和词意显豁的风格，陈廷焯《别调集》卷一以为"语意爽朗"；李冰若《栩庄漫记》则云："结语说到了尽头，了无韵味。魏氏此等词，与毛文锡不相上下。"两说都符合这首词的实际。

诉衷情[1]

银汉云晴玉漏长。蛩声悄画堂[2]。筠簟冷[3]，碧窗凉。红蜡泪飘香[4]。　　皓月泻寒光。割人肠。那堪独自步池塘。对鸳鸯。

◎ 注释

[1]《花间集》录魏承班《诉衷情》五首，本书选其第三首。

[2] 蛩声：蟋蟀的鸣叫声。

[3] 筠簟：竹席。筠，竹皮。

[4] 红蜡：红烛。

◎ 评析

　　这首词的上片，以万籁皆静，满目凄凉的环境，衬托孤寂难平的心情。下片言触处伤怀，尤其是"皓月"二句，以皓月寒光，仿佛不断地刺割着思心情肠，传达女子身处孤闺冷阁的无限伤痛，"皓月泻寒光"本是佳句，承以"割人肠"，则语极尖新。李调元《雨村词话》卷一说："词非诗比，诗忌尖刻，词则不然。魏承班《诉衷情》云：'皓月泻寒光，割人肠。'尖削而不伤巧。词至唐末，已有此体。如东坡（苏轼）'割愁遂有剑铓山'，以之入诗，终嫌尖削。"

生查子[1]

　　烟雨晚晴天，零落花无语。难话此时心，梁燕双来去。　　琴韵对薰风[2]，有恨和情抚。肠断断弦频[3]，泪滴黄金缕[4]。

◎ 注释

[1]《花间集》录魏承班《生查子》二首，本书选第一首。

[2]"琴韵"句：谓临风弹琴。薰风，初夏的东南风。

[3]"肠断"句：弹琴时琴弦频频断绝。频断弦意示两情难续，和好无望。唐徐彦伯《闺怨》诗："暖手缝轻素，嚬蛾续断弦。"

[4]黄金缕：犹云金缕的衣服。

◎ 评析

　　上片落花无语，自感身世，下片怀恨弹琴，琴弦频断，但身世益凄然可悲，故不禁肠断，珠泪暗滴了。李冰若《栩庄漫记》云："魏词浅易，此却蕴藉可诵。"古时以琴瑟调和比喻夫妻和谐，故每以"断弦"喻丧妻。此词"肠断断弦频"，俞陛云《五代词选释》即作丧妻解，认为"下阕怀旧而兼悼逝，殆有凤尾（指琴）留香之感耶。"不

过。这里的断弦实指两情难续的一种预兆，实与丧妻无涉，细察词意
便知。

渔歌子[1]

柳如眉，云似发。蛟绡雾縠笼香雪[2]。梦魂惊，钟漏歇。
窗外晓莺残月。　　几多情，无处说。落花飞絮清明节。
少年郎，容易别[3]。一去音书断绝。

◎ 注释

[1] 录自《花间集》。《渔歌子》：双调，上下片各六句四仄韵，与单调二十七字者异。

[2] 蛟绡：传说南海蛟人所织之绡。縠：皱纱。雾縠：皱纱轻盈飘动貌。香雪：喻肌肤。

[3] 容易：犹云轻易、草草。唐李咸用《读修睦上人歌篇》："劝君休，莫容易。世俗由来
　　稀则贵。"

◎ 评析

　　这首《渔歌子》不写渔父，却与敦煌词《渔歌子》（洞房深）一
样写男女恋情。柳永《雨霖铃》词："今宵酒醒何处，杨柳岸、晓风残
月。"有论者谓即本此词之"窗外晓莺啼月"。明俞彦《爰园词话》："柳
词亦只此佳句，余皆未称。而亦有本，祖魏承班《渔歌子》'窗外晓莺
残月'，第改二字增一字耳。"

❀ 鹿虔扆
（生卒年里不详）

一作禄虔扆。初读书古祠，见画壁有周公辅成王图，期以此见志。天复（901—903）中，为永泰军节度使，后进检校太尉，加太保，因称"鹿太保"。一说后蜀孟昶时为"五鬼"之一，不确。张宗橚《词林纪事》卷二引倪瓒云："鹿公高节，偶尔寄情倚声，而曲折尽变，有无限感慨淋漓处。"李冰若《栩庄漫记》云："鹿太保词不多见，其在《花间集》中（共六首），约有二种风格：一为沉痛苍凉之词；一为秀美疏朗之词。不惟人品之高，其词格亦高。由此可知虽处变乱之世，人格高尚者终有以自立。"

临江仙

金锁重门荒苑静[1]，绮窗愁对秋空[2]。翠华一去寂无踪[3]。玉楼歌吹，声断已随风[4]。　　烟月不知人事改[5]，夜阑还照深宫[6]。藕花相向野塘中。暗伤亡国，清露泣香红[7]。

◉ 注释

[1] 重门：宫门。《文选》谢朓《观朝雨》诗："平明振衣坐，重门犹未开。"吕向注："重门，帝宫门也。"杜甫《哀江头》诗："江头宫殿锁千门。"荒苑：指前蜀后主王衍所建宣华苑。张唐英《蜀梼杌》："乾德元年（919），以龙跃池为宣华池……三年五月，宣华苑成，延袤十里，有重光、太清、延昌、会真之殿，清和、迎仙之宫，降真、蓬莱、丹霞之亭，土木之功，穷极奢巧，衍数于其中为长夜之饮，嫔御杂坐，舃履交错。"欧阳修《新五代史·前蜀世家》谓王衍"起宣华苑，苑有重光，太清、延昌、会真之殿，清和、迎仙之宫，降真、蓬莱、丹霞之亭，飞鸾之阁，瑞兽之门，又作怡神亭，与诸狎客妇人日夜酣饮其中。"黄休复《茅亭客话》卷八："至伪蜀王氏……广开池治，创立台榭，奇花异木，怪石修竹，无所不有，署其苑曰宣华。"

[2] 绮窗：指镂刻有精致的花格子的窗子。《古诗十九首》："交疏结绮窗。"

[3] "翠华"句：翠华，指天子仪仗中以翠羽为饰的旗帜或车盖。此句指唐庄宗同光三年

（925）九月，发兵攻蜀，蜀主王衍面缚舆榇，出降于成都北五里升仙桥。同光四年（926）四月，王衍奉诏入洛阳，行至秦川驿，庄宗用伶人景进计，遣宦者向延嗣诛其族。详见欧阳修《新五代史·前蜀世家》。

[4]"声断"句：是"随风声断"的倒装。

[5]人事改：指前蜀亡国。

[6]夜阑：夜深，夜尽。

[7]香红：指藕花。

◉ 评析

鹿虔扆《临江仙》共二首，这是第一首。哀悼感愤，寄托深远，历来论词者都极为推许。

许昂霄《词综偶评》："曰'不知'、曰'暗伤'，无情有恨，各极其妙。"

陈廷焯《云韶集》卷一："'一声《何满子》，双泪落君前'，深情苦调，有《黍离》《麦秀》之悲。"

况周颐《餐樱庑词话》："鹿太保，孟蜀遗臣，坚持雅操。其《临江仙》含思凄婉，不减李重光（李煜《浪淘沙》）'晚凉天净月华开。想得玉楼瑶殿影，空照秦淮'之句。"

俞陛云《五代词选释》："周道黍离之感，唐宋以来，多见于诗歌，在词中，惟南唐后主，亡国失家，语最沉痛，虔扆词亦善感乃尔。诵'露泣香红'句与'独与铜人相对泣，凄凉残月下金盘'，其音皆哀以思也。"

李冰若《栩庄漫记》："太白诗（李白《苏台览古》）：'只今惟有西江月，曾照吴王宫里人。'已开鹿词先路。此阕之妙，妙在以暗伤亡国托之藕花。无知之物，尚且泣露啼红，与上句'烟月还照深宫'相衬，而愈觉其悲惋。其全词布置之密，感喟之深，实出后主（李煜《浪淘沙》）'晚凉天净'一词之上，知音当不河汉斯言。"

唐圭璋《唐宋词简释》："此首暗伤亡国之词。全篇摹写亡国后境界，有《黍离》《麦秀》之悲。起三句，写秋空荒苑，重门静锁，已足色凄凉。'翠华'三句，写人去无踪，歌吹声断，更觉黯然。下片，又以烟月、藕花无知之物，反衬人之悲伤。其章法之密，用笔之妙，感喟之深，实胜后主'晚凉天净月华开'一首也。'烟月'两句，从刘禹锡'淮水东边旧时月，夜深还过女墙来'化出。'藕花'句，体会细微。末句尤凝重，不啻字字血泪也。"

张祥龄《词论》："词主谲谏，与诗同流，稼轩《摸鱼儿》、酒边《阮郎归》、鹿虔扆之'金锁重门'，谢克家之'依依宫柳'之属，所谓'国风好色而不淫，小雅怨诽而不乱'。"此固有之，但不必如张日本文，胶柱鼓瑟耳。

思越人[1]

翠屏欹，银烛背[2]，漏残清夜迢迢。双带绣窠盘锦荐[3]，泪侵花暗香销。　　珊瑚枕腻鸦鬟乱[4]。玉纤慵整云散[5]。苦是适来新梦见[6]。离肠争不千断[7]。

◎ 注释

[1]《思越人》：《花间集》中张泌、孙光宪皆用此调以咏西施，合调名本意。鹿虔扆此词则与调名无关。双调，上片五句二平韵，下片四句四仄韵。

[2] 背：暗。

[3] 窠：又名团窠，即团花。绣窠：衣服上所绣的团花。崔令钦《教坊记》："《圣寿乐舞》，衣襟皆各绣一大窠，皆随其衣本色，制纯缦衫，下才及带，若短汗衫者以笼之，所以藏绣窠也。"盘锦：盘花锦。成都所织团窠绵，为蜀中名产。陆游《剑南诗稿》卷三二《斋中杂题》其一："闲将西蜀团窠绵，自背南唐落墨花。"又《月上海棠》词："伤心处，独展团窠瑞锦。"荐：垫褥。

[4] 珊瑚枕：刘皂《长门怨》诗："珊瑚枕上千行泪，不是思君是恨君。"鸦鬟：指乌黑的双鬟。

[5] 玉纤：纤细如玉的手指，多以指美人的手。云散：喻发鬟散乱，懒于梳理。

[6] 适来：刚才。《敦煌变文集·伍子胥变文》："适来鉴貌辨色，观君与凡俗不同。"

[7] 争：怎。

◎ 评析

这首词言女子长夜怀人，劳思成梦，梦醒后益感凄清孤独，离肠为之"千断"。这种凄丽的词风，与上阕《临江仙》之沉痛不同。汤显祖评本《花间集》卷四云："悼亡诗不过如此。"以为此词是未亡人的悼亡词，或恐未必。张德瀛《词征》卷五："《十国春秋》云：鹿虔扆《思越人》词有'双带绣窠盘锦荐，泪侵花暗香销'之句，词家推为绝唱。今考鹿词不多见，固非如冯正中诸人，日从事于声歌者。零玑碎锦，尤足贵矣。""五代词，嘲风笑月，惆怅自怜，其能如韦端己、鹿虔扆之寄托深远者，亦仅矣。"

◆ **阎 选**
（生卒年里不详）

在后蜀与欧阳炯等以擅写小词为孟昶所宠幸。《花间集》称为阎处士。《花间集》录其词八首，《尊前集》二首。王国维《唐五代二十一家词辑》辑为《阎处士词》一卷。吴任臣《十国春秋》卷五六："阎选，布衣也。酷善小词，有《临江仙》词云：'画帘深殿，香雾冷风残。'又云：'猿啼明月照空滩。'时人目为阎处士。"李冰若《栩庄漫记》："阎处士词多侧艳语，颇近温尉一派，然意多平衍，盖与毛文锡伯仲耳。"

临江仙[1]

十二高峰天外寒[2]。竹梢轻拂仙坛。宝衣行雨在云端[3]。画帘深殿[4]，香雾冷风残。　　欲问楚王何处去[5]，翠屏犹掩金鸾[6]。猿啼明月照空滩。孤舟行客，惊梦亦艰难。

［1］《花间集》录阎选《临江仙》二首，本书选其第二首。

［2］十二高峰：巫山有十二峰，详前皇甫松《天仙子》(晴野鹭鸶) 注［6］。

［3］行雨在云端：巫山神女。宋玉《高唐赋》序谓巫山神女曾说她"旦为朝云，暮为行雨，朝朝暮暮，阳台之下。"

［4］画帘深殿：指巫山神女庙。

［5］楚王：宋玉《高唐赋》序说楚怀王曾梦遇巫山神女。

［6］"翠屏"句：指翠屏上画有鸾鸟。

◎ 评析

　　这首词咏巫山神女庙。《花间集》中咏巫山神女祠者，有毛文锡《巫山一段云》(雨霁巫山上)、牛希济《临江仙》(峭碧参差十二峰)、李珣《巫山一段云》(有客经巫峡、古庙依青嶂) 与阎选所作二首，落眼点与角度都有所不同，可以互资比较。陆游《入蜀记》记巫山神女庙景象恢奇，历历如绘，可为读上述诸词的参考。陆游入峡后经巴东县，江山雄丽，"过巫山凝真观，谒妙用真人祠。真人，即世所谓巫山神女也。祠正对巫山，峰峦上入霄汉，山脚直插江中。议者谓太华衡庐，皆无此奇。然十二峰者，不可悉见。所见八九峰，惟神女峰最为纤丽奇峭，宜为仙真所托。祝史云：每八月十五夜月明时，有丝竹之音，往来峰顶，山猿皆鸣。达旦方渐止。庙后山半，有石坛平旷。传云夏禹见神女，授符于此。坛上观十二峰，宛如屏障。是日，天宇晴霁，四顾无纤翳，惟神女峰上有白云数片，如鸾鹤翔舞，徘徊久之不散，亦可异也。祠旧有乌数百，送迎客舟。自唐夔州刺史李贻诗已云'群乌幸胙余'矣。"

　　王国维跋《阎处士词》云："阎选词惟《临江仙》第二首有轩翥之意，余尚未足与于作者也。"

河　传[1]

秋雨。秋雨。无昼无夜。滴滴霏霏。暗灯凉簟怨分离。妖姬[2]。不胜悲。　　西风稍急喧窗竹。停又续。腻脸悬双玉[3]。几回邀约雁来时，违期。雁归。人不归。

◎ 注释

[1] 录自《花间集》。

[2] 妖姬：美女。

[3] 双玉：双玉箸，即两行泪水。刘孝威《独不见》诗："谁怜双玉箸，流面复流襟。"

◎ 评析

　　前录温庭筠、韦庄、顾夐等人的《河传》，均以该调多短句、多韵位、多换韵的声调特征，创造了各具特色的声情并茂、流美畅达的意境。此词开篇"秋雨，秋雨"连用叠句，"滴滴霏霏"，又连用叠字，繁音促节，渲染秋雨秋风的悲凉气氛。汤显祖评本《花间集》卷四称这种作法"大奇大奇！宋李易安（清照）《声声慢》用十重字起，而以'点点滴滴'四字结之，盖用其法，而青于蓝者。"陈廷焯《别调集》卷一评曰："起疏爽，结凄婉。"

定风波[1]

江水沉沉帆影过。游鱼到晚透寒波[2]。渡口双双飞白鸟。烟袅。芦花深处隐渔歌[3]。　　扁舟短棹归兰浦。人去。萧萧竹径透青莎[4]。深夜无风新雨歇。凉月。露迎珠颗入圆荷。

◎ 注释

[1]《定风波》：唐教坊曲名，上片三平韵，错叶两仄韵，下片两平韵，错叶四仄韵。阁选此词录自《尊前集》。

[2]透：此词两"透"字意义不同。此处"透"字，意为跳透。谢灵运《山居赋》："飞泳骋透，胡可根源。"

[3]隐：隐约。隐渔歌：隐约听到渔歌。

[4]透：透漏，显露。青莎：莎草，草根名香附子，多生于潮湿地区或河边沙地。

◎ 评析

　　此词写江边向晚景色，远帆过后，鸟飞鱼跃，渔歌时起，尽管江流有声，大自然却一片宁静。下片写凉月初上，夜露渐滋，荷叶上露珠成圆，颗颗欲滴，静中见动，别有幽境。

✦ 尹 鹗
（生卒年不详）

成都（今属四川）人。前蜀王衍时为校书郎，累官至参卿，因称伊参卿。《花间集》录其词六首，《尊前集》录十一首，王国维《唐五代二十一家词辑》辑为《尹参卿词》一卷。张宗橚《词林纪事》卷引张炎云："尹参卿词，以明浅动人，以简净成句者也。"李冰若《栩庄漫记》云："尹鹗词在《花间集》中，似韦而浅俗，似温而烦琐，盖独成一格者也。其写冶游，写情思，均分明如画，不避详琐，柳塘（指沈雄《柳塘词话》）以为开屯田俳调，洵为知音。要其清绮灵活处，实在阁选等之上，差可与牛希济、孙光宪等齐眉也。"

临江仙[1]

深秋寒夜银河静，月明深院中庭。西窗幽梦等闲成[2]。逡巡觉后[3]，特地恨难平[4]。　　红烛半消残焰短，依稀暗背银屏。枕前何事最伤情[5]。梧桐叶上，点点露珠零。

◎ 注释

[1]《花间集》录尹鹗《临江仙》二首，本书选其第二首。

[2] 等闲：无端，刘禹锡《竹枝词》："长恨人心不如水，等闲平地起波澜。"毛熙震《菩萨蛮》："光影暗相催，等闲秋又来。"

[3] 逡巡：有迟缓与迅速两义。这里是迅速之义，犹云须臾。杜甫《丽人行》："后来鞍马何逡巡，当轩下马入锦茵。"欧阳修《渔家傲》词："花底忽闻敲两桨，逡巡女伴来寻访。"

[4] 特地：犹云特别。罗邺《汴河》诗："当时天子是闲游，今日行人特地愁。"辛弃疾《汉宫春》词："空怅望，风流已矣，江山特地愁予。"

[5] 枕前：枕上。

◎ 评析

　　这首词写离恨，无端一梦，又忽忽梦醒，梦后则离思萦怀，难以消释。下片枕前银屏，觉后见残烛消焰短，梧桐叶上露珠零落，此恨就更无穷无尽。用语简净，造境清幽。俞陛云《五代词释》说此词以"清丽为邻"，结句"尤有婉转之思"。可与张炎《清平乐》"只有一枝梧叶，不知多少秋声"同声一慨。

醉公子[1]

暮烟笼薜砌[2]。戟门犹未闭[3]。尽日醉寻春。归来月满身。　　离鞍偎绣袂[4]。坠巾花乱缀。何处恼佳人。檀痕衣上新[5]。

[1] 录自《花间集》

[2] 藓砌：长有苔藓的台阶。

[3] 戟门：唐时有设戟门之制，三品以上官员设戟于门，谓之戟门。后泛指显贵之家或显
　　赫的官署。钱起《秋霖曲》："貂裘玉食张公子，鸟炙熏天戟门里。"

[4] 袂：衣袖。离鞭偎绣袂，谓别时犹牵袖不忍离去。

[5] 檀痕：檀指女子香唇。檀痕即吻痕。阎选《虞美人》词："臂留檀印齿痕香。"一说檀
　　痕指带有粉香的泪痕。

◎ 评析

　　这首词写贵家公子终日在外寻花问柳，深夜方始醉归。状景工致，
神态毕现。贺裳《皱水轩词筌》云："写景之工者，如尹鹗'尽日醉寻
春，归来月满身'，李重光（煜）'酒恶时拈花蕊嗅'，李易安（清照）
'独抱浓愁无好梦，夜阑犹剪灯花弄'，刘潜夫（克庄）'贪与萧郎眉语，
不知舞错《伊州》'，皆入神之句。"李冰若《栩庄漫记》："'何处恼佳
人，檀痕衣上新'，似怨似怜，娇嗔之态可想，而含意亦不轻薄。"

菩萨蛮[1]

陇云暗合秋天白[2]。俯窗独坐窥烟陌。楼际角重吹。黄昏方
醉归。　　荒唐难共语[3]。明日还应去[4]。上马出门时。金
鞭莫与伊[5]。

◎ 注释

[1] 尹鹗《菩萨蛮》共三首，此首见《花间集》，另二首载《尊前集》。

[2] 陇云：陇上白云。

[3] 荒唐：犹言放荡。

[4] 应：推测之辞。徐陵《走笔戏事应令》诗："秋来应瘦尽，偏自著腰身。"

[5] "金鞭"句：意谓明日醉公子将去时，藏其马鞭，使之不得骑马出门放荡。

◎ 评析

这首词以《菩萨蛮》调写《醉公子》的内容。况周颐《餐樱庑词话》："尹鹗《菩萨蛮》，由未归说到醉归，由'荒唐难共语'，想到明日'出门'时，层层转折，与无名氏《醉公子》（见前录）略同。'金鞭莫与伊'，尤有不尽之情，痴绝昵绝。《全唐诗》附鹗词十六阕，此阕为最佳胜。"

◈ **毛熙震**
（生卒年里不详）

蜀人，后蜀广政间任秘书监，因称毛秘书。宋黄休复《茅亭客话》卷三谓其于宋太祖乾德间，曾至王文昌家观其所藏王羲之真迹及晋唐法帖，好书，能词。《历代诗余》卷一一三《词话》引周密《齐东野语》云："蜀人毛熙震，集止二十余调，中多新警，而不为儇薄。"李冰若《栩庄漫记》云："毛熙震词，《花间集》录存词二十九首，与周密所言之数相符。其词浓丽处似学飞卿，然亦有清淡者，要当在毛文锡上，欧阳炯、牛松卿间耳。"王国维《唐五代二十一家词辑》辑为《毛秘书词》一卷。

临江仙[1]

幽闺欲曙闻莺啭，红窗月影微明。好风频谢落花声[2]。隔帷残烛，犹照绮屏筝。　　绣被锦茵眠玉暖[3]，炷香斜袅烟轻。淡蛾羞敛不胜情[4]。暗思闲梦，何处逐行云[5]。

◎ 注释

[1]《花间集》录毛熙震《临江仙》二首，本书选其第二首。

[3] 眠玉：喻美人睡态风姿。玉，指肌体。

[4] 淡蛾：指未妆之眉。

[5] 行云：代指冶游之人。何处逐行云，意同冯延巳《鹊踏枝》："几日行云何处去。"

◉ 评析

　　这首词写闺思。"好风"三句，隐寓怀人不寐之意，同顾夐《玉楼春》"惆怅少年游冶去，枕上两蛾攒细绿。晓莺帘外语花枝，背帐犹残红蜡烛"情意差同。结"梦逐行云"，即己亦不知其处，然婉转缠绵，一往深情。此词上下片结句，皆善用迂回之笔。陈廷焯《白雨斋词话》卷五评曰："风流凄婉，晏、欧先声。"

清平乐

春光欲暮。寂寞闲庭户。粉蝶双双穿槛舞[1]。帘卷晚天疏雨。　　含愁独倚闺帏[2]。玉炉烟断香微。正是销魂时节[3]，东风满树花飞。

◉ 注释

[1] 槛：阑干。

[2] 闺帏：闺中帐幔。

[3] 销魂：喻愁极。

◉ 评析

　　这首词写暮春闺怨。上片以"粉蝶双双穿槛舞"的热闹，反衬孤居闲庭的寂寞，下片以"东风满树花飞"的落花景象，结出青春易逝的怨恨和怅惘。陈廷焯《白雨斋词评》谓"东风"六字"精湛，凄艳"，而通篇清稳，情味宛然。李冰若《栩庄漫记》云："毛熙震词《清平乐》

之蕴藉，《后庭花》之凄婉，岂与夫丰艳曼睩竞丽者比。"

后庭花^[1]

莺啼燕语芳菲节^[2]。瑞庭花发^[3]。昔时欢宴歌声揭^[4]。管弦清越。　　自从陵谷追游歇^[5]。画梁尘黦^[6]。伤心一片如珪月^[7]。闲锁宫阙。

◎ 注释

[1]《花间集》录毛熙震《后庭花》三首，本书选其第一首。

[2] 莺啼燕语：唐皇甫冉《春思》诗："莺啼燕语报新年，马邑龙堆路几千。"

[3] 瑞庭：指宫廷。花发：后庭花。王灼《碧鸡漫志》卷五："吴蜀鸡冠花有一种小者，高不过五六尺（一作寸），或红或浅红，或白或浅白，世目曰后庭花。"陈后主作《玉树后庭花》曲，详前孙光宪《后庭花》(石城依旧）注[1]。

[4] 揭：起、高。词中高调，称为揭调。

[5] 陵谷：本指地面高低形势的变动，《诗·小雅·十月之交》："高岸为谷，深谷为陵。"后用以喻世事变化。《后汉书·杨赐传》对问："冠履倒易，陵谷代处，从小人之邪意，顺无知之私欲……殆哉之危，莫过于今。"这里指亡国。

[6] 黦：杨慎《词品》卷一："黦，黑而有文也，字一作'黦'，于勿、于月二切。周处《风土记》：'梅雨沾衣服，皆败黦。'此字文人罕用，惟《花间集》韦庄及毛熙震词中见之。韦庄《应天长》词云：'别来半岁音书绝（见前录，下从略）。'毛熙震《后庭花》词曰：'莺啼燕语芳菲节（下从略）。'此二词皆工。"

[7] 珪月：《文选》江淹《别赋》："秋月如珪。"李善注引《遁甲开山图》："禹游于东海，得玉珪，碧色，圆如日月，以自照，目达幽冥。"

◎ 评析

这首感伤亡国，乃承调名本意而来。词中的宫殿，疑指成都的前蜀故宫。上片瑞庭欢宴，歌声高扬，下片陵谷变异，闲锁宫阙，抚今追昔，不胜感慨。王国维跋《毛秘书词》云："周密《齐东野语》称毛词新警而不为僻薄。余尤爱其《后庭花》，不独意胜，即以调论，亦有隽上清越之致，视（毛）文锡蔑如也。"

菩萨蛮[1]

梨花满院飘香雪。高楼夜静风筝咽[2]。斜月照帘帷。忆君和梦稀。　　小窗灯影背[3]。燕语惊愁态[4]。屏掩断香飞[5]。行云山外归[6]。

◎ 注释

[1]《花间集》录毛熙震《菩萨蛮》三首，本书选其第一首。

[2]风筝：指悬挂于楼阁檐下的金属片，风起作声。李白《登瓦官阁》诗："两廊振法鼓，四角吟风筝。"

[3]背：暗。

[4]"燕语"句：谓燕子呢喃相语仿佛因窥见闺人愁态而惊心。

[5]断香：指断续的炉香。

[6]行云：喻指游子。

◎ 评析

　　这首词静夜怀人，凄清怨抑，得温庭筠幽艳笔意。俞陛云《五代词选释》云："《菩萨蛮》词，宜以风华之笔，运幽丽之思。此作颇似飞卿。'香飞行归'句，尤为俊逸。"

❖ 李 珣

字德润，其先为波斯人，居梓州（治今四川三台）。《花间集》称为"李秀才"。陈垣《回回教入中国史略》一文，据《旧唐书·敬宗本纪》长庆四年（824）九月，"波斯大商李苏沙进沉香亭子材"等记载，推测李苏沙为李珣之先人，唯证据尚感不足。据后蜀何光远《鉴诫录》卷四谓李珣为"蜀中土生波斯"，宋黄休复《茅亭客话》卷二"李四郎"条，谓李四郎玹（字廷仪）为李珣弟，随僖宗入蜀，授率府，举止温雅，颇有节行，以鬻香为业，暮年家无余财，唯道书药囊而已。按僖宗以中和元年（881）入蜀，迄前蜀王氏之亡为四十五年，其时珣当在四十岁左右。李珣妹李舜弦为蜀主王衍昭仪，能诗。李珣少小苦学，有诗名，以秀才预宾贡，事蜀主王衍，国亡不仕。所著《琼瑶集》（已佚），《茅亭客话》称其"多感慨之音"。《鉴诫录》亦谓其"所吟诗句，往往动人"。珣又著《海药本草》六卷，多记岭南药物，为宋政和《经史证类本草书目》、明李时珍《本草纲目》所引用。其《琼瑶集》，南宋尚存。王灼《碧鸡漫志》中曾五次提到集中所载之词《倒排甘州》《何满子》《凤台》《后庭花》和《长命女》，今皆不传。刘毓盘《词史》自云光绪初曾于苏州见秀水杜氏（文澜）藏宋本《琼瑶集》，未必可信。《花间集》录李珣词三十七首，《尊前集》录十八首（内一首与《花间集》相复），王国维《唐五代二十一家词辑》辑为《琼瑶集》一卷。李冰若《栩庄漫记》云："李德润词大抵清婉近端己，其写南越风物，尤极真切可

爱，在《花间集》词人中，自当比肩和凝，而深秀处
且似过之。"《历代词人考略》卷五引况周颐曰："李秀
才词，清疏之笔，下开北宋人体格。"

浣溪沙[1]

晚出闲庭看海棠。风流学得内家妆[2]。小钗横戴一枝
芳。 　　镂玉梳斜云鬓腻，缕金衣透雪肌香。暗思何事
立残阳。

◎ 注释

[1]《花间集》录李珣《浣溪沙》四首，本书选其第二、第三、第四首。

[2] 风流：风韵，风采。花蕊夫人《宫词》之七五："年初十五最风流，新赐云鬟便上头。"
内家妆：宫内的妆饰。内家，皇宫称大内，故亦称内家。王涯《宫词》之七："为看九
天公主贵，外边争学内家装。"

◎ 评析

　　李调元《雨村词话》卷一云："李珣工于《浣溪沙》，其词类七言，
须于一句中含无限远神方妙。如'入夏偏宜浅淡妆'，又'暗思何事立
残阳'，又'断魂何处一蝉新'，皆有不尽之意。"这首词由结句"暗思
何事立残阳"，点醒思妇孤寂难耐的心绪，与周邦彦《夜游客》"立多
时，看黄昏，灯火市"有同一妙趣。李冰若《栩庄漫记》谓："前五句实
写，而结句一笔提醒，遂觉全词俱化空灵，实者亦虚矣。此之谓笔妙。"

浣溪沙

访旧伤离欲断魂。无因重见玉楼人[1]。六街微雨镂香尘[2]。
早为不逢巫峡梦[3]，那堪虚度锦江春[4]。遇花倾酒莫辞频。

[1] 无因：无从，无由。玉楼人：孟浩然《长安早春》诗："草迎金埒马，花伴玉楼人。"

[2] 六街：唐长安有六条中心大街。司空图《省试》诗："闲系长安千匹马，今朝似减六街尘。"这里代指前蜀京城成都。镂香尘：谓不见形迹。《关尹子·一宇》："言之如吹影，思之如镂尘，圣智造迷，鬼神不识。"

[3] "早为"句：指无缘梦见巫山神女。

[4] 锦江：一名流江、汶江，当地习称府河。岷江分支之一，位于四川成都平原。杜甫《诸将五首》之五："锦江春色逐人来，巫峡清秋万壑哀。"

◎ 评析

上片访旧伤离，杳无踪迹，下片相思无益，及时行乐。"早为"二句，极言其中的惆怅和伤感，温厚而不偎薄。吴任臣《十国春秋》卷四四云："李珣尝制《浣溪沙》词有'早为不逢巫峡梦，那堪虚度锦江春'，词家互相传诵。"

浣溪沙

红藕花香到槛频。可堪闲忆似花人。[1] 旧欢如梦绝音尘。　翠叠画屏山隐隐[2]，冷铺纹簟水潾潾[3]。断魂何处一蝉新[4]。

◎ 注释

[1] "红藕"二句：借花喻人。

[2] "翠叠"句：指屏风所画峰峦叠翠之景。隐隐，隐约不明貌。

[3] 簟：竹席。潾潾：同"粼粼"。《诗·唐风·扬之水》："扬之水，白石粼粼。"《毛传》："粼粼，清澈貌。"这里指簟纹如水。

[4] "断魂"句：意犹李商隐《蝉》诗："本以高难饱，徒劳恨费声。五更疏欲断，一树碧无情。"

这首词写旧欢如梦的哀愁，设譬新奇，境界朦胧空灵，寓意尤为幽深不尽。俞陛云《五代词选释》："'屏山''文簟'句，虽眼前景物，如隔山水万重，小桥畔，不异天涯也。作者言情之词，尚有《酒泉子》《西溪子》《河传》《巫山一段云》诸首，皆意境易尽，不若此词之蕴藉。"

渔歌子[1]

柳垂丝，花满树。莺啼楚岸春天暮[2]。棹轻舟[3]，出深浦。缓唱渔歌归去。　　罢垂纶[4]，还酌醑[5]。孤村遥指云遮处。下长汀[6]，临浅渡。惊起一行沙鹭。

◉ 注释

[1]《花间集》录李珣《渔歌子》四首，双调，上下片各六句四仄韵，本书选其第三首。

[2]楚岸：楚江之岸。长江濡须口以上至西陵峡，古称楚江。

[3]棹：动词，犹言以棹划舟。

[4]垂纶：钓丝。

[5]醑：美酒。李白《送别》诗："惜别倾壶醑，临分赠马鞭。"

[6]汀：水中之洲。

◉ 评析

李珣《渔歌子》凡四首，为一组联章。第一、第二、第四首分别以"不见人间荣辱""名利不将心挂"和"不议人间醒醉"作结，与此首一并吟咏与世无争、宠辱偕忘的心绪，犹存调名本意。但这一首却不明言其旨，而是将悠然自得的闲适心情，寓于归舟途中的所见所闻之中。李冰若《栩庄漫记》云："词虽缘饰题意，而风趣洒然。此首不作说明语，尤佳也。"又李调元《雨村词话》卷一："世皆推张志和《渔父》词以

'西塞山前'一首为第一,余独爱李珣词'柳垂丝,花满树'云云,不减'斜风细雨不须归'也。"

巫山一段云[1]

古庙依青嶂[2],行宫枕碧流[3]。水声山色锁妆楼[4]。往事思悠悠。 云雨朝还暮[5],烟花春复秋[6]。啼猿何必近孤舟。行客自多愁。[7]

◎ 注释

[1]《花间集》录李珣《巫山一段云》二首,属联章词,本书选其第二首。

[2]古庙:指巫山上妙用真人祠,亦称巫山神女庙。青嶂:青山。巫山有十二峰相连如屏障,故云。

[3]行宫:帝王巡幸时所住宫室,亦称离宫。这里指巫山上楚细腰宫遗址。陆游《入蜀记》:"早抵巫山县……游楚故离宫,俗谓之细腰宫,有一池,亦当时宫中燕游之地,今堙没略尽矣。"

[4]妆楼:指细腰宫中宫女的寝楼。

[5]"云雨"句:指宋玉《高唐赋》所记楚襄王梦遇巫山神事。

[6]烟花:指美好的自然景物。李白《送孟浩然之广陵》诗:"故人西辞黄鹤楼,烟花三月下扬州。"

[7]"啼猿"二句:《乐府诗集》卷八六引《宜都山川记》:"自黄牛滩东入西陵界,至峡口一百许里,山水纡曲,林木高茂,猿鸣至清,山谷传响,泠泠不绝,行者闻之,莫不怀土。故渔歌者云:'巴东三峡巫峡长,猿鸣三声泪沾裳。''巴东三峡猿鸣悲,猿鸣三声泪沾衣。'"

◎ 评析

朱彝尊《词综》卷三:"黄叔旸(昇)云:唐词多缘题所赋,《临江仙》则言仙事,《女冠子》则述道情,《河渎神》则咏祠庙,大概不失本题之意。尔后渐变,去题远矣。如此二词,实唐人本来词体如此。"李珣《巫山一段云》二首联章,写舟经巫峡,目睹青山,耳听猿鸣，不禁想起了宋玉《高唐赋》和《神女赋》所写的楚襄王和巫山神女的故事，并借助孤舟行客的感受，发思古之幽情。这一首承前首结句"西风回首不胜悲，暮雨洒空祠"而来。上片言美好山光水色只能幽闭美丽的神女和宫妃，颇饶言外之旨。下片言行役之愁，陈廷焯《云韶集》卷一谓末了"啼猿"二句："语浅情深。不必猿啼，行客已自多愁，又况闻猿啼乎！"

临江仙[1]

莺报帘前暖日红，玉炉残麝犹浓。起来闺思尚疏慵[2]。别愁春梦，谁解此情悰[3]。　　强整娇姿临宝镜，小池一朵芙蓉[4]。旧欢无处再寻踪。更堪回顾，屏画九疑峰[5]。

◎ 注释

[1]《花间集》录李珣《临江仙》二首，本书选其第二首。

[2] 疏慵：懒散，怠情。

[3] 情悰：情绪，情愫。

[4] "小池"句：谓镜中人面，美如芙蓉。小池，喻镜。

[5] 九疑峰：九疑山，在湖南宁远县南，传说舜葬于此。《山海经·海内经》："南方苍梧之丘，苍梧之渊，其中有九疑山，舜之所葬，在长沙零陵界中。"郭璞注："其山九溪皆相似，故云九疑。"

◎ 评析

　　这首词写春愁，清婉深秀。"强整"二句，极善形容，为人称赏。况周颐《蕙风词话》卷二云："李德润《临江仙》云：'强整娇姿临宝镜，小池一朵芙蓉。'是人是花，一而二，二而一。句中绝无曲折，却极形容之妙。昔人名作此等佳处，读者每易忽之。"李冰若《栩庄漫记》谓此二句"工于形容，语妙天下，世之笨词，当以此为换骨金丹。"

南乡子[1]

兰棹举，水纹开。竞携藤笼采莲来[2]。回塘深处遥相见[3]。
邀同宴。渌酒一卮红上面[4]。

◎ 注释

[1] 李珣《南乡子》凡十七首，单调，六句，二平韵，三仄韵，与欧阳炯《南乡子》有异。
《花间集》录李珣《南乡子》十首，本书选其第二、第三、第四、第五、第八、第九、
第十首；《尊前集》录同调七首，选其第一、第六首。

[2] 藤笼：以藤编制的筐。

[3] 回塘：亦作迴塘，环曲的池塘。杜甫《壮游》诗："嵯峨阊门北，清庙映回塘。"

[4] 渌酒：清酒。一卮：一杯。红上面：谓不善饮酒，才喝一杯即酒红上脸。

◎ 评析

　　俞陛云《五代词选释》云："咏南荒风景，唐人诗中，以柳子厚
（宗元）为多。五代如欧阳炯之《南乡子》、孙光宪之《菩萨蛮》，亦咏
及之。惟李珣词有十七首之多，荔子轻红，桃榔深碧，猩啼暮雨，象渡
瘴溪，更萦以艳情，为词家特开新采。"李冰若《栩庄漫记》云："李珣
《南乡子》均写广南风土，欧阳炯作此调亦然。珣波斯人，或曾至粤中，
岂炯亦曾入粤？不然，则《南乡子》一调，或专为咏南粤风土而制，故
作者一本调意为之。"这首词写采莲场面，犹如六朝乐府与唐人的《采
莲曲》，但词中已非江南风光，而是"竞携藤笼"的岭南风物。"邀同
宴，渌酒一卮红上面"，也呈现出与江南采莲的不同民俗，两者各异其
趣。此词又颇重设色，有浓有淡。汤显祖评本《花间集》卷四云："这
般染法，亦画家七十二色之最上乘也。墨子当此，定无素丝之悲。"

南乡子

归路近，扣舷歌[1]。采真珠处水风多[2]。曲岸小桥山月过。
烟深锁。豆蔻花垂千万朵[3]。

◎ 注释

[1] 扣舷歌：手击船边，在船舷上击节而歌。

[2] 真珠：珍珠。唐刘恂《岭表录异》卷上《珠池》："廉州（今广东合浦）边海中有洲岛，岛上有大池，谓之珠池。每年刺史修贡，自监珠户入池采珠，以充贡赋……《耆旧传》云：太守贪，珠即逃去。采珠皆采老蚌，剖而取珠。如豌豆大者，常珠也；如弹丸者，亦时有得；径寸照室之珠，但有其说，卒不可遇。"

[3] 豆蔻：见前欧阳炯《南乡子》（袖敛鲛绡）注[4]。

◎ 评析

　　这首词叙采珠者的劳动感受及其归途中所见静谧恬美的夜景，这是人与自然融为一个整体的、具有岭南特色的环境。试想在珠民"扣舷歌，采真珠"的场面中，在暮烟沾衣的曲岸小桥上披月而归的情景中，是怎样一种人与人、人与自然的和谐，又在这和谐之中洋溢着怎样一种心绪和真趣。

南乡子

乘彩舫，过莲塘。棹歌惊起睡鸳鸯。游女带香偎伴笑。
争窈窕[1]。竞折团荷遮晚照[2]。

◎ 注释

[1] 窈窕：姿态美好貌。《诗·周南·关雎》："窈窕淑女，君子好逑。"

[2] 团荷：圆圆的荷叶。晚照：傍晚的阳光。

这首词勾勒采莲姑娘折荷遮面，以避生人的娇姿憨态，轻灵美妙，充满青春气息。李冰若《栩庄漫记》："'竞折团荷遮晚照'，生动入画。"

南乡子

倾绿蚁^[1]，泛红螺^[2]。闲邀女伴簇笙歌^[3]。避暑信船轻浪里^[4]。闲游戏。夹岸荔枝红蘸水^[5]。

◎ 注释

[1] 绿蚁：本指浮在酒面上的泡沫，这里代指酒。《文选》谢朓《在郡卧病呈沈尚书》诗："嘉鲂聊可荐，绿蚁方独持。"李善注："《释名》：'酒有泛齐，浮蚁在上洗洗然。'"

[2] 红螺：唐刘恂《岭表录异》卷下："红螺，大小亦类鹦鹉螺，壳薄而红，亦堪为酒器。剜小螺为足，缀以胶漆，尤可佳尚。"陆龟蒙《袭美醉中寄一壶并一绝》诗："酒痕衣上杂莓苔，犹忆红螺一两杯。"

[3] 笙：这里指葫芦笙。刘恂《岭表录异》卷下："交趾人多取无柄老瓠，割而为笙，上安十三簧，吹之，音韵清响，雅合律吕。"

[4] 信船：犹云任船漂荡。

[5] 荔枝：刘恂《岭表录异》卷中："荔枝，南中之珍果也。梧州江前有火山，上有荔枝，四月先熟，核大而味酸。其高、新州与南海产者最佳，五六月方熟，形若小鸡，近蒂稍平，皮壳殷红，肉莹寒玉。"蘸：浸，没。

◎ 评析

这首词写游女泛舟避暑嬉戏的情景，声情并茂，生动可爱。《古今词统》卷三引徐士俊曰："为闽粤诸树传谱。"李冰若《栩庄漫记》云："'夹岸荔枝红蘸水'，设色明倩，非熟于南方景物不能道。"

南乡子

渔市散，渡船稀。越南云树望中微^[1]。行客待潮天欲暮。
送春浦，愁听猩猩啼瘴雨^[2]。

◎ 注释

[1] 越南：南越。马端临《文献通考》卷三二三《舆地考·古南越》："自岭而南，当唐虞三代为蛮夷之国，是百越之地，亦谓之南越。"今广西、广东和越南承天以北一带地方。

[2] 猩猩：张华《博物志》卷三："猩猩若黄狗，人面能言。"《文选》左思《蜀都赋》："猩猩夜啼。"李善注："猩猩生交趾封溪，似獲，人面能言语，夜闻其声如小儿啼。"李白《远离别》诗："猩猩啼烟兮鬼啸雨。"瘴雨：刘恂《岭表录异》卷下："岭表山川，盘郁结聚，不易疏泄，故多岚雾作瘴。人感之多病，腹胀成盅。"《后汉书·马援传》："初，援在交趾，常饵薏苡实，用能轻身省欲，以胜瘴气。"

◎ 评析

　　岭南，向称南蛮，是蛮风瘴雾之地。欧阳炯《南乡子》和李珣《南乡子》，大都记其旖旎的名物风土、美好的人情意态，唯独这一首通过行客待渡的情形，反映了岭南特有的令人愁苦的地理风貌，浑厚苍茫，为《南乡子》这部岭南风光片补摄了一个重要的画面。陈廷焯《云韶集》卷一云："'啼瘴雨'三字，笔力精湛，仿佛古诗。"

南乡子

拢云髻^[1]，背犀梳^[2]。焦红衫映绿罗裾^[3]。越王台下春风暖^[4]。花盈岸。游赏每邀邻女伴。

◎ 注释

[1] 拢云髻：扎成高耸如云的发髻。

[2] 背犀梳：发髻背面插着犀梳。犀，本指瓠瓜中排列整齐又洁白之子，这里用以形容梳

子的精美。

[3] 焦红：大红。

[4] 越王台：故址在今广州市越秀山上，汉时南越王赵佗所筑。

◎ 评析

　　云髻犀梳，红衫绿裙，成群结队地徜徉于广州越王台下。这幅游春图设色艳丽，散发着欢快而浓烈的生活气息。

南乡子

相见处，晚晴天。刺桐花下越台前[1]。暗里回眸深属意[2]。遗双翠[3]，骑象背人先过水[4]。

◎ 注释

[1] 刺桐：宋吴处厚《青箱杂记》卷六："刺桐花深红，每一枝数十蓓蕾，而叶颇大，类桐，故谓之刺桐。唯闽中有之。"《本草纲目》"木部"卷三五："海桐，《释名》：刺桐。（李）珣曰：生南海山谷中，树似桐而皮黄白色，有刺，故以名之。"

[2] 属意：犹言钟情。

[3] 遗双翠：丢下一双翠羽制作的首饰。

[4] 象：《本草纲目》"兽"部卷五一："时珍曰：象出交、广、云南及西域诸国。野象多至成群。番人皆畜以服重，酋长则伤而乘之。"背人：背着人，犹言不让人知道而去。

◎ 评析

　　这首词写恋情。陈廷焯《闲情集》卷一谓"情态可想"。首三句写相见的时间和地点，后四句言少女深爱对方，却不敢大胆表露，只是通过临去时的"回眸"留下一往深情；又伴遗首饰，"骑象背人"，渡水而去，暗示相约再见。俞陛云《五代词选释》称李珣《南乡子》十七首间"萦以艳情"，此为一例。但这首词写少女的恋情较之《花间集》中的其他艳情之作，格调迥然有别，而且它通过少女的这种内心活动和求爱方式，更多地展示了岭南的风俗民情，令人感到赏心悦目。

夏承焘先生《瞿髯论词绝句》云："李家兄妹锦城中，小阁宫词并此工。传唤周（昉）韩（干）商画境，淡眉骑象上屏风。"是为的评。

南乡子[1]

携笼去，采菱归。碧波风起雨霏霏。趁岸小船齐棹急。罗衣湿。出向栀榔树下立[2]。

◎ 注释

[1] 此首与下一首录自《尊前集》。

[2] 栀榔：见前欧阳炯《南乡子》（路入南中）注[2]。

◎ 评析

这一首词写采菱姑娘归途遭雨和避雨的经过，序次井然，语极本色，自然清新。

南乡子

山果熟，水花香。家家风景有池塘。木兰舟上珠帘卷。歌声远。椰子酒倾鹦鹉盏[1]。

◎ 注释

[1] 椰子酒：椰子汁酿成的酒浆。刘恂《岭表录异》卷中："椰子树，亦类海椋，结椰子大如瓯杯……壳中有液数合，如乳，亦可饮之，冷而动气。"鹦鹉盏：酒杯名。《岭表录异》卷中："鹦鹉螺，旋尖处屈而朱，如鹦鹉嘴，故以此名。壳上有青绿斑文，大者可受三升。壳内光莹如云母，装为酒杯，奇而可玩。"

这首词展现岭南山光水色，村民时歌时酒的景况，雍容自然，自得其乐。洋溢着"此中真复乐，聊用忘华簪"的大乐大真之趣。

河　传 [1]

其一

去去。何处。迢迢巴楚 [2]。山水相连。朝云暮雨。依旧十二峰前 [3]。猿声到客船 [4]。　　愁肠岂异丁香结 [5]。因离别。故国音书绝 [6]。想佳人花下，对明月春风。恨应同。

◎ 注释

[1]《花间集》录李珣《河传》二首，为联章词。本书一并选录。

[2] 巴楚：指巴子国和荆楚。今重庆古称巴城，为巴子国都，其辖地相当于今川东和鄂西一带。荆楚，指今湖北江陵一带。

[3] 十二峰：指巫山。

[4]"猿声"句：见前李珣《巫山一段云》（古庙依青嶂）注 [7]。

[5]"愁肠"句：谓愁思固结不解。

[6] 故国：这里指故乡。

◎ 评析

李珣《河传》二首联章，抒发别后"一种相思，两处闲愁"，声情凄恻。这是第一首，写行者漂泊他乡的愁思和惆怅，末了三句，化虚为实，尤见空灵传神。陈廷焯《别调集》卷一谓此首"一气舒卷，若断若连，有水流花放之乐，结得温厚。"况周颐《餐樱庑词话》云："李德润《河传》云：'想佳人花下，对明月春风。恨应同。'高竹屋（观国）《齐天乐》（中秋夜怀梅溪）云：'古驿烟零，幽垣梦冷，应念秦楼十二。'两家用意略同。高词伤格不可学，李词则否，其故当细思之。"

其二

春暮。微雨。送君南浦。愁敛双蛾[1]。落花深处。啼鸟似逐离歌。粉檀珠泪和[2]。　　临流更把同心结。情哽咽。后会何时节。不堪回首，相望已隔汀洲，橹声幽[3]。

◎ 注释

[1]双蛾：双眉。

[2]粉檀：脸上脂粉与唇上檀红。

[3]幽：幽咽。

◎ 评析

　　这一首承前一首的"想佳人花下"而来，回忆佳人"送君南浦"时依依惜别的情景。上片江边相对无语，泪融脂粉，下片临别山盟海誓，永结同心，"不堪"三句则是人去舟远，相望不胜迷惘惆怅。李冰若《栩庄漫记》："昔阅（周邦彦）《片玉·兰陵王》词云：'回首迢递便数驿，望人在天北。'爱其能描摹别绪，入木三分，使人诵之，黯然销魂。乃阅李德润'不堪回首，相望已隔汀洲。橹声幽'，正是一般写法，乃知周词本此也。"

酒泉子[1]

秋雨联绵。声散败荷丛里[2]。那堪深夜枕前听。酒初醒。　　牵愁惹思更无停。烛暗香凝天欲曙。细和烟，冷和雨。透帘旌[3]。

◎ 注释

[1]《花间集》录李珣《酒泉子》四首，本书选其第三、第四首。

[2] 败荷：枯荷。李商隐《夜冷》诗："西亭翠被余香薄，一夜将愁向败荷。"又《宿骆氏亭寄怀崔雍、崔衮》诗："秋阴不散霜飞晚，留得枯荷听雨声。"

[3] 帘旌：帘额。李商隐《正月崇让宅》诗："蝙拂帘旌终展转，鼠翻窗网小惊猜。"冯浩注："帘旌，帘端施帛也。"旌，原作"中"，出韵。兹从《全唐诗·附词》校改。以叶"醒"韵。

◎ 评析

　　李珣《酒泉子》凡四首，均言女子愁思。这是第三首，上片与李商隐诗"秋阴不散霜飞晚，留得枯荷听雨声"同一境界，下片由枯荷雨声牵动起内心不散的愁思。"细和烟，冷和雨。透帘旌"三句，衬托其黯然伤神，尤见其清凄冷艳。汤显祖评本《花间集》卷四云："一意空翻到底，而点缀古雅，殊不强人意，似富于才而贫于学者。"

酒泉子

秋月婵娟[1]。皎洁碧纱窗外。照花穿竹冷沉沉。印池心。

凝露滴，砌蛩吟[2]。惊觉谢娘残梦[3]，夜深斜傍枕前来。

影徘徊。

◎ 注释

[1] 婵娟：美好貌。孟郊《婵娟篇》："花婵娟，泛春泉。竹婵娟，笼晓烟。妓婵娟，不长妍。月婵娟，真可怜。"

[2] 砌：台阶。蛩：蟋蟀。

[3] 谢娘：指才情女子。

◎ 评析

　　上片秋月皎洁，照花穿竹，其冷透心，下片蛩惊残梦，顾影自怜，幽思难禁。全词写景，由远及近，境界深幽空灵而愈见其心情凄凉不尽。《历代词人考略》卷五引况周颐曰："五代人词，大都奇艳如古蕃锦，惟李德润词有以清胜者。如《酒泉子》：'秋雨联绵。声散败荷丛里。那堪深夜枕前听。酒初醒。'前调云：'秋月婵娟。皎洁碧纱窗外。照花穿竹冷沉沉。印池心。'《浣溪沙》云：'翠叠画屏山隐隐。冷铺纹簟水潾潾。断魂何处一蝉新。'所云下开北宋体者也。"

菩萨蛮[1]

其一

回塘风起波纹细[2]。刺桐花里门斜闭[3]。残日照平芜。双双飞鹧鸪。　征帆何处客。相见还相隔[4]。不语欲魂销。望中烟水遥。

◎ 注释

[1]《花间集》录李珣《菩萨蛮》三首，是一组联章。本书一并选录。

[2]回塘：见前李珣《南乡子》(兰棹举)注[3]。

[3]刺桐：见前李珣《南乡子》(相见处)注[1]。

[4]相见还相隔：犹言旋聚旋别。

其二

等闲将度三春景[1]。帘垂碧砌参差影。曲槛日初斜[2]。杜鹃啼落花。　恨君容易处。又话潇湘去。[3]凝思倚屏山[4]。泪流红脸斑[5]。

◎ 注释

[1]等闲：犹言随便、无端。三春：春季三个月，即正月孟春，二月仲春，三月季春。

[2]曲槛：曲折的栏杆。

[3]"恨君"二句：谓所爱之人轻易离别。容易，草率、随便、轻易。潇湘，见前刘禹锡

《潇湘神》（湘水流）注[2]。

[4]凝思：思之不已，犹云痴想、痴念。屏山：屏风。

[5]红脸斑：脸上脂粉，泪融成斑。

其三

隔帘微雨双飞燕[1]。砌花零落红深浅[2]。捻得宝筝调[3]。心随征棹遥[4]。　　楚天云外路[5]。动便经年去[6]。香断画屏深。旧欢何处寻。

◎ 注释

[1]"隔帘"句：五代翁宏《宫词》："落花人独立，微雨燕双飞。"

[2]砌花：阶下的落花。红深浅：杜甫《江畔独步寻花七绝句·其四》："桃花一簇开无主，可爱深红爱浅红。"

[3]捻：通"撚"，弹奏弦乐的一种指法。白居易《琵琶行》诗："轻拢慢撚抹复挑。"调：调弄，弹奏。

[4]棹：划船的桨。征棹：指远航的船。

[5]楚天：两湖古为楚地，这里说楚天，是承上首"潇湘"而来。云外：喻极远之处。

[6]"动便"句：意谓一去动辄经年。动，往往、常常。经年，年复一年。

◎ 评析

　　这组联章，写家居刺桐花下的女子与"征帆何处客"相识，聚而复散，日久思念的情感历程。第一首写她对这位客君的一见倾心和别后的怅惘若失。陈廷焯《云韶集》卷一谓："'残日'五字，精绝秀艳。此首音节凄断。"第二首写因郎君经常在外，匆匆来去，而自感青春虚度。"凝思倚屏山，泪流红脸斑"二句，则对这种结合和爱情生活，不禁怅然而悲。第三首倾诉郎君"动便经年去"而致使盛年独处，年华蹉跎之情。其中"动便"句，为柳永《少年游》"王孙动是经年去"所本。整组词层次井然，脉络分明，笔调清丽，情意纯真。汤显祖评本《花间集》卷四说："《菩萨蛮》集中多而佳者亦不少，以此殿之，为不貂续。"

　　此词所述经常张帆远出之客，看来是一位商人。所以这三首词所反映的，其实是商人"重利轻离"的主题。首章"刺桐花"为岭南植物。宋吴处厚《青箱杂记》卷六谓刺桐花"唯闽中有之"。词中的女子与来往于闽广和两湖的商人结合，从一个侧面反映了五代时期这个地区的经济交往，与唐诗中常见的《估客乐》《贾客词》的地理背景有所不同。

定风波 [1]

其一

志在烟霞慕隐沦 [2]。功成归看五湖春 [3]。一叶舟中吟复醉。云水。此时方认自由身。　　花鸟为邻鸥作侣 [4]，深处。经年不见市朝人 [5]。已得希夷微妙旨 [6]。潜喜。荷衣蕙带绝纤尘 [7]。

◎ 注释

[1]《尊前集》录李珣《定风波》五首，本书选其第一、第二首。

[2] 烟霞：泛指山林、山水，这里指归隐之所。唐李群玉《送人隐居》诗："平生自有烟霞志，久欲抛身狎隐沦。"隐沦：隐士。唐祖咏《清明宴司勋刘郎中别业》诗："何必桃源里，深居作隐沦。"

[3]"功成"句：用春秋时越国大夫范蠡助越王勾践灭吴后，功成身退，隐居五湖的故事，详见《国语·越语》。五湖，太湖的又称。

[4] 鸥作侣：与鸥鸟作伴、鸥盟，暗用鸥鸟忘机的故事，详见《列子·黄帝》。这里喻指栖身世外，忘怀得失的隐居生活。

[5] 市：求利于市的商贾。朝：争名于朝的官宦。

[6] 希夷：《老子》："视之不见名曰夷，听之不闻名曰希。"河上公注："无色曰夷，无声曰希。"后因以指虚寂玄妙。萧统《谢敕参解讲启》："至理希夷，微言渊奥，非所能钻仰。"柳宗元《愚溪诗序》："超鸿蒙，混希夷，寂寥而莫我知也。"

[7] 荷衣蕙带：《九歌》："荷衣兮蕙带。"这里指隐士所服，以示高洁。

其二

十载逍遥物外居[1]。白云流水似相於[2]。乘兴有时携短棹。江岛。谁知求道不求鱼[3]。　　到处等闲邀鹤伴[4]，春岸。野花香气扑琴书。更饮一杯红霞酒。回首。半钩新月贴清虚[5]。

◎ 注释

[1] 物外：世外。

[2] 相於：相连及。

[3] 道：上首的"希夷微妙旨"。

[4] 等闲：平常，随便。

[5] 清虚：天空。

◎ 评析

　　李珣《定风波》两首，大约作于前蜀沦亡之后。李珣妹李舜弦为前蜀后主王衍昭仪。王衍为王建第十一子，年幼即位，在位八年亡国，年仅二十八岁。李舜弦入宫时，最多为二十年华。王衍于925年请降，次年在秦川驿举族被戮，李舜弦疑亦未逃于难。李珣《渔父》词云："避世垂纶不记年。"这两首《定风波》，一则曰"志在烟霞慕隐沦"，一则曰"十载逍遥物外居"。当是其前蜀亡后的经历。宋黄休复《茅亭客话》卷二谓李珣弟李玹"举止温雅，颇有节行，以鬻香药为业，善弈棋，好摄养，以金丹延驻为务。暮年以炉鼎之费，家无余财，唯道书药囊而已"。这两首词所述，与其弟李玹隐于道流的生活非常接近，盖亦以道流身份而咏五湖之志。《茅亭客话》称李珣所作"多感慨之音"，就是指这类作品。《花间集》凡十卷，编者置李珣词于词尾，（卷十为毛熙震及李珣词），或许就因为其未仕后蜀而为方外之士的缘故。

渔 父[1]

其一

水接衡门十里余[2]。信船归去卧看书。轻爵禄[3]，慕玄虚[4]。
莫道渔人只为鱼。

◉ 注释

[1]《尊前集》录李珣《渔父》三首，本书一并选录。

[2] 衡门：《诗·陈风·衡门》："衡门之下，可以栖迟。"郑笺："衡门，横木为门，言浅陋
也。"后借以指隐士的居舍。水接衡门：犹云柴门临水。

[3] 爵禄：爵位和俸禄，即出仕为官。

[4] 玄虚：道家幽深玄妙的义理。

其二

避世垂纶不记年[1]。官高争得似君闲[2]。倾白酒，对青山。
笑指柴门待月还[3]。

◉ 注释

[1] 垂纶：垂丝钓鱼。嵇康《兄秀才公穆入军赠诗》之十五："流磻平皋，垂纶长川。"不记
年：犹云顺乎自然，忘怀尘世。

[2] 争：怎。

[3] 柴门：以柴为门，指居室十分简陋。

其三

棹警鸥飞水溅袍。影随潭面柳垂绦。终日醉，绝尘劳[1]。
曾见钱塘八月涛[2]。

◎ 注释

[1] 绝尘劳：断绝扰乱身心的俗事。尘劳，佛家语。《金刚经》："有大智慧光明，出离尘劳。"《维摩经义记》："烦恼坌污，名之为尘，彼能劳乱，说以为劳。"《圆觉经略疏钞》："尘是六尘，劳谓劳倦。由尘成劳，故名尘劳。"

[2] 钱塘八月涛：见前白居易《忆江南·其二》注[2]。《花间集评注》引况周颐云："'曾见钱塘八月涛'，殆所谓感慨之音乎？"

◎ 评析

　　这三首咏渔父，抒发不慕荣利，隐迹江湖、遗世高蹈的志向。末以"曾见钱塘八月涛"作结，是经历了世事剧变的话，应作于前蜀亡沦之后。清邱晋成《论蜀诗绝句》云："一卷《琼瑶》散佚多，每乘渔艇发清歌。青山白酒饶幽兴，不减能诗张志和。"自注："李德润《琼瑶集》存者甚少。《渔父》歌之'倾白酒，对青山。笑指柴门待月还'，颇似志和。"夏承焘先生《瞿髯论词绝句》咏李珣亦云："波斯估客醉巫山，一棹悠然泊水湾。唱到玄真《渔父》曲，数声清越出《花间》。"

✦ 李存勖
（885—926）

　　小字亚子，沙陀部人，本姓朱耶氏，其祖以军功赐李姓，为晋王李克用之长子。天祐五年（908），嗣立为晋王，据太原，破燕灭梁，建立后唐政权，同光元年（923）四月即皇帝位。在位三年，因所用非人，激起变乱，同光四年（926）四月，死于乱中，年四十二。庙号庄宗。李存勖善骑射，胆略过人。又能诗文，通谙音律，尤善与伶人来往，至以伶人为官，贻误国政。王灼《碧鸡漫志》卷二谓李存勖"兴代北，生长戎马间，百战之余，亦造语有思致。"《尊前集》载其词四首。

一叶落[1]

一叶落[2]。褰朱箔[3]。此时景物正萧索。画楼月影寒，西风吹罗幕。吹罗幕。往事思量着。

◎ 注释

[1]《一叶落》：李存勖自度曲。毛先舒《填词名解》卷一："《一叶落》，《淮南子》：'一叶落而天下知秋。'唐庄宗词：'一叶落，褰珠箔。'遂以名调。"单调，七句六仄韵，第六句叠用第五句后三字。

[2]一叶落：柳氏《杨柳枝》："一叶随风忽报秋，纵使君来岂堪折。"韦应物《送榆次林明府》诗："别思方萧索，新秋一叶飞。"

[3]褰：揭、卷。朱箔：珠箔，珠帘。箔，《广韵》："箔，帘箔也。"王琚《美女篇》："二八三五闺心切，褰帘卷幔迎春节。"

◎ 评析

　　俞陛云《五代词选释》云："其佳处在结句与《如梦令》（即李存勖《忆仙姿》）同一机局。'残月落花'句寓情于景，用兴体也。'往事思量'句直抒己意，用赋体也。因悲秋而怀旧，情耶？怨耶？在'思量'二字中索之。"

忆仙姿[1]

曾宴桃源深洞[2]。一曲清歌舞凤[3]。长记欲别时，和泪出门相送[4]。如梦。如梦。残月落花烟重[5]。

◎ 注释

[1]《忆仙姿》：一名《如梦令》《宴桃源》。苏轼《如梦令》（水垢何曾）词序："元丰七年十二月十八日，浴泗州雍熙塔下，戏作《如梦令》两阕。此曲本唐庄宗制，名《忆仙姿》，嫌其名不雅，故改为《如梦令》。庄宗作此词，卒章云：'如梦。如梦。和泪出门相送。'因取以为名云。"单调，七句六仄韵。

[2]"曾宴"句：用刘晨、阮肇入天台山采药遇两仙女故事，喻指狎妓景况。

[3]"一曲"句：《山海经·大荒西经》："有西王母之山……鸾鸟自歌，凤鸟自舞。"这里用以喻歌舞妓柔美的歌舞技艺。清歌舞凤，杨湜《古今词话》作"舞鸾歌凤"。

[4]"和泪"句：杨湜《古今词话》作"残月落花烟重"。

[5]"残月"句：杨湜《古今词话》作"和泪出门相送"。

◎ 评析

　　胡仔《苕溪渔隐丛话》后集卷三九引杨湜《古今词话》云："后唐庄修内苑，掘得断碑，中有字三十二曰：'曾宴桃源洞（下从略）。'庄宗使乐工入律歌，名曰《古记》。"胡仔驳曰："《词话》所记，多是臆说，初无所据，故不可信，当以坡言（即苏轼《如梦令》词序）为正。"

　　陈霆《渚山堂词话》卷一云："唐庄宗早年甚英果，晚乃溺于情欲，不胜其宴昵之私。尝见其《如梦令》（词从略），详味词旨，所谓亡国之音哀以思也。奄忽丧败，实谶于此。"

　　俞陛云《五代词选释》云："五代词嗣响唐贤，悉可被之乐意，重在音节谐美，不在雕饰字句。而能手作之，声文并茂。此词'残月落花'句，以闲淡之景，寓浓丽之情，遂启后代词家之秘钥。"

✥ 王 衍
（899—926）

字化源，初名宗衍，许州舞阳（今属河南）人，前蜀主王建第十一子，永平三年立为太子，光天元年（918）即位，改名衍。在位九年，宴游无度，所用非人，国势日衰。咸康元年（925），后唐发兵伐蜀，面缚出降，次年初，与宗族大臣等被押送洛阳。四月，行至秦川驿，被杀，年二十八，世称后主。王衍好诗文，尤喜为艳词，曾集录古今艳诗二百篇，编为《烟花集》五卷，已佚。《全唐诗》卷八八九录其词二首。

醉妆词[1]

者边走[2]。那边走。只是寻花柳。那边走。者边走。莫
厌金杯酒。

◎ 注释

[1]《醉妆词》：王衍自度曲。万树《词律》卷一："按孙光宪《北梦琐言》云：蜀主衍尝
裹小巾，其尖如锥。宫人皆衣道服、簪莲花冠，施脂胭夹脸，号'醉妆'。因作《醉妆
词》。"单调，六句六仄韵。

[2]者：这。者边：这边。

◎ 评析

　　王灼《碧鸡漫志》卷二："唐末五代文章之陋极矣，独乐章可喜，
虽乏高韵，而一种奇巧，各自立格，不相沿袭……诸国僭主中，李重
光、王衍、孟昶、霸主钱俶，习于富贵，以歌酒自娱。"张唐英《蜀梼
杌》："咸康元年（925）三月，衍朝永陵（衍父王建墓），自为尖巾，
民庶皆效之。还，宴怡神亭，嫔妃姜妓皆衣道服，莲花冠，鬒鬓为乐，
夹脸连额，渥以朱粉，曰'醉妆'，国人皆效之。"欧阳修《新五代
史·前蜀世家》谓王衍"为人方颐大口，垂手过膝，顾目见耳，颇知
学问，能为浮艳之词。"今传王衍《醉妆词》《甘州遍》二词，作于亡
国之前。张德瀛《词征》卷一以王衍词与李煜词相比，谓二家词"欢
戚异趣，盖二主之遭际殊也"。这首《醉妆词》，俞陛云《五代词选释》
评曰："极写游宴忘归之致。自适其乐耶？意有所讽耶？音节谐婉，有
古乐府遗意。"

❖ 敦煌曲子词

　　光绪二十六年（1900）五月，在甘肃敦煌鸣沙山藏经洞，发现了大批珍贵的手写的卷子，总数凡二万余卷。许多卷子注有抄写年月，最早为北魏太安四年（458），最迟为北宋至道元年（995）。这些写卷后来大多被受雇于英政府的匈牙利人斯坦因、法国人伯希和相继劫走，分藏于伦敦不列颠博物馆和巴黎国家图书馆。写卷以经卷居多，其中发现了不少沉埋已久的属于唐五代俗曲的曲子词，在洞中历数百年而重见天日。《云谣集杂曲子》一卷，三十首，据任二北《敦煌曲初探》考证，其编集年代，或许还早于历来认为第一部词的总集《花间集》，其余则散见于各种写卷，亟须搜集汇总，而因写卷缺字讹字甚多，如无精心校勘，难以卒读。经过几代学者的不懈努力。至今，可信而又可读的敦煌曲子的集子已有多部问世。整理成集者已有：王重民《敦煌曲子集》，收曲子词一百六十四首；饶宗颐《敦煌曲》，收三百十八首；任二北初编《敦煌曲校录》，兼及《五更转》等俗曲佛曲，五百四十五首，之后又编定《敦煌歌辞总编》，扩大到凡入乐者一概采录，计一千三百余首。但是，论敦煌曲子词，必须以具有调名、合乎词体者为主，以便和乐府歌辞、唐人声诗及其他俗曲佛曲严格区别开来。这些曲子词，除六首标明作者外，皆作者无考，概属无名氏的作品。关于它们的写作时间，不少学者从事考订，唯难以取证，意见并不一致。大致以晚唐五代直至宋初者为多。敦煌曲子词的内容甚为广泛，其题材往往超出文人所作的"诗客曲子词"之外，语言自然，风格或清新或质朴，甚至俚俗拙塞，词体也并非定型，呈现出多样化的状态，较多地保持着词的早期状态和民间状态。

凤归云[1]

闺　怨

征夫数载，萍寄他邦[2]。去便无消息，累换星霜[3]。月下愁听砧杵[4]，拟塞雁行。孤眠鸾帐里[5]，枉劳魂梦[6]，夜夜飞飏。　　想君薄行[7]，更不思量。谁为传书与，表妾衷肠。倚槛无言垂血泪，暗祝三光[8]。万般无那处[9]，一炉香尽，又更添香。[10]

◎ 注释

[1] 词见《云谣集杂曲子》、敦煌写卷斯一四四一，伯二八三八。《凤归云》凡四首，这是第一首。《凤归云》：唐教坊曲名，双调，上下片各九句，四平韵。

[2] "萍寄"句：以浮萍寄迹水面比喻征夫行止无定。唐张乔《寄弟》诗："故里行人战后疏，青崖萍寄白云居。"

[3] 星霜：星一年一周转，霜每年因时而降，因以星霜喻年岁。张九龄《与弟游家园》诗："星霜屡尔别，兰麝为谁幽。"

[4] 砧杵（zhēnchǔ）：捣衣石与棒槌，喻捣练浣洗。古人每于秋夜捣练，制寒衣以寄远。乐府诗《子夜四时歌·秋歌》其一："佳人理寒服，万结砧杵劳。"白居易《秋霁》诗："月出砧杵动，家家捣秋练。"

[5] 鸾帐：绣有双鸾的帐帷。帐，原卷误作"怅"。

[6] 枉劳：徒劳。枉，原卷误作"往"。敦煌写卷"往""枉"常通用。

[7] 薄行：况周颐校，疑"薄倖"。蒋礼鸿《敦煌曲子词校议》："敦煌《阿曹婆》词：'每恨狂薄迹。'唐人范摅《云溪友议》卷三严武母亲的话：'汝父薄行，嫌吾寝陋。'蒋防《霍小玉传》：'豪侠之伦，皆怒生之薄行。'可见唐人本有薄行的说法，就是说品行恶

薄，不定要解释'恩倖'的'倖'。"《世说新语·文学》篇："郭象者，为人薄行，有隽才。"则六朝已有此语。

[8] "暗祝"句：用以排遣忧闷兼祷上苍保佑征人早日平安归来。三光，日、月、星。汉班固《白虎通·封公侯》："天有三光，日、月、星；地有三形，高、下、平。"又以日、月、五星合称三光。《史记·天官书》："衡，太微，三光之廷。"《索隐》曰："三光，日、月、五星也。"

[9] 无那：无奈，无可奈何。"那""奈"，唐宋时通用。王昌龄《从军行》诗："更吹羌笛关山月，无那金闺万里愁。"

[10] "一炉"二句：香尽添香，坐以待旦，意谓愁极无奈，彻夜不寐。

◎ 评析

　　这首词题下注曰"闺怨"。征夫一去数载，音讯全无，思妇夜夜孤眠，空劳梦想。"想君薄行"，是又爱又恨之辞，所以接着说传书不成，则暗祝上天保佑了。

凤归云

闺　怨

绿窗独坐，修得君书[1]。征衣裁逢了，远寄边隅[2]。想得为君贪苦战，不惮崎岖。[3]终朝沙碛里[4]，止凭三尺[5]，勇战奸愚[6]。　　岂知红脸[7]，泪滴如珠[8]。枉把金钗卜，卦卦皆虚。[9]魂梦天涯无暂歇，枕上长嘘。待公卿回故日[10]，容颜憔悴，彼此何如。

◎ 注释

[1] 修得：写成。君：指夫君、征夫。

[2] 边隅：边庭、边疆。隅，原卷作"虞"，音近致误。

[3] "想得"二句：谓征夫不怕艰难，为国奋战。君，指君王、国君。惮，怕、畏惧。原卷误作"旦"，同音致误。《倾杯乐》："一但娉得狂夫。""一但"即"一旦"。

[4] 终朝：整天。"终"原误作"中"。沙碛：沙漠，不生草木的沙石之地。这里指沙场、

战场。

[5] 止：同"只"。三尺：指剑。《汉书·高祖本纪》："吾以布衣三尺取天下。"颜师古注："三尺，剑也。"

[6] 奸愚：指顽敌。

[7] 红脸：代指女子。这里是征妇自称。

[8] 滴：原误作"的"，音同致误。

[9] "枉把"二句：因不知丈夫的归期，故以金钗卜问，然而卦卦失灵。枉，徒然。金钗，首饰。这里以金钗代占卜的金钱。刘采春《啰唝曲》："莫作商人妇，金钗当卜钱。"于鹄《江南曲》："众中不敢分明语，暗掷金钱卜远人。"卜钱，金钱，占卜的用具。

[10] 公卿：功名之极。这里为想象之辞，指丈夫立功跻身公卿。故：与"顾"通用。回故：即是返回的意思。

◎ 评析

　　此词与上一首一样，也写闺怨。词中说丈夫边庭征战，无从得知归期，即使他日功成归来，彼此也都垂垂老矣，言下不胜为自己的青春叹息。

　　王国维《唐写本〈云谣集杂曲子〉跋》："郭茂倩《乐府诗集·近代曲辞》中有滕潜《凤归云》二首，皆七言绝句，此则为长短句。此犹唐人乐府见于各家文集，《乐府诗集》者多近体诗，而同调之见于《花间》《尊前》者则多为长短句。盖诗家务尊其体，而乐家只倚其声，故不同也。《天仙子》唐人皇甫松所作者不叠，此则有二叠，《凤归云》二首句法与用韵各自不同，然大体相似，可见唐人词律之宽。"王国维还有《题敦煌所出唐人杂书六绝句》，其一云："虚声乐府擅缤纷，妙悟新安迥出群。茂倩漫收双绝句，教坊原有《凤归云》。"其意与上引跋文中说的相同。

天仙子[1]

燕语啼时三月半。烟蘸柳条金线乱。五陵原上有仙娥[2]，

携歌扇。香烂漫。留住九华云一片。[3]　　犀玉满头花
满面[4]。负妾一双偷泪眼[5]。泪珠若得似珍珠[6]。拈不散，
知何限[7]，串向红丝应百万。

◎ 注释

[1] 词见《云谣集杂曲子》，有二首，本书选第一首。

[2] 五陵：为高祖、惠帝、景帝、武帝、昭帝五个陵墓，在渭水北岸。汉代豪家巨富云集
五陵周围，东西亘百里，有"五陵原"之称，为旧时歌舞淫侈之地。南朝陈徐陵《玉
台新咏序》："其中有丽人焉。其人五陵豪族，充选掖庭；四姓良家，驰名永巷。"李白
《少年行》诗："五陵年少金市东，银鞍白马度春风。"杜牧《宣州留赠》诗："为报眼
波须稳当，五陵游宕莫知闻。"仙娥：扬雄《方言》卷二："秦晋之间，美貌谓之娥。"
此指美貌的歌妓，即调名中的天仙。

[3] "携歌扇"三句：指歌声响遏行云。《列子·汤问》：秦国善歌者秦青"抚节悲歌，声振
林木，响遏行云"。这里借以形容仙娥歌声之美。九华，山名。在今安徽青阳西南，山
有九峰，如莲花，故名。

[4] 犀玉：指犀角和玉制成的首饰。

[5] 偷泪眼：谓暗中忧伤落泪。

[6] "泪珠"句：用鲛人故事。张华《博物志》卷二《异人》："南海外有鲛人，水居如鱼，
不废织绩，其眼能泣珠。"故结句又云："串向红丝应百万。"

[7] 知何限：知多少，极言其多。

◎ 评析

　　上片以五陵原上的佳丽春光和豪门歌舞为背景，表现如仙歌女的
美妙歌声，设色秾丽，似乎一切美满；下片则说出真情，且诡喻奇譬，
红泪如珠，亦妙语如珠。王国维《唐写本〈云谣集杂曲子〉跋》评云：
"《天仙子》词，特深峭隐秀，堪与飞卿、端己抗行。"

　　王国维《敦煌发见唐朝之通俗诗及通俗小说》："此一首，情词婉
转深刻，不让温飞卿、韦端己，当是文人之笔。"

竹枝子[1]

高卷珠帘垂玉牖[2]。公子王孙女[3]。颜容二八小娘[4]。
满头珠翠影争光。百步惟闻兰麝香[5]。　　口含红豆相
思语[6]。几度遥相许。修书传与萧娘[7]。倘若有意嫁潘
郎[8]。休遣潘郎争断肠[9]。

◎ 注释

[1] 词见《云谣集杂曲子》，凡二首。《竹枝子》，唐教坊曲名，与七言四句的《竹枝》不同，
　　双调，上下片各五句二仄韵、三平韵。

[2] 牖：窗户。上片"牖""女"与下片"语""许"押韵，是"有""语"两部韵通叶。

[3] 公子王孙女：犹言贵族之女。

[4] 小娘：旧称歌女或妓女。李贺《洛姝真珠》诗："真珠小娘下青廓，洛苑香风飞绰绰。"
　　元稹《筝》诗："急挥舞破催飞燕，慢逐歌词弄小娘。"

[5] "百步"句：谓香气四溢。兰麝，兰草和麝香两种香料，用以熏衣。干宝《晋纪》："石
　　崇出妓妾数十人，皆蕴兰麝而被罗縠。"张柬之《东飞伯劳歌》诗："绝世三五爱红妆，
　　冶袖长裙兰麝香。"

[6] 红豆：草本而木质的豆科植物，开白色或淡红色小花，果实为荚，种子大如豌豆，色
　　鲜红或半红半黑，一名相思子。古人常以喻爱情或相思。王维《相思》诗："红豆生南
　　国，春来发几枝。愿君多采撷，此物最相思。"韩偓《玉合》诗："中有兰膏渍红豆，
　　每回拈着长相忆。"

[7] 萧娘：唐人诗词中，多以萧娘、谢娘称有才情的年轻女子。杨巨源《崔娘》诗："清润
　　潘郎玉不如，中庭蕙草雪消初。风流才子多春思，肠断萧娘一纸书。"徐凝《忆杨州》
　　诗："萧娘脸下难胜泪，桃叶眉头易得愁。"

[8] 潘郎：晋潘岳曾任郎官，妙有姿容。唐人诗词中，每以潘郎称有才情的年轻男子。

[9] 争：几乎，差点儿。

◎ 评析

　　这首词写小娘不但貌美，而且善于通情，以至有人向她急切求爱
了。末三句是词中的情书，直截了当提出爱慕，希望对方不要再折磨
他，最好立即答其求亲，是特别别致的一封情书。

破阵子^[1]

其一

风送征轩迢递^[2]，参差千里余^[3]。目断妆楼相忆苦，鱼雁百水鳞迹疏^[4]。和愁封去书^[5]。　　春色可堪孤枕^[6]，心焦梦断更初。早晚三边无事了^[7]，香被重眠比目鱼^[8]。双眉应自舒。

◎ 注释

[1] 词见《云谣集杂曲子》。《破阵子》：唐大型歌舞曲《破阵乐》中的一段，子是曲子的简称。上下片各五句三平韵。全词十句，故又名《十拍子》。

[2] 征轩：兵车，杜甫有《兵车行》。

[3] 参差：倾刻，很短的时间。

[4] "鱼雁"句："迹"原误作"积"。"百水"费解，敦煌变文《韩朋赋》(见刘复《敦煌掇琐》)曰："鱼鳖百水，不乐高堂；燕若群飞，不乐凤凰。"一本"百水"作"在水"。此词"百水"亦"在水"之误。全句以文义当作"鱼鳞在水雁迹疏"，意为音讯断绝。

[5] 书：书信。

[6] 可堪：那堪，不堪。

[7] 早晚：犹云总有一天。三边：任二北《敦煌曲初探》有《三边考》："《王昭君变文》：'三边走马传胡命，万里飞书奏汉王。'吴世昌《敦煌卷季布骂阵词文考释》内，释'四人乐业三边静'句，引李商隐《富平少侯》诗'七国三边未到忧'，谓为唐人习语。按《史记》律书：'高祖有天下，三边外畔。'指匈奴、南越、朝鲜。《晋书·张轨传》论：'婴五郡以谁何！阻三边而高视。'则未知何属。《山堂肆考》官十五，谓三边指幽州、并州、凉州。唐诗有太宗之'执契静三边'，李峤之'特拟定三边'，崔湜云'三边戍不还'……诚属唐人习语。许书下《祝文》：'四塞壹加……三边镇净。'又《愿文》：'十道归宗……三边廓静。'应皆指东、南、北三方。'即泛指边疆。

[8] "香被"句：指夫妻重新团聚。比目鱼，即鲽。《尔雅·释地》："东方有比目鱼焉，不比不行，其名谓之鲽。"常喻夫妻形影不离。魏徐干《室思》诗："故如比目鱼，今隔如参辰。"

其二

年少征夫堪恨，从军千里余[1]。为爱功名千里去，携剑
弯弓沙碛边[2]。抛人如断弦[3]。　　迢递可知闺阁[4]，
吞声忍泪孤眠。春去春来庭树老，早晚王师归却还[5]。
免教心怨天。

◎ 注释

[1] 余字失韵，拟当作"从军年复年"。"千里余"乃涉上首首二句为"风送征轩迢递，参差
　　千里余"致误。

[2] 沙碛：沙漠，犹云边地。

[3] 抛人：指抛却妻子。断弦：旧时夫丧妻曰断弦，言如琴瑟之断其弦也。

[4] "迢递"句：承上谓你戍边千里之外，可知道为妻的心情？迢递，遥远貌。闺阁，女子
　　的卧室。这里代指妻子。王昌龄《变行路难》诗："封侯取一战，岂复念闺阁。"

[5] 王师：指守边的军队。却：即。

◎ 评析

　　《破阵子》两首，同抄于一卷，从内容看，无疑为联章，都是征夫、
思妇之辞。第一首征夫赴边，音讯全无，思妇寄书，祝愿丈夫战后平安
归来，重新团聚。第二首思妇怨恨丈夫为了功名，弃家远征，但也祝愿
王师奏捷，丈夫平安归来。"早晚三边无事了""早晚王师归却还"，正
前后呼应，同一口吻。

倾杯乐[1]

忆昔笄年[2]，未省离合[3]，生长深闺院。闲凭着绣床[4]，
时拈金针，拟貌舞凤飞鸾[5]，对妆台重整娇姿面[6]。知身
貌算料[7]，岂教人见[8]。又被良媒，苦出言词相诱诳[9]。　　每

道说水际鸳鸯[10]，惟指梁间双燕。被父母将儿匹配，便认多生宿姻眷[11]。一旦娉得狂夫[12]，攻书业[13]，抛妾求名宦[14]。纵然选得[15]，一时朝要荣华[16]，争稳便[17]。

◎ 注释

[1]《倾杯乐》：教坊曲名。唐段安节《乐府杂录》：“《倾杯乐》，唐宣宗（李忱）喜吹芦管，自制此曲。”此词见《云谣集杂曲子》，原卷为伯二八三八。双调，上片十一句四仄韵，下片十句四仄韵。

[2]笄（jī）年：旧时特指女子可以盘发插笄（簪子）之年，即成年、许嫁之年。《礼记·内则》：女子“十有五年而笄。”郑玄注：“谓应年而许嫁者。女子许嫁，笄而字之。其未许嫁二十则笄。”

[3]未省离合：谓不知有离别之苦。

[4]绣床：俗称“绷子”，刺绣用具。

[5]貌：蒋礼鸿《敦煌变文字义通释》卷四：“‘貌’的本义是容貌，转成动词，作图写容貌解……从‘貌’读到平声的‘邈’，才有后起的从苗声的形声字‘描’字的出现……与‘拟’合成一个词素意义近似的联列式复合词。”韩愈《楸树》诗：“不得画师来貌取。”杜甫《丹青引》诗：“屡貌寻常行路人。”皆其例。

[6]重：再。娇姿面：妩媚的面貌。李珣《临江仙》词：“强整娇姿临宝镜，小池一朵芙蓉。”

[7]知：语助词，无义。身貌：身段容貌。算料：打量，估量。

[8]“岂教”句：承上谓对镜整妆，顾影自怜，不教人见。

[9]诙诱：以花言巧语炫惑人。吐鲁番出土唐代文书“过书”云：“保不是寒良诙诱等色。”“诙诱影他等色”（见一九七五年《文物》第七期王仲荦《试释吐鲁番出土的几件有关过所的唐代文书》）。诙诱、诱诙同义。《广韵》：“诙，诱也。”

[10]际：原误作“济”。鸳鸯：原误作“鸯鸳”。

[11]多生宿姻眷：犹云前世姻缘，佛家语。谓世间男女婚配，皆前生注定，今生只有服从，不能反抗。多生，佛家有人生分去、今、来三生之说。白居易《病中诗十五首·自解》诗：“我亦定中观宿命，多生债负是歌诗。”

[12]旦：问，原误作“但”。娉：《说文》：“娉，问也。”古代婚礼，男方遣媒向女方问名求婚，谓之娉。这里引申为嫁娶、婚配。狂夫：古代女子对自己丈夫的昵称。刘向《列女传》卷六《楚野辨女》：“大夫曰：‘盖从我于郑乎？’对曰：‘既有狂夫昭氏在内矣。’”梁何思澄《南苑逢美人》诗：“自有狂夫在，空持劳使君。”

[13]攻书业：语本《史记·项羽本纪》：“项籍（羽）少时学书（文字），不成去，学剑，又不成。项梁怒之。籍曰：‘书，足以记名姓而已；剑，一人敌，不足学，学万人敌。’

于是项梁乃教籍兵法，籍大喜，略知其意，又不肯竟学。"这里指狂夫为求功名而攻书学剑。攻，原卷作"功"，音同致误。

[14] 名宦：显宦，高官。

[15] 纵：原误作"众"。

[16] "一时"句：意同敦煌辞《十二时》："一朝肥马轻裘，富贵荣华万物有。"朝要，朝廷显要。

[17] 争：怎。稳便：稳当。此承上句，意谓名宦令人畏惧。

◎ 评析

　　这首词围绕少妇的今昔生活变迁，生发出感情波澜。上片以忆昔领起，写未嫁之前的天真烂漫，无忧无虑，是少女"未省离合"的婚前阶段；下片以鸳鸯、双燕兴起，写出嫁以后"狂夫"追逐功名，离家外出，别说别离之苦，一旦富贵荣华，说不定还被弃。词中对父母之命、媒妁之言，多生怨恨；承认世俗的命中注定之说，而且还有鄙弃名宦，不慕荣华之意。"得成比目何辞死，愿作鸳鸯不羡仙"，这种追求真正的爱情的呼声，可以从中隐约地听到。

拜新月[1]

荡子他州去[2]，已经新岁未还归。堪恨情如水，到处辄狂迷。不思家国，花下遥指祝神祇[3]。直至于今，抛妾独守空闺。　　上有穹苍在[4]，三光也合遥知[5]。倚屏怅坐，泪流点滴[6]，金粟罗衣[7]。自嗟薄命，缘业至于斯[8]。乞求待见面，誓不辜伊。[9]

◎ 注释

[1]《拜新月》：唐教坊曲名。唐代妇女有拜新月的习俗，以为向新月诉说真情，可以得称心如意之事。唐人所作《拜新月》，多为五句仄韵绝句。如李端《拜新月》："开帘见新月，便即下阶拜。细语人不闻，北风吹裙带。"词双调，上片八句四平韵，下片九句四平韵。

［2］荡子：流荡不归的男子。《古诗十九首》其二："荡子行不归，空床难独守。"

［3］神祇：原作"神明"，失韵。从冒广生校改。神祇，神灵。

［4］穹苍：苍穹，指天。

［5］三光：见前《风归云》（征夫数载）注［8］。这里主要指月。

［6］滴：原误作"的"。

［7］金粟：二字费解。饶宗颐《敦煌曲》据原卷作"栗"字，疑为"缕"字之误。"栗""缕"一声之转。

［8］缘业：佛家语。大乘《法华经·序品》："诸世界中六道众生，生死所趣，善恶业缘，受报好丑，于此悉见。缘即因缘，业分善恶。在人生去、来、今三世中，有苦有乐，有善有恶，皆属因缘关系。因善业缘生善果，因恶业缘生恶果。"又《四十二章经》："心不系道，亦不结业。"业往往偏指恶业，并引申为罪孽。这里的"缘业"便专指罪孽而言。意谓我今世的罪孽，缘往世的种因而来。故"自嗟薄命"。斯，原误作"思"。敦煌写本常以"思"为"斯"，盖同音借用。

［9］"乞求"二句：为拜月时祈祷的话。辜，辜负。伊，第二人称，犹云君、你。这里指当头的新月，意谓必然有所报答。

◎ 评析

　　这首词通篇用第一人称的口吻，都是女子拜月时，向月诉说心事的话，这些本来都是内心郁积的隐秘的感情，在月光之下却尽情倾吐，和盘托出，毫不隐瞒。词中纯用口语，如丸走坂，如水倾注，真是"如怨如慕"，如泣如诉。最后二句，是对月的祷辞，"乞求待见面，誓不辜伊"，精诚之至，又皎如浴日。任二北《敦煌歌辞总编》卷一云："在《云谣》'一般情词'之七首中，此为第一。"

　　《全唐诗》卷七九九，有大历十才子吉中孚的夫人张氏《拜新月》诗，可以更多地知道唐人拜新月的情形："拜新月，拜月出堂前。暗魄初笼桂，虚弓未引弦。拜新月，拜月妆楼上，鸾镜始安台，蛾眉已相向。拜新月，拜月不胜情。庭花风露清，月临人自老，人望月长明。东家阿母亦拜月，一拜一悲声断绝。昔年拜月逞容辉，如今拜月双泪垂。回看众女拜新月，却忆红闺年少时。"

抛球乐[1]

珠泪纷纷湿绮罗[2]。少年公子负恩多[3]。当初姊姊分明道，
莫把真心过与他[4]。子细思量着[5]，淡薄知闻解好么[6]。

◎ 注释

[1] 词见《云谣集杂曲子》。《抛球乐》：唐教坊曲名，唐时用于饮席酒令，又歌又舞，刘禹
    锡所作为五言绝句，此为单调六句，四平韵。

[2] 纷纷：原卷作"芬芬"。

[3] 恩：原误作"思"。

[4] 过与：给、送、交给。敦煌写卷佚名变文："娑婆国里且无贫，拾得金珠乱过与人。"
    又《渔歌子》词："五陵儿恋娇态女，莫阻来情从过与。"

[5] 子细：同"仔细"。

[6] "淡薄"句：为思量后的觉悟之辞。意谓薄情的朋友能懂得人的好心吗。淡薄知闻，义
    同"相知不深的朋友"，指上文的"少年公子"。知闻，唐宋口语。张相《诗词曲语辞汇
    释》卷五："知闻，犹云结交也，朋友也。"白居易《黄石岩下作》诗："教他远亲故，
    何处觅知闻。"孙棨《北里志》"杨妙儿"条："每知闻间为之致宴，必约定名占之。"
    么，原卷误作"磨"。

◎ 评析

　　这首词写当初真心相许，结果却遭"负恩"的情场曲折，结以自思
自悟、自恨自悔，是沦落风尘的女子被欺骗后的幽怨和创痛，反映了封
建社会妓女以色事人的悲剧。

赞普子[1]

本是蕃家将，年年在草头，夏日披毡帐，冬天挂皮裘[2]。
语即令人难会，朝朝牧马在荒丘。若不为抛沙塞，无因
拜玉楼。[3]

[1] 敦煌写卷斯二六〇七无调名，仅署"同前"二字，而前列二调均已残缺。任二北《敦煌曲初探》因其句法与《花间集》毛文锡《赞浦子》同，乃以据补。《赞普子》：一作《赞浦子》，唐教坊曲名，上下片各四句两平韵。赞普是蕃将之意，子是曲子的简称，当为自西北传入之边曲。《新唐书·吐蕃传》："强雄曰'赞'，丈夫曰'普'，故号君长曰'赞普'。"

[2] "本是"四句：《新唐书·吐蕃传》载，高宗咸亨三年（672），吐蕃使论琮来朝，谓："吐蕃居寒露之野，物产寡薄。乌海之阴，盛夏积雪，暑毯冬裘。随水草以牧，寒则城处，施庐帐。"蕃（bō），藏语译音。张政烺《跋唐蕃会盟碑》云："藏族从唐代为'蕃'，碑六中常见'蕃'和'大蕃'等字。其初为用汉字记藏音，没有文义可言。因为它在唐代西方，也叫'西蕃'；有时遵从藏族的习惯，则称'土蕃'……以为这是汉人对藏人的侮辱或污蔑，是不正确的。"

[3] "若不为"二句：意谓抛弃沙塞，归顺唐朝。因，缘。玉楼，华丽的高楼。这里专指长安宫殿。王涯《宫词》："禁树天风正和暖，玉楼金殿晓光中。"

⊙ 评析

据新旧《唐书》的《吐蕃传》，松赞干布（617？—650）创建了强盛的吐蕃国，贞观八年（634）遣使向唐朝求婚。贞观十五年（641），唐太宗出嫁文成公主入吐蕃，开始了唐和吐蕃的友好往来。此后，唐与吐蕃在西域和青海两方常有战争。安史之乱后，唐失西域，吐蕃得西州和安西四镇，并进而占有河陇。唐宣宗时期，吐蕃内乱，河、湟二州归唐，吐蕃不久也逐渐崩溃。这首词写"蕃家将"心仪唐廷的心情，当作于唐收复河、湟以后。

茶怨春[1]

柳条垂处也[2]，喜鹊语零零。焚香稽首告诉君情[3]。慕得萧郎好武[4]，累岁长征。向沙场里，抢宝剑[5]，定檛枪[6]。　　去时花欲谢，几度叶还青[7]。遥相思[8]，夜夜到边庭。愿天下销戈铸戟[9]，舜日清平[10]。待功成日，麟阁上，画图形。[11]

◎ 注释

[1] 敦煌写卷斯二六〇七调作《菾怨春》，饶宗颐《敦煌曲》谓"菾"乃"恭"字，潘重规《任二北敦煌曲校录校补》谓"菾"盖"荼"字俗写。龙晦《唐五代西北方音举例》以敦煌写本中，"荼"讹"菾"者多见；唐人以"荼"为公主、郡主之称。兹从之。此调仅见于此，无别首可校。

[2] 处也：任二北《敦煌歌辞总编》卷二作"处处"，并谓："据下句'零零'改；下片起二句亦相对，可证上片亦然，'处处'应作叠字。"

[3] 稽首：叩头。诉：原作"素"，同音致讹。告诉君情：一校作"表君情"。

[4] 得：原误作"德"。萧郎：如称刘郎、阮郎，唐人诗词中多指情郎或夫君。郎，原误作"粮"。

[5] 抡：原误作"轮"。

[6] 定欃（chán）枪（chēng）：制服敌人。欃枪，即彗星，古人以为妖星。此承上句，是说挥宝剑以定妖孽。

[7]"几度"句：意谓好多个春秋。

[8] 相：原误作"想"。

[9] 戈、戟：都是兵器。"销戈铸戟"，就是销兵器，用作农具，天下太平，不再有战争。

[10]"舜日"句：喻理想的太平盛世。

[11]"麟阁"二句：麟阁，麒麟阁。《三辅黄图》卷六："《庙记》云：麒麟阁，萧何造。《汉书》：宣帝思股肱之美，乃图霍光等十一人于麒麟阁。"唐代诗词多用以借指凌烟阁。刘肃《大唐新语》："贞观十七年，太宗图画太原倡义及秦府功臣赵公长孙无忌、河间王孝恭、蔡公杜如晦、郑公魏征……二十四人于凌烟阁，太宗亲为之赞，褚遂良题阁，阎立本画。"

◎ 评析

　　这首词写婚后丈夫"累岁长征"，因而长期相思之苦；其中既有对丈夫效命疆场、建功立业的赞赏，更有平息边患，消弭战争，使天下太平的愿望。两者融为一体，故能柔情婉转而又思理宽远，幽怨缠绵而又不失高昂雄放之气。

别仙子[1]

此时模样，算来似秋天月[2]，无一事，堪惆怅，须圆阙。[3]

穿窗牖，人寂静，满面蟾光如雪。[4]照泪痕何似，两眉双结。　　晓楼钟动，执纤手，看看别[5]。移银烛，猥身泣[6]，声哽噎。家私事，频付嘱。上马临行说。长思忆，莫负年少时节[7]。

◉ 注释

[1] 词见敦煌写卷斯四三三三，又见斯七一一一。双调，上片十句，四仄韵，下片十一句，五仄韵。

[2] 算来：拟想之辞。秋天月：指中秋月。

[3] "无一事"三句：以月有圆缺说明人有离合。须圆阙，犹云应有圆缺、定有圆缺。言虽通达，即偏义于阙，实为离别而惆怅。须，义犹"应""必"，见张相《诗词曲语辞汇释》卷一。须，一作"随"。

[4] "穿窗牖"三句：悬想女方别后情景。蟾光，月光。李贺《感讽》其五："岑中月归来，蟾光挂云岫。"传说月中有蟾蜍（chán chú，癞蛤蟆），所以称月为蟾。《太平御览》卷九四九引汉张衡《灵宪》："羿请不死之药于西王母，姮娥窃之以奔月，遂托身于月，是为蟾蜍。"

[5] 看看：极言时间短促，犹"转眼之间"。见张相《诗词曲语辞汇释》卷六。

[6] 猥身：蒋礼鸿《敦煌变文字义通释》卷五："'猥身'就是背过身去。这首词写男女分别，女子不愿意叫行者看见自己哭泣以增加他的难过，上句'移银烛'，也是为了掩盖自己的悲哀。"

[7] "莫负"句：意谓莫负青春。

◉ 评析

　　这首词全从男子一方写来。上片借月比人，拟想女子别后境况，下片追忆当时的分手告别，作追叙之笔。一虚一实，虚实相生。

菩萨蛮[1]

枕前发尽千般愿。要休且待青山烂[2]。水面上秤锤浮[3]。直待黄河彻底枯。　　白日参辰现[4]。北斗回南面[5]。

休即未能休。且待三更见日头^[6]。

◉ 注释

[1] 词见敦煌写卷斯四三三二。此卷背后录龙兴寺僧愿学便物字据，署"壬午年三月卅日"。任二北《敦煌曲校录》谓作于天宝元年（742）。按天宝元年壬午三月仅得二十九日，任说非是。林玫仪《由敦煌曲看词之起源》定此词录于贞元十八年（802）。

[2] 休：休弃，断绝。

[3] 锤：原作"埵"。秤锤：秤砣。

[4] 参辰：二星名，参星属参宿，居西方，辰星属心宿，居东方。彼此出没，互不相见。

[5] 北斗：由天枢、天璇、天玑、天权、玉衡、开阳、摇光七星组成排列为斗形，位于北天，故名。北斗回南面，是北斗转南向之意。面，向。

[6] 三更见日头：犹言半夜出太阳。

◉ 评析

　　这首词是向对方立誓，借六个无法实现的事为喻，表示决不断绝彼此的私情。不少评论认为此词表现了对爱情的忠贞不贰与执着追求，几乎成为一种流行的说法。但是这种"枕前"的誓言，究竟含有多少真诚，不是不可以怀疑的。"枕前"发愿，居然可以如此熟练地发尽"千般愿"，不是未免过多过滥，显得近于随口而出、有口无心吗？立誓绝不是愈多愈好。如果双方没有裂痕，就无须用这种方式来换取信任。海枯石烂、三更日出之类的誓言，早已成为一种到处可用的俗套，不断加以重复，不会使人感到其中有多少真诚的感情分量。热恋中的人，对听来入耳的甜言蜜语，往往容易轻信，但是如果真正要分辨这些话语中所含情感的轻重虚实，却是不容易的。词中这个立誓的人，最后是否实现了"发尽千般愿"的誓言，恐怕是没有人知道了。俞平伯《唐宋词选释》曰："虽发尽千般愿，却毕竟负了心，却是不曾说破。"

菩萨蛮[1]

敦煌古往出神将[2]。感得诸蕃遥钦仰[3]。效节望龙庭[4]。麟台早有名[5]。　　只恨隔蕃部。情恳难申吐。[6]早晚灭狼蕃[7]。一齐拜圣颜[8]。

◎ 注释

[1] 词见敦煌写卷伯三一二八。

[2] 敦煌：在甘肃西部。汉武帝置敦煌郡，为河西四郡之一。自汉至唐，一直是通向西域的"丝绸之道"的咽喉要道。安史之乱后，回纥、吐蕃、党项内侵，敦煌首当其冲，成为各方争夺的战略要地。神将：英勇善战的边将。

[3] "感得"句：汉贰师将军李广利由敦煌出师西征，"所至小国莫不迎"，"威震外国"，"西域震惧，多遣使臣来"。见《汉书·李广利传》和《西域传》。唐郭元振于中宗神龙（705—707）中，亦曾在敦煌一带用兵，威震荒服，"睿宗立，召为太仆卿。将行，安西酋长有劗面哭送者。旌节下至玉门关，去凉州犹八百里，城中争具壶浆欢迎"，见《新唐书》本传。诸蕃，根据历史记载，苻秦、北凉、西凉、后魏、北周、吐蕃等，都曾统治过敦煌，这里主要指吐蕃。

[4] "效节"句：谓敦煌的将吏衔命守边，克尽臣节。龙庭，匈奴单于祭天地鬼神之所。《文选》班固《封燕然山铭》："蹑冒顿之区落，焚老上之龙庭。"张铣注："龙庭，单于祭天所也。"这里指边关。

[5] "麟台"句：指朝廷褒奖勋臣，恩宠有加。麟台，即麒麟台。《汉书·苏武传》："甘露三年，单于始入朝。上思股肱之美，乃图其人于麒麟阁，法其形貌，署其官爵姓名……次曰典属国苏武。皆有功德，知名当世，是以表而扬之，明著中兴扶佐，列于方叔、召虎、仲山甫焉。凡十一人，皆有传。"后世遂以麒麟阁或麟台作为褒赞臣子功勋的代称。

[6] "只恨"二句：谓敦煌入内地的道路被吐蕃切断，边民无法向朝廷表达自己的耿耿忠心。自代宗宝应元年（762）至德宗建中二年（781）前，吐蕃乘唐朝河西精兵内调，守备空虚的弱点，先攻占兰、鄯，切断河西走廊与内地的联系，然后由东向西，攻取河西陇右其他州县，敦煌沙州被围困在中。孙楷第《敦煌写本张淮深变文跋》据《元和郡县图志》等书，认为敦煌陷蕃为建中二年，故定此词作于建中元年。苏莹辉《论唐时敦煌陷蕃的年代》诸文，则考证建中二年沦陷者实乃寿昌县，敦煌则迟于贞元元年（785）始陷。

[7] 早晚：犹云"总有一天"。晚，原卷作"脱"，形近而讹。狼蕃：指吐蕃。

[8] 圣颜：对君王的尊称。

◎ 评析

据"只恨隔蕃部，情恳难申吐"句意，这首词似作于德宗建中元年（780）至贞元元年（785）间河西诸州相继沦陷而敦煌独存之时。词中缅怀往昔敦煌守将英勇善战、保塞安民、威震诸蕃的光荣历史，表达当时当地群情激奋、宁息狼蕃、恢复统一的豪迈情志。语壮声洪，发扬蹈厉，与一般的闺情花柳之词，判若秦越。

望江南^[1]

曹公德^[2]，为国托西关^[3]。六戎尽来作百姓^[4]，压坛河陇定羌浑^[5]。雄名远近闻。　　尽忠孝，向主立殊勋^[6]。靖难论兵扶社稷^[7]，恒将筹略定妖氛^[8]。愿万载作人君^[9]。

◎ 注释

[1] 词见敦煌写卷伯三一二八、斯五五五六。

[2] 曹公：指曹议（一作"义"）金，原为归义军节度使张义潮侄张淮深的长史，后梁贞明五年（919）代张氏为兵马留后，后为瓜州刺史，封托西大王等。安西榆林窟壁画曹议金像题衔为"敕归义军节度使、检校太师兼托西大王、谯郡开国公曹议金"。敦煌文物研究所编号五十五洞北壁供养人像第一身题"故敕河西、陇右、伊西庭、楼兰、金满等州节度使、检校太尉、中书令、托西大王（下缺）议金供养"。又《册府元龟》卷一七〇《帝王部·来远门》："后唐庄宗同光二年五月，以权知归义军节度兵马留后、金紫光禄大夫、简较（检校）尚书左仆射、守沙州长史兼御史大夫、上柱国曹义金为简较（检校）司空、守瓜州刺史、充归义军节度瓜州等观察，处置管内营田、押蕃落等使。瓜州与吐蕃杂居，自帝行郊礼，义金间道贡方物，乞受西边都护，故有是命。"任二北《敦煌歌辞总编》卷二，据此定这首词作于同光三、四年（925—926）间。

[3] 托西关：斯卷作"拓西边"。"托""拓"通用。关，西北音读如"鹃"，与下文"浑""闻"叶西北音，详龙晦《唐五代西北方音举例》。

[4] 六戎：《礼记·明堂位》："六戎之国。"向指侥夷、戎央、老白、耆羌、鼻息、天刚。后用作西部少数民族的统称。

[5] 压坛：押弹，镇压。慧琳《音义》二六"打揿自押"，注："'揿'，正体作'压'，乌狎反，镇也。"斯卷作"押弹"。河陇：指河西与陇右，在今甘肃及青海以东地区。羌浑：

指聚居河、陇地区的西羌和吐谷浑部落的后裔。《旧唐书·郭子仪传》："吐蕃兼河、陇之地，杂羌、浑之众。"

[6] 主：指唐室。

[7] 论兵：犹云讲武，诉诸武力。

[8] 妖氛：指上片的"羌浑"。

[9] 作人君：谓当地百姓拥戴曹议金作人君。

◉ 评析

　　这首词作于后唐庄宗同光二年（924）五月曹议金"乞受西边都护"之后。词中歌颂了曹议金"托西关""定妖氛"的历史功德，唱出了天宝中陷蕃百姓的子孙们背蕃归汉、渴求江山统一的强烈心声。

浣溪沙 [1]

倦却诗书上钓船 [2]。身披蓑笠执鱼竿 [3]。棹向碧波深处去 [4]，几重滩。　　不是从前为钓者。盖缘时世掩良贤 [5]。所以将身岩薮下 [6]，不朝天 [7]。

◉ 注释

[1] 词见敦煌写卷伯三一三八、斯二六〇七。题曰《曲子浣溪沙》。

[2] 倦：任二北《敦煌曲校录》改作"卷"，但无例可据。

[3] 蓑笠：原卷作"莎笠"。

[4] 棹：桨。这里作动词"划桨"解。

[5]"盖缘"句：意同屈原《卜居》诗："谗人高张，贤士无名。"盖缘，因为、由于。

[6]"所以"句：承上谓隐居于山水之间。岩，作"山崖"解。薮，湖泽的通称。岩薮，泛指山水间。

[7] 朝天：觐见天子（皇帝）。这里泛指入世出仕。不朝天：即出世不仕。

◉ 评析

　　这首词伤世悼时，自叹怀才不遇。"不是从前为钓者"，其人本是功

名之士，并不是真正的渔父，只因"时世"不好，自放于江湖。与一般
泛言山水渔钓之乐的渔父词不同。

浣溪沙[1]

五两竿头风欲平[2]。张帆举棹觉船行[3]。柔橹不施停却
棹，是船行。　　满眼风波多闪灼[4]。看山恰似走来迎。
子细看山山不动[5]，是船行。

◎ 注释

[1] 词见敦煌写卷伯三一二八、斯二六〇七，前一首调作《曲子浪淘沙》，误。

[2] 五两竿头：原作"五里竿头"，或校作"五里滩头"。蒋礼鸿《〈敦煌曲子词集〉校议》：
"'五里'应作'五量'，即五两，是船上候风的用具。"《文选》郭璞《江赋》："觇五两
之动静。"李善注引《兵书》云："凡候风法，以鸡羽重八两，建五丈旗，取羽系其巅，
立军营中。"王周《志峡船具诗并序》："下之船有樯，有五两，有帆，所以使风也。"
五两，亦称绾（huán）。《淮南子注》："绾，候风也。楚人谓之五两。"王维《送宇文太
守赴宣城》诗："何处寄相思，南风吹五两。"顾况《五两歌》："竿头五两风袅袅，水
上云帆逐飞鸟。"

[3] 张帆：原卷作"长帆"，依任二北《敦煌曲校录》校改。举棹：打浆。

[4] 闪灼：原误作"陕汋""陕汋"。王重民《敦煌曲子词集》引阴法鲁校改为"闪灼"，即
"闪烁"，波光明灭不定貌。林玫仪《敦煌曲子词斠证初编》谓"陕"乃"峡"字之讹，
汋，泽也，"峡汋"正成义。可备一说。

[5] 子细：仔细。

◎ 评析

　　梁元帝《早发龙巢》诗云："不疑行舫动，唯看远树来。"苏轼《江
上看山》诗亦云："船上看山如走马，倏然过去数百群。"与此词所写的
情景相同。这种动与静的转化，固然是一种物理现象和心理错觉，但从
创作角度看，却是从景到情、由情到景的转化过程的一个侧面表现。船
夫眼中出现的青山"走来迎"，就是张帆启航、乘风破浪时轻快欢愉的

心情所使然。在诗歌中，这种以动写静、化静为动的手法，十分常见，在词中却不常有。词中的这首船夫曲写得较早，值得看重。

生查子[1]

三尺龙泉剑[2]，匣里无人见[3]。落雁一张弓[4]，百只金花箭[5]。　　为国竭忠贞，苦处曾征战。未望立功勋[6]，后见君王面。

◎ 注释

[1] 词见敦煌写卷伯三八二一。

[2] 龙泉：宝剑名。郦道元《水经注》卷三一《沅水》引《晋太唐地理志记》："（西平）县有龙泉水，可以砥砺刀剑，特坚利，故有坚白之论矣。是以龙泉之剑，为楚宝也。"

[3] "匣里"句：兼以剑喻人，自叹怀才不遇。匣，原误作"侠"，音近致误。

[4] "落雁"句：原卷作"金落雁一张弓"，"金"字衍。任二北《敦煌曲校录》改为"一张落雁弓"，以与下句相对，然无别本可据。《国语·魏语》："更盈侍魏王，见一雁过，曰：'臣能遥弓而落雁。'乃弯弓向雁，雁即落。"这里既指佩有弓箭，又指武艺娴熟高超。

[5] 金花：指箭头。温庭筠《蕃女怨》词："玉连环，金镞箭，年年征战。"

[6] "未望"句：承上二句而来，谓从未指望立功后为君王召见，即赤诚报国，本非不图功名利禄。任二北《敦煌曲校录》改"未望"作"先望"，以与下句"后见"相对，然无别本可据。

◎ 评析

　　刘湾《出塞曲》云："倚是并州儿，少年心胆雄。一朝随召募，百战争王公。去年桑乾北，今年桑乾东。死是征人死，功是将军功。"张籍《送边使》云："塞路依山远，戍城逢笛秋。寒沙阴漫漫，疲马去悠悠。为问征行将，谁封定远侯？"杜荀鹤《塞上》云："战士风霜老，将军雨露新。封侯不由此，何以慰征人？"对于这种终老风霜、死而无功的现实，此词也作了沉痛的诉说，词中以匣中龙泉、韬而不显自喻，一生征战，为国尽忠，但徒怀壮志，功成不赏。末句虽自慰藉，心中的不平仍隐隐可见。

定风波[1]

其一

攻书学剑能几何[2]。争如沙塞骋偻㑛[3]。手执六寻枪似铁[4]。明月。龙泉三尺斩新磨[5]。　　堪羡昔时军伍。满夸儒士德能康[6]。四塞忽闻狼烟起[7]。问儒士。谁人敢去定风波。

◎ 注释

[1] 词见敦煌写卷伯三八二一。《定风波》：唐教坊曲名，双调，上片三平韵，借叶二仄韵，下片二平韵，借叶四仄韵。

[2] 攻书学剑：见前敦煌曲子词《倾杯乐》（忆昔笄年）注 [13]。攻，原误作"功"。

[3] "争如"句：连上句奚落落儒生攻书学剑，不能驰骋疆场，与敌作战。争如，怎如。骋，逞。偻㑛，聪明干练。《新五代史·刘铢传》："铢谓李业等曰：'诸君可谓偻㑛儿矣。'"宋罗大经《鹤林玉露》卷一五引作"偻罗"，云："偻㑛，俗言猾也。"明郎瑛《七修类稿》卷二三《辩证偻㑛》："俗云偻㑛，《演义》为干办集事之称，《篇海》训 '㑛' 字曰健而不德，据二说，皆狡猾能事意也。"亦作"喽啰""娄罗"。唐寒山诗："自逞说喽啰，聪明无益当。"又："歧路逞喽啰，欺谩一切人。"

[4] 六寻：一寻八尺。六寻，极言其长。任二北《敦煌曲校录》云"六寻近五丈，太长不合"，改为"绿沉"。

[5] 龙泉：见前《生查子》（三尺龙泉剑）注 [2]。斩新：崭新，极新。

[6] 满夸：浪夸。"满""瞒""谩"通用。敦煌词《凤归云》："徒劳公子肝肠断，谩生心。"杜甫《行军》诗："早知逢世乱，少小谩读书。"德能康：谓德行和能耐神通广大。康：读如"科"，与"何""㑛""磨""波"叶韵。

[7] 狼烟：指战地用以报警的烽火。唐段成式《酉阳杂俎》卷一六："狼粪烟直上，烽火用之。"宋陆佃《埤雅》："古之烽火用狼粪，取其烟直而聚，虽风吹之不斜。"

其二

征服偻㑩未是功[1]。儒士偻㑩转更加[2]。三尺张良非㑩弱[3]。谋略。汉兴楚灭本由他[4]。　　项羽翘楚无路。酒后难消一曲歌。[5]霸王虞姬皆自刎[6]。当本[7]。便知儒士定风波。

◎ 注释

[1] 征服偻㑩：谓征服狡猾的敌人。功：读如"锅"。

[2] 儒士偻㑩：指儒士聪明、干练。

[3] 三尺：《礼记·玉藻》："绅制（腰带标准），士长三尺。"这里指张良的身份。张良，字子房。秦灭韩，椎击秦始皇于博浪沙，未遂。后为刘邦谋士。佐汉灭秦、楚，因功封留侯，详《史记·留侯世家》。㑩弱：同"软弱"。

[4] 他：读如"拖"。

[5] "项羽"二句：承上借项羽垓下大败之事，贬斥武夫无能，以褒扬儒士的"德能康"。《史记·项羽本纪》载：项羽虽勇猛盖世，但最后垓下被围，走投无路。翘楚：《诗·周南·汉广》："翘翘错薪，言刈其楚。"指高出杂树丛的荆树。后用以喻指杰出的人才。

[6] "霸王"句：指项羽杀身边的姬人，并自刎事，见《史记·项羽本纪》。

[7] 当本：当初，原本。

◎ 评析

　　上选两首词是问答体的联章。第一首武夫设问，第二首儒士对答。武夫口吻傲慢，炫耀其驰骋疆场、平定武功，讥讽儒士胆小无能、徒然攻书学剑；儒士则举张良以谋略兴汉灭楚的功绩，辨明运筹帷幄的重要，反唇相讥，振振有声。在武夫与儒士的这种相互鄙薄、各自矜夸中，可见时风之一斑。《敦煌歌辞总编》断此词为开元、天宝间作，殊与词云"四塞忽闻狼烟起"不合。

南歌子[1]

其一

斜隐珠帘立，情事共谁亲。[2]分明面上指痕新[3]。罗带同心谁绾[4]，甚人踏破裙[5]。　　蝉鬓因何乱[6]，金钗为甚分[7]。红妆垂泪忆何君[8]。分明殿前实说[9]，莫沉吟。

◎ 注释

[1] 词见敦煌写卷伯三八三六。调名原作《曲子更漏子》，实为《南歌子》之双叠。

[2] "斜隐"二句：谓斜倚珠帘而立，即倚门而立，盖有所待，另有新欢。隐，凭倚、靠着。《孟子·公孙丑下》："隐几而卧。"赵岐注："隐，倚也。"隐，原作"潒"（"影"），如作"隔帘人影"解，亦可通。珠，原误作"朱"。

[3] 痕：原误作"根"。

[4] 同心：用锦带打成的菱形连环回纹样式的结子，表示彼此永结同心，是男女相爱的信物。

[5] 甚人：什么人。破：原卷作"褪"，任二北《敦煌曲校录》谓"褪，补也，于此文意未合"，故改为"破"。

[6] 鬓：原误作"螟"。

[7] 金钗：首饰，由两股合成。

[8] 忆：原卷误作"亿"。

[9] 殿前：犹今"堂前"。

其二

自从君去后，无心恋别人。梦中面上指痕新[1]。罗带同心自绾，被㧁儿踏破裙[2]。　　蝉鬓珠帘乱，金钗旧股分[3]。红妆垂泪哭郎君。妾是南山松柏。无心恋别人。

⊙ 注释

[1]"梦中"句：承前两句谓脸上的指痕是自己在梦中弄上的。

[2]狲儿：或校作"蛮儿"，指小儿，亦可通。

[3]"金钗"句：承上谓金钗是早年丢失的。股，原卷误作"古"。

⊙ 评析

　　这二首词为问答联章，男女双方发生龃龉。第一首男方一口气怀疑女方另有所欢，提出六个疑问，原以为抓住了真凭实据，所以声色俱厉，咄咄逼人；女方则从容回答，语气间颇有狡黠意味，但内心不免虚怯。这种问答式的联章体，非常生动活泼，实有生活气息。

　　元代李文蔚《燕青博鱼·滚绣球》有一段戏与此相似，女方的伶牙俐齿，同样表现得很精彩："（正末唱）你这个养汉精，假撇清！你道是没奸夫，抵死来瞒定。恰才个谁推开这半破窗棂？（搽旦云）我支开亮窗，这里乘风歇凉来。（正末唱）谁揉的你这鬓角儿松？（搽旦云）我恰才呼猫，是花枝儿抓着来。（正末唱）谁捏的你这腮斗儿的青？（搽旦云）我恰才睡着了，是鬼捏青来。（正末唱）可也不须你折证，见放着一个不语先生。谁着这芭蕉叶纸扇翻合着酒？谁着这梨花磁钵倒暗着灯？——这公事要辩个分明！"这段杂剧如这两首词，合并来读，不是可以看出它们的一脉相承之处吗？

捣练子[1]

　　"孟姜女，杞梁妻[2]，一去燕山更不归[3]。""造得寒衣无人送[4]，不免自家送征衣。"　　　　"长城路，实难行，乳酪山下雪雾雾[5]。""吃酒只为隔饭病[6]，愿身强健早还归。"

◎ **注释**

[1] 见敦煌写卷伯三九一一、二八〇九及三三一九，题云"曲子捣练子"。《捣练子》，多为单片，五句三平韵，此首双叠。

[2] 孟姜女：汉刘向《列女传》卷四记齐杞梁殖战死，其妻哭于城下，十日而城崩。又唐人所编《琱玉集》记秦时有燕人杞良，娶孟超女仲姿为妻，因杞良遭筑长城为官吏击杀，仲姿哭于长城下，城即崩倒。梁亦作良。

[3] 燕山：山名。原卷"燕"误作"烟"。燕山，自河北蓟县蜿蜒而东，至海滨，延袤数百里。这里泛指北方边地。

[4] 造：制作。造得：犹言制成。寒衣：冬天所穿的衣服。

[5] 乳酪山：祁连山。在今甘肃西部嘉峪关以南。《太平御览》卷五引《凉州记》："祁连山，张掖、酒泉二界之上，东西二百里，南北百余里。山中冬温夏凉，宜牧牛。乳酪浓好。夏泻酪，不用器物，刈草，著其上，不散。酥特好，酪一斛，得升余酥。"故又名乳酪山。

[6] "吃酒"句：未详其义。任氏《敦煌歌辞总编》卷三："隔饭病应出老年，以酒消之，乃'食疗'之法。初唐《本草》一九：'酒，味苦，大热，有毒。主引药势，杀邪恶气。'注：'饮蒲萄酒，消痰破癖。'慧琳《一切经音义》：'癖，宿食不消也。'宜包括隔饭病在内。宋唐慎微修《政和证类本草》二五'赤小豆'目下，引《食疗本草》云：'蒲桃子酿酒，益气调中，耐饥强志。'所谓'调中'，宜包括通畅胃肠在内。初唐《本草》玉石等部中品第四'石膏'下曰：'肠胃中隔。'又木部上品内有曰：'伏苓……主隔中。'所谓'中隔'与'隔中'，应即'隔饭病'所在。"谓"隔饭病"即"宿食不消"之一种，饮酒能疗之，可备一说。

◎ **评析**

《捣练子》凡两首，另一首是离家的杞梁拜辞父母妻，上片为与父母对话，下片为夫妇对话。这一首则是孟姜女拜辞公婆。上片"造得"二句，是告别公婆的话；下片"长城"二句，是公婆劝阻；"吃酒"二句，则决意而行，祝愿公婆年老强健，送罢寒衣，早日回来侍奉。词中多写对话，正是早期民间词的特色之一。

张籍有《送衣曲》诗云："织素缝衣独苦辛，远因回使寄征人。官家亦自寄衣去，贵从妾手著君身。高堂姑老无侍子，不得自到边城里。殷勤为看初著时，征夫身上宜不宜。"反映了唐代征人与家人的情况，为认识这首词提供了背景和线索。

浣溪沙[1]

云掩茅亭书满床[2]。冰川松竹自清凉。幽境不曾凡客到[3]，岂寻常[4]。 出入每教猿闭户[5]。回来还伴鹤归庄[6]。夜至碧溪垂钓处，月如霜。

◎ 注释

[1] 词见敦煌写卷伯三八二一。

[2] 满：原卷作"漏"，形近致误。

[3] 凡客：凡人，普通的人，与词中的隐者相对。

[4] 岂寻常：岂是寻常，即不平常。岂，原误作"起"，任二北《敦煌曲校录》校改。

[5] 教：原卷作"交"，"交""教"诗词中通用，义同"使"。金昌绪《春怨》诗："打起黄莺儿，莫教枝上啼。"

[6] 归庄：到家。庄，原卷作"装"，音同致误。

◎ 评析

　　除了清凉的松竹，还有已通人意的猿鹤为伴，这位山林隐士犹如置身世外，比之另一首《浣溪沙》中"倦却诗书上钓船"的那位，更洗尽尘俗之气。这种词在唐五代还属少见，到了宋代，这种隐逸之词就更多了。

望江南[1]

天上月，遥望似一团银。夜久更阑风渐紧[2]，与奴吹散月边云[3]。照见负心人[4]。

◎ 注释

[1] 书于罗振玉藏《春秋后语》卷子背后，有《菩萨蛮》《望江南》三首。王国维《唐写本

〈春秋后语〉背后记跋》谓"此背记书于咸通间（唐懿宗年号，860—874），已有此二调，虽别字声病满纸皆是，可见沙洲一隅，自大中（唐宣宗年号，847—859）内属后，又颇接近中原之文化也。"

[2] 更阑：更残，即夜深。一夜凡五更。原误作"风阑"，王国维校改。

[3] 与奴：原作"以奴"，王国维校改。蒋礼鸿《〈敦煌曲子词集〉校议》："敦煌写本里'以'和'与'常常通用，'以奴'就是'与奴'。"云，原误作"银"，盖涉上文而误。

[4] 负：原误作"附"，王国维校改。

◎ 评析

　　本为望月怀人，末以"照见负心人"，中间藏有多少曲折。语言十分单纯，心情复杂。说对方是"负心人"，并不是决绝的话，这一点，不可误解。

望江南[1]

莫攀我，攀我太心偏。我是曲江临池柳[2]，者人折了那人攀[3]，恩爱一时间。

◎ 注释

[1] 词见敦煌写卷伯二八〇九、三九一一。

[2] 曲江：在长安东南，唐时为京师名胜。康骈《剧谈录》卷下："曲江池，本秦世陪洲，开元中疏凿，遂为胜境。其南有紫云楼、芙蓉苑，其西有杏园、慈恩寺。花卉环周，烟水明媚。都人游玩，盛于中和、上巳之节，彩幄翠帱，匝于堤岸，鲜车健马，比肩击毂……入夏，则菰蒲葱翠，柳阴四合，碧波红蕖，湛然可爱。好事者赏芳辰，玩清景，联骑携觞，亹亹不绝。"

[3] 者：同"这"。

◎ 评析

　　妓女的话，总是虚情假意的多。可是这首词却面对现实，十分冷静，不是曲意笼络，不是虚与委蛇，更倒是说得实心实意。说这些话来拒绝别人，看似无情，实际上就是一片真情，其中包含着多少辛酸。如果与前面所选的《菩萨蛮》（枕前发尽千般愿）相比，彼是外热内冷，热面冷心，此却是外冷内热，冷面热心。《花草粹编》卷五引杨湜《古今词话》二词云："这痴骏，休恁泪涟涟。他是霸陵桥畔柳。千人攀了到君攀，刚甚别离难。""荷上露，莫把作珠穿。水性本来无定度。这边圆了那边圆，终是不心坚。"拿来和这首词比较，更可以看出虚情假意与实心实意之别。

鹊踏枝[1]

尀耐灵鹊多瞒语[2]。送喜何曾有凭据[3]。几度飞来活捉取，锁上金笼休共语[4]。　　比拟好心来送喜[5]。谁知锁我在金笼里。欲他征夫早归来[6]，腾身却放我向青云里。

◎ 注释

[1] 词见罗振玉《敦煌零拾》，注云："此小曲三种，《鱼歌子》写小纸上，《长相思》及《雀踏枝》写《心经》纸背，伪字甚多，未敢臆改，姑仍其旧。"《鹊踏枝》：双调，上下片各四句三仄韵，与又名《蝶恋花》之《鹊踏枝》不同。

[2] "尀耐"句：指灵鹊报喜不真。灵鹊报喜之说最早见于《禽经》，旧题晋张华注云："鹊噪则喜生。"旧题晋葛洪《西京杂记》卷三记陆贾对樊绘论"瑞应"也有"乾鹊噪而行人至"的说法。后世代代相传。五代王仁裕《开元天宝遗事》卷下："时人之家闻鹊声皆以为喜兆，故谓灵鹊报喜。"李绅《江南暮春寄家》诗："想得心知近寒食，潜听喜鹊望归来。"敦煌变文《百鸟名》："野鹊人家最有灵，好事于先来送喜。"尀，"不可"二字的合音。尀耐，即不可耐。瞒语，谎话。瞒，原误作"满"。王重民《敦煌曲子词集》引孙楷第说校作"谩"，任二北《敦煌曲校录》校作"瞒"。

[3] 凭据：义同凭准。何曾有凭据：谓不可靠。王灼《七娘子》词："花明雾暗非花雾，似春屏、短梦无凭据。"

[4] 休共语：不要与它说话，不要理睬它。

[5] 比：唐人俗语，意谓本来。元稹《酬乐天武关南见微之题山石榴花》诗："比因酬赠为花时，不为君行不复知。"比拟，犹言本来打算，亦可引申为正准备。

[6] 欲：任二北《敦煌曲校录》校作"愿"。

◎ 评析

　　这首词写思妇与喜鹊的对话。上片说喜鹊报喜不准，把对丈夫不归来的怨恨，迁怒到喜鹊身上。"几度"二句，说得实在没有道理，但却符合思妇的心理，可谓"无理而妙"。下片喜鹊用了善意的嘲讽口吻，但思妇内心的真正愿望，却借喜鹊的话说出，果然是善解人意、懂得体贴的灵鹊。这首词表现了民间词朴拙爽朗的本色。词中且有衬字，使语言更加生动活泼。上下片用韵不同，而且不避重韵，平仄亦多不拘，这在敦煌民间词中较为常见。

　　唐王建《祝鹊》诗云："神鹊神鹊好言语，行人早回多利赂。我今庭中栽好树，与汝作巢当报汝。"说要在庭中栽树作巢，以答谢神鹊报喜的"好言语"，与这首《鹊踏枝》正好相反相成，可以互为补充。

菩萨蛮[1]

霏霏点点回塘雨[2]。双双只只鸳鸯语。灼灼野花香[3]。依依金柳黄[4]。　　盈盈江上女[5]。两两溪边舞。皎皎绮罗光[6]。轻轻云粉妆[7]。

◎ 注释

[1] 词见敦煌写卷伯三九九四。前面抄录的一首《菩萨蛮》(红炉暖阁佳人睡)，据《尊前集》，乃欧阳炯作，这一首当亦文人词。

[2] 霏霏：纷飞貌。《诗·小雅·采薇》："今我来兮，雨雪霏霏。"回塘：指池塘四周有堤，环合回绕。塘，原卷作"瑭"，形近致误。

[3] 灼灼：鲜明茂盛貌。《诗·周南·桃夭》："桃之夭夭，灼灼其华。"

[4] 依依：轻柔貌。《诗·小雅·采薇》："昔我往矣，杨柳依依。"金柳黄：柳芽初绽时，呈鹅黄色，故云。

[5] 盈盈：形容女子姿容丰满美好。《古诗十九首》其三："盈盈楼上女，皎皎当窗牖。"

[6] 皎皎：光明貌。

[7] 云粉妆：谓薄施淡妆。

◎ 评析

　　顾炎武《日知录》说"诗用叠字最难"，并称《古诗十九首》"青青河畔草"连用六叠字，"复而不厌，颐而不乱"，"下此无人可继"。这首词凡八句，句句有叠，一气连用了十个叠字，开头两个七言句还叠上加叠，显然是有意安排的。连用叠字，本来容易造成呆板做作，变成文字游戏，这首词则用得贴切，未见堆垛之病，在声调上，也流丽可诵，在敦煌词中别具一格。

长相思^[1]

其一

旅客在江西^[2]。富贵世间稀。终日红楼上^[3]，□□舞著棋^[4]。　　频频满酌醉如泥。轻轻更换金卮^[5]。尽日贪欢逐乐，此是富不归。

◎ 注释

[1] 伯四○一七为一小册，先书"曲子长愁思"五字，次行又重书"曲子长想思"五字，凡三首。三词均以"客在江西"领起，以"此是……不归"作结，乃联章之作，本书一并选录。《长相思》，双调，上下片各四句、三平韵，乃别是一体，与常见的《长相思》调不同。

[2] 旅客：《敦煌曲子词集》引孙楷第云："唐人乐府题有《估客乐》。此应作'估客'，即商人。"江西：唐置江南东道与江南西道，西道治所洪州（今江西南昌）。

[3] 红楼：指酒楼。

[4] 舞著棋：原作"闹著棋"。蒋礼鸿《敦煌词初校》引宋官本杂剧段数名目中"三教闹著棋"，指"闹著棋"乃"舞著棋"，皆曲调名，"舞"乃"闹"之所自出。任二北《敦煌曲校

录》则以"著棋"费解，改作"著辞"，"著辞乃唐人酒令中所用之曲辞，兼有歌舞"。

[5] 金卮：酒杯。

其二

哀客在江西。寂寞自家知。尘土满面上，终日被人欺。　　朝朝立在市门西。风吹泪□双垂。遥望家乡肠断[1]，此是贫不归。

⊙ 注释

[1] 肠断：原卷作"长短"。从蒋礼鸿《〈敦煌曲子词集〉校议》引朱居易说校改。

其三

作客在江西[1]。得病卧毫釐[2]。还往观消息[3]，看看似别离。　　村人曳在道傍西[4]。耶娘父母不知[5]。身上剟牌书字[6]，此是死不归。

⊙ 注释

[1] 作客：任二北《敦煌歌辞总编》卷三："'作客'之名南北朝已行。《通鉴》一五七谓高欢号令，语华人则曰：'鲜卑是汝家客，得汝一斛粟，一匹绢，为汝market贼，令汝安宁，汝何为疾之？'注：'作客，言如佣作之客。'《太平广记》七'李八百'条引《神仙传》，谓李'知汉中唐公昉有志，不遇明师，欲教授之，乃先往试之，为作客佣赁者。'从知'作客'即待催佣之工人，非作宾客也。"

[2] 毫釐：未详，疑为"蒿里"之讹。蒿里，山名，相传在泰山之南，为死者葬所。后以泛指墓地，汉时有挽歌，亦名《蒿里》。

[3] 还往：指朋友。李白《少年行》诗："遮莫枝根长百丈，不如当代多还往；遮莫亲姻连帝城，不如当身自营缵。"

[4] 村字原空，王重民《敦煌曲子集》拟补。

[5] 耶娘：同"爷娘"。

[6] 身上：身字原空，任二北《敦煌曲校录》拟补。剟牌书字：意为村人将"作客"的尸

体抛在路旁后，又插上一块有死者姓名的牌子，以便亲友认领。《太平广记》卷二四二"窦少卿"条，谓窦之从事死于村，店主埋之，"卓一牌"，上书姓名，"有识窦者经过，甚痛惜，有至亲者报其家，及令骨肉省其牌，果无谬。其家于是举哀成服，造斋相次，迎其旅榇殡葬"。与此同例。"剟牌"，原作"缀牌"，任二北《敦煌曲校录》校改。剟，刺插之意。

◎ 评析

唐自安史之乱后，经济重心南移，长江中下流地区尤为天下货利所居，客商云集。《长相思》三首为一组，记录了作客江西的三种情形：一是致富后的估客，终日红楼，贪欢逐乐，乐而忘返；一是流落的哀客，受骗被欺，贫病交加，有家难归；一是为佣的作客，病死他乡，抛尸路旁，尸骨无归。

✦ 冯延巳
（903—960）

又名延嗣，字正中，广陵（今江苏扬州）人。南唐中主李璟时，以藩邸旧臣致显，官至中书侍郎、左仆射、同平章事。延巳有辞学，多技艺、工诗。其论徐铉曰："凡人为文，皆事奇语，不尔则不足观。惟徐公率意而成，自造精极。诗冶衍道丽，具元和风律，而无洇涩纤语之习。"可见其论诗蕲向。尤喜为乐府词，"以清商自娱，为之歌诗以吟咏情性，飘飘乎才思何其清也"。词百余阕，见称于世。宋陈世修《阳春集》序谓其"思深辞丽，均律调新，真清奇飘逸之才也"。王国维《人间词话》云："冯正中词虽不失五代风格，而堂庑特大，开北宋一代风气。"

《阳春集》编于宋嘉祐三年（1058），另元丰间有崔公度所藏名《阳春录》，已佚。四印斋本《阳春集》一卷，附有王鹏运所辑补遗七首。

鹊踏枝[1]

梅落繁枝千万片。犹自多情，学雪随风转。昨夜笙歌容易散[2]。酒醒添得愁无限。 　　楼上春寒山四面。过尽征鸿[3]，暮景烟深浅[4]。一晌凭阑人不见[5]。鲛绡掩泪思量遍[6]。

◎ 注释

[1]《鹊踏枝》：《蝶恋花》。冯延巳《鹊踏枝》十四首，本书选其六首。

[2] 容易：犹言轻易、草草。

[3] 征鸿：指春天北归的鸿雁。

[4] 深浅：偏义复词，谓暮色深。

[5] 一晌：指示时间之词，有暂时、多时二义。这里取多时、许久之义。

[6] 鲛绡：传说是南海鲛人所织之绡。此指精美的手帕。掩泪：指掩面而泣。

◎ 评析

　　冯延巳《鹊踏枝》凡十四首，这是第一首。王鹏运谓这十四首词，"郁伊惝恍，义兼比兴"。清代常州词派为了推尊词体，好以比兴说词。唐五代词并非不存比兴，但真正够得上"义兼比兴"的，还属少数。像冯延巳《鹊踏枝》这类词，无须附会比兴，亦无碍其为词中上品。

　　这首词写离情，酒醒人散，不过一夕之别，就从昨宵之"容易散"转为今日之"思量遍"了。"容易散"三字，不但唤来离愁无限，同时也唤来悔恨无限。"梅落"三句，犹之宋祁《落花》诗云："将飞更作回风舞"，见出临去时依依惜别的状态，可惜醉中甤腾不觉，有负此情，这也是"容易散"的一层含意。"容易散"是追悔语，更是多情语，愈是别后"思量遍"的，愈是悔恨时的"容易散"。这首词就表现了这种心理的转换。冯延巳《鹊踏枝》第六首说："思量一夕成憔悴。"又为这种心理转换作进一步的申述了。

鹊踏枝[1]

谁道闲情抛掷久。每到春来，惆怅还依旧。日日花前常病酒[2]。不辞镜里朱颜瘦。　　河畔青芜堤上柳[3]。为问新愁，何事年年有。独立小桥风满袖。平林新月人归后。

◎ 注释

[1] 此词与后面"几日行云何处去""六曲阑干偎碧树""庭院深深深几许"诸阕，又见欧阳修《近体乐府》；"六曲阑干偎碧树"，又见晏殊《珠玉词》，今人有不少考证，可信为冯延巳作。五代宋初，词作为流行的歌词传唱甚广，谁是这些歌词的作者，当时人们并不深究，有些作者甚至自悔少作，还要讳莫如深。

[2] 病酒：不胜酒力，为酒所病。

[3] 青芜：丛生的青草。《古诗十九首》："青青河畔草。"

◎ 评析

　　开篇自设问答。《艺蘅馆词选》引梁启超云："稼轩《摸鱼儿》（更能消几番风雨）起处，从此脱胎。文前有文，如黄河伏流，莫穷其源。"而益见其"闲情"之深。自陶渊明作《闲情赋》以后，唐宋诗词尤其是词，咏"闲情"就成了重要的主题之一。词中的"闲情"犹如诗中的"无题"，其内容难以确定，有时近于春情离情，有时又不是，无以名之，故称之为"闲情"。这首词写的"闲情"，就情有独钟，不能自已，缠绵悱恻，不可捉摸。"每到春来，惆怅还依旧"，"为问新愁，何事年年有"，很多人能有这种感觉，可是很多人就难以回答这些隐秘而微妙的问题。这种闲情，实际上就是一种内在的、气质的、待时而发，且带有某种青春期心理特征的复杂情绪。清淡而弥永，浅而弥真，怎么也摆脱不了，不惟心情犹如中酒，甚至甘愿为之消瘦。"独立小桥风满袖，平林新月人归后"，篇末把这种诚挚的感情带进了更深沉、更净化的诗意境界，简直是忘却了自己、忘却了一切、忘却了存在的一种痴情了。

陈廷焯《白雨斋词话》卷六谓冯延巳《蝶恋花》这种闲情，"沉着痛快之极，然却是从沉郁顿挫来，浅人何足知之"，所见颇是。但这里所说的"浅人"，应包括情浅者与思浅者。

北宋晏殊词，为学冯延巳，其《渔家傲》(楚国细腰)末云："却傍小阑凝坐久，风满袖，西池月上人归后。"就专学此词结句，意境相仿而有所不逮。

鹊踏枝

秋入蛮蕉风半裂[1]。狼籍池塘，雨打疏荷折。绕砌蛩声芳草歇[2]。愁肠学尽丁香结[3]。　　回首西南看晚月。孤雁来时，塞管声鸣咽[4]。历历前欢无处说。关山何日休离别。

◎ 注释

[1] 蛮蕉：南方的芭蕉。蛮，指南方。

[2] 蛩声：蟋蟀的叫声。

[3] "愁肠"句：意谓愁肠百结。丁香结，以丁香花蕾喻愁思固结不解。详见前毛文锡《更漏子》(春夜阑)注[3]。

[4] 塞管：指羌笛。

◎ 评析

这首词写思妇离情。秋风萧瑟、秋荷狼藉、秋虫悲鸣，层层渲染，不禁愁肠如结。而孤雁晚月，塞管呜咽，更切合此时的身世及其心情，从而逼出"关山何日休离别"这种内心深处的呼喊。

鹊踏枝

花外寒鸡天欲曙[1]。香印成灰[2]，起坐浑无绪[3]。庭际高梧凝宿雾。卷帘双鹊惊飞去。　　屏上罗衣闲绣缕[4]。一晌关情，忆遍江南路。夜夜梦魂休谩语[5]。已知前事无寻处。

◎ 注释

[1] 寒鸡：谓鸡因天寒而提早司晨。鲍照《舞鹤赋》："感寒鸡之早晨。"

[2] 香印：标有等距印记的香。唐宋时用以计时辰。白居易《酬梦得以予五月长斋延僧徒绝宾友见戏十韵》诗："香印朝烟细，纱灯夕焰明。"

[3] 浑：犹云全然。

[4] 闲绣缕：懒得刺绣。

[5] 谩：通"瞒"。谩语：谎话。

◎ 评析

　　中夜起坐，天寒雾重，香冷成灰。心情也一样阴冷。往日的欢情一去不返，再难寻觅。但虽明知如此，还是沉浸于回忆，求索于梦寐，因为这是生活中唯一尚可依赖的支撑点了。"夜夜梦魂休谩语，已知前事无寻处"，是既清醒又不清醒的话。理智上是"已知"，感情上仍是割不断的。"休谩语"，即是明知其假而犹冀其真，到底还是痴心不已。

鹊踏枝

萧索清秋珠泪坠。枕簟微凉，展转浑无寐[1]。残酒欲醒中夜起。月明如练天如水[2]。　　阶下寒声啼络纬[3]。庭树金风[4]。悄悄重门闭[5]。可惜旧欢携手地。思量一夕成憔悴。

[1] 展转：翻身貌，形容愁思不寐，卧不安席。浑：全然。

[2] 如练：像白绢一样洁白。

[3] 络纬：虫名，即莎鸡。俗称络丝娘、纺织娘。李白《长相思》诗："络纬秋啼金井阑，微霜凄凄簟色寒。"

[4] 金风：秋风。《文选》张协《杂诗》之三："金风扇素节，丹霞启阴期。"李善注："西方为秋而主金，故秋风曰金风也。"

[5] 重门：层层设门。

◎ 评析

　　此词上下片的两结句，都是名句。词中笼罩着一种凄清孤独的气氛，使"思量一夕成憔悴"成了必然的、可信的结果。俞陛云《五代词选释》说此词"写景句含婉转之情，言情句带凄凉之景，可谓情景两得。"

鹊踏枝

几度凤楼同饮宴。此夕相逢，却胜当时见。低语前欢频转面。双眉敛恨春山远[1]。　　蜡烛泪流羌笛怨[2]。偷整罗衣，欲唱情犹懒。醉里不辞金爵满[3]。《阳关》一曲肠千断[4]。

◎ 注释

[1] 春山：指女子眉式。

[2] 蜡烛泪流：杜牧《赠别》诗："蜡烛有心还惜别，替人垂泪到天明。"羌笛怨：王之涣《凉州词》之一："羌笛何须怨杨柳。"羌笛：乐器，原出古羌族。汉马融《长笛赋》："近世双笛从羌起。"

[3] 金爵：酒杯。

[4] 《阳关》：指王维所作《送元二使安西》，后人称为《阳关曲》，用于饯行。白居易《晚春

欲携酒寻沈四著作》诗："最忆《阳关》唱，真珠一串歌。"自注："沈有讴者，善唱'西出阳关无故人'辞。"李商隐《赠歌者》诗："红绽樱桃含白雪，断肠声里唱《阳关》。"

◎ 评析

　　这首词写别情。"几度凤楼同饮宴"，是昔日欢会，"此夕相逢"，则是今日离筵，背景不同，心情自然随之有异了。下片所写歌妓神态，不辞酒醉而再唱骊歌一曲，有着依依惜别之情，有人说是用"巧言以饰其伪"，则未免杀风景，大可不必。

鹊踏枝

几日行云何处去[1]。忘却归来，不道春将暮[2]。百草千花寒食路。香车系在谁家树[3]。　　泪眼倚楼频独语。双燕飞来，陌上相逢否。[4]撩乱春愁如柳絮。悠悠梦里无寻处。

◎ 注释

[1] 行云：喻冶游不归的男子。

[2] 不道：不顾，不管。

[3] 香车：卢照邻《长安古意》诗："长安大道连狭斜。青牛白马七香车。"温庭筠《湘东宴曲》诗："欲上香车俱脉脉，清歌响断银屏隔。"

[4] "双燕"二句：况周颐《蕙风词话》卷三引《织余琐述》："元好问《清平乐》云：'飞去飞来双乳燕，消息知郎近远。'用冯延巳'双燕飞来，陌上相逢否'句意。彼未定其逢否，此则直以为知，唯消息近远未定耳。妙在能变化。"

◎ 评析

　　这首词写闺怨，是因对方别有所欢而遭遗弃。薄情男子，冶游不归，犹如"行云"。以"行云"喻人，切合词中情事，又富于暗示，十分含蓄。"百草千花"，用辞也典丽双关，暗中包括那些招蜂引蝶的女人，颇带鄙薄意识。谭献《蝶恋花》词："连理枝头侬与汝，千花百草从渠许。"以连理枝头与千花百草对举，正可与此对看。"泪眼倚楼"三句，问燕实即自问。"何处去""谁家树""相逢否"接连三个问句，其实是一件心事，就是"香车系在谁家树"。这个心事使她心绪缭乱，日思夜梦，不但愁如飞絮，连整个身心也像飞絮一样悠悠无着了。前人谓这类词"义兼比兴"，借男女恋情写家国身世之感。谭献《复堂词话》就说："'行云''百草''千花''香车''双燕'，必有所托。"王国维《人间词话》甚至认为"百草千花"二句，如"诗人之忧世。"不过这些说法用在冯延巳身上，尚难以找到坚实可靠的依据。但这类词情辞婉转，吐属芳悱，辞约义丰，一往情深，容易使人产生联想和比附，因而对于上述多种解说，也就不难理解了。

鹊踏枝

庭院深深深几许[1]。杨柳堆烟[2]，帘幕无重数。玉勒雕鞍游冶处[3]。楼高不见章台路[4]。　　雨横风狂三月暮。门掩黄昏，无计留春住。泪眼问花花不语。乱红飞过秋千去。[5]

◎ 注释

[1] 几许：犹言多少。

[2] 堆烟：形容杨柳浓密。

[3] 玉勒雕鞍：华贵的马衔与马鞍。玉勒，玉饰的马衔。雕鞍，彩绘的马鞍。

[4] 章台路：汉时长安有章台街，多妓居。此指游冶之地。

[5] "泪眼"二句：唐严恽《落花》诗："春光冉冉归何处，更向花前把一杯。尽日问花花不语，为谁零落为谁开。"张宗橚《词林纪事》卷四谓"此阕二语似本此"。乱红，落花。

◎ 评析

李清照非常喜欢这首词，尤其是"深深深几许"之语，为此写了《临江仙》"庭院深深"数阕（今传一首）。因为不但词旨浓丽，意境幽邃，而且连用三个叠字，声声入耳，从音节声调上亦殊美听。

这首词的一起一结，都很警策。"庭院深深深几许，杨柳堆烟，帘幕无重数"，写深闺幽居，身心如同封闭一般，且又备受冷漠，怨恨莫诉之感。结句泪眼问花，花不语而飞过秋千，问而不答，实际上是不答之答，以比之语言更为清楚的事实，告诉她面临的雨横风狂，落地委地的悲惨命运。王又华《古今词话》引毛稚黄曰："词家意欲层深，语欲浑成。作词者大抵意层深者，语便刻画；语浑成者，意便肤浅，两难兼也。""泪眼问花"二句，"可谓层深而浑成，何也？因花而有泪，此一层意也；因泪而问花，此一层意也；花竟不语，此一层意也；不但不语，且又乱落，飞过秋千，此一层意也。人愈伤心，花愈恼人，语愈浅而意愈入，又绝无刻画费力之迹，谓非层深而浑成耶？然作者初非措意，直如化工生物，笋未出而苞节已具，非寸寸为之也。"

鹊踏枝

六曲阑干偎碧树。杨柳风轻，展尽黄金缕[1]。谁把钿筝移玉柱[2]。穿帘海燕双飞去[3]。　　满眼游丝兼落絮。红杏开时，一霎清明雨[4]。浓睡觉来莺乱语。惊残好梦无寻处。

◎ 注释

[1] 黄金缕：指柳丝。白居易《杨柳枝》诗："一树春风千万枝，嫩于金色软于丝。"李商隐《谑柳》诗："已带黄金缕，仍飞白玉花。"

[2] "谁把"句：谁在用筝弹曲。钿筝，嵌钿之筝。玉柱，玉制的弦柱，用以架弦。移玉柱，

指调弦定音。

[3] 海燕：燕子的别称。古人以为燕子产于南方，渡海而至，故称海燕。唐沈佺期《古意》
之一："卢家少妇郁金堂，海燕双栖玳瑁梁。"

[4] 一霎：谓时间极短，犹言一下子、倾刻间。孟郊《春后雨》诗："昨夜一霎雨，天意苏
群物。"

◉ 评析

　　杨柳微风，钿筝细曲，海燕穿帘，杏花着雨，这些都在她的心田
上，轻轻地飘落，又轻轻地拂去。青春年华正在尽情地享受这美好的韶
光，发生了难以觉察的萌动。末了"浓睡"两句，写得迷离而朦胧，妙
在有意无意之间。这些闺中惊梦，似乎是若有所思，似乎也未可确指。
冯延巳所擅长的，就是词中的这种纯情境界。所以谭献《复堂词话》评
之为"金碧山水，一片空蒙。"那种一一落实的解说，反而把这种纯情
的境界统统破坏了。

采桑子[1]

小堂深静无人到，满院春风。惆怅墙东。一树樱桃带雨
红。　　愁心似醉兼如病，欲语还慵[2]。日暮疏钟。双
燕归栖画阁中。

◉ 注释

[1]《阳春集》著录《采桑子》十三首，本书选其第五、第七、第十二首。

[2] 慵：懒。

◉ 评析

　　冯延巳《采桑子》凡十三首。陈秋帆《阳春集笺》说，这十三首词
"情采足媲《花间》，然玩其词旨，流丽中有沉着气象，实轶过之。"这

里所选的是第五首，写闺中春愁。小堂昼静，春风满院，墙东樱桃，雨中火红，双燕归来，并栖画阁，但此中人却深感孤独，泛起了一阵青春期的感情涟，而且愁心如醉似病，眼前的美好春光反而都使她惆怅不已，怅触无端。这种涉及内心隐秘而微妙的复杂心情，是欲语未能的。词中常说"愁心似醉"，此词还进一步说愁心如病，则愁更深矣。盖醉尚易醒，病却难治，"欲语还慵"，至少就是病已三分的症状。

采桑子

笙歌放散人归去，独宿江楼。月上云收。一半珠帘挂玉钩。　　起来点检经游地[1]，处处新愁。凭仗东流。将取离心过橘洲[2]。

◎ 注释

[1] 点检：回顾，反思。钱起《初至京口示诸弟》诗："点检平生事，焉能出荜门。"

[2] 离心：离愁。橘洲：橘子洲。在今湖南长沙西湘江中，多美橘，故名。郦道元《水经注·湘水》："湘水又北迳南津城西，西对橘洲。"唐杜易简《湘洲新曲》之一："昭潭深无底，橘洲浅而浮。"

◎ 评析

当筵笙歌，浓意嘉兴，人所共知，而酒阑人散，则顿起孤寂失落之感，也是人所共有。此词不仅写"笙歌放散人归去"以后的"独宿"之感，同时由这次的歌散人归，联想到往日这样的忽聚忽散，觉得这一次次的聚散，都让人一次次地备尝着新的离愁、新的孤寂的况味。末了将离心托东流之水，送过橘洲，这或指旧游之地，或所怀之人所在。据夏承焘先生《冯正中年谱》，冯延巳四十岁以前行踪不明，是否曾游湘中，尚无证据。其《归国谣》词有"扁舟远送潇湘客""来朝便是关山隔"之语，或与此词"将取离心过橘洲"有关。保大九年（951），南唐中主李璟以边镐为湖南安抚使，进军潭州（今湖南长沙），湖南遂平。冯延巳时年四十九，出镇抚州（今江西临州），为李璟作《庐山开先寺记》，有"长沙砥平，拓土宇数千里"之句，见《全唐文》卷八七六。次年三月，冯延巳拜相，十一月，刘言攻长沙，尽据湖湘，冯延巳以失地自劾，罢相，此词言及橘洲，与南唐湖湘之失不知是否有关，录以备考。

采桑子

洞房深夜笙歌散，帘幕重重。斜月朦胧。雨过残花落地红。　　昔年无限伤心事，依旧东风。独倚梧桐。闲想闲思到晓钟[1]。

◎ 注释

[1]晓钟：犹言天明。

◎ 评析

　　这首词与前首一样，写席罢人散后的孤独，由此触发往事，感到"无限伤心"。词中并未明言"伤心事"是什么，但总是感旧怀人，伤离伤别。因为重聚无日，只有在"闲想闲思"中去回味了。"独倚梧桐，闲想闲思到晓钟"，两用"闲"字，实际上并不闲，语浅而情深，把感情带进了一个既往不复的沉思境地。

临江仙[1]

秣陵江上多离别[2]，雨晴芳草烟深。路遥人去马嘶沉[3]。青帘斜挂[4]，新柳万枝金[5]。　　隔江何处吹横笛，沙头惊起双禽。徘徊一饷几般心[6]。天长烟远，凝恨独沾襟。

◎ 注释

[1]《阳春集》录《临江仙》三首,本书选其第一首。

[2] 秣陵:南唐都城金陵,今江苏南京。

[3] 马嘶沉:犹言马声消失,指人已远去。

[4] 青帘:酒店前挂的旗帜,俗称酒望子。唐郑谷《旅寓洛阳村舍》诗:"白鸟窥鱼网,青帘认酒家。"

[5] 万枝金:新柳色呈金黄,故云。

[6] 一晌:许久,多时。几般心:喻别后各种复杂的思绪。

◎ 评析

　　南唐李昇即位(937)后,即定都金陵。冯延巳初为太子李璟掌书记,后官至宰相,除中间有数年出镇抚州外,大多岁月都在金陵度过。建隆二年(961),以淮上用兵,南唐迁都洪州(今江西南昌),时冯延巳已卒,这首词写秣陵江上的离别,当作于金陵。上片江上送行,马嘶人远,下片遥望无极,徘徊泣下。江上新柳成行,万枝飘金,是离别时的环境,也意在烘托别后怅望时的心绪。"隔江何处吹横笛,沙头惊起双禽",同时也惊动徘徊不去者的心境,进入更深层的感情世界。俞陛云《五代词选释》云:"寻常离索之思,而能手作之,自有高浑之度。"

清平乐^[1]

雨晴烟晚。绿水新池满。双燕飞来垂柳院。小阁画帘高卷。　　黄昏独倚朱阑。西南新月眉弯。砌下落花风起,罗衣特地春寒^[2]。

◎ 注释

[1]《阳春集》载《清平乐》三首,本书选其第二首。

[2] 特地:特别。

⊙ 评析

　　这首词上下片分别由远及近，展现春夏之交小阁登眺的黄昏景象。上片写雨后新绿初涨，池塘水满，柳院燕归，画帘高卷，都是阁中闲眺所见。下片"黄昏独倚朱阑，西南新月眉弯"，天朗气清，一片纯净，情境堪画。最后写到入夜风起，砌下花落，寒意袭人，芳心微感，掀起了心底的阵阵微澜，令人自警。通篇俱以景物烘托人情，景中见人，写法很为高妙。或谓"落花""春寒"句，"论词则秀韵珊珊，窥词意或有忧谗自警之思"，则不免深文周内，反而使这种珊珊秀韵遭到破坏了。

醉花间 [1]

晴雪小园春未到。池边梅自早。高树鹊衔巢，斜月明寒草。　　山川风景好。自古金陵道。少年看却老。相逢莫厌醉金杯，别离多，欢会少。

⊙ 注释

[1]《醉花间》：唐教坊曲名，上片四句四仄韵，下片六句四仄韵。《阳春集》载《醉花间》四首，本书选其第三首。

⊙ 评析

　　"人有悲欢离合，月有阴晴圆缺"，而人间偏偏又是"别离多，欢会少"，所以每对契阔谈宴，当筵嘉兴，倍加珍重。这首词的主旨就在于此。词从当前景物落笔，以别易会难的感叹作结，中间劝人"相逢莫厌醉金杯"，快乐当前，用语浅淡而永，格调俊朗高远。冯词的这种风格对晏殊词沾溉极深。刘攽《中山诗话》云："晏元献（殊）尤喜江南冯延巳歌词，其所自作，亦不减延巳。"刘熙载《艺概》卷四云："冯延巳词，晏同叔（殊）得其俊，欧阳永叔（修）得其深。"晏殊《谒金门》

词：“秋露坠。滴尽楚兰红泪。往事旧欢何限意，思量如梦寐。　　人貌老于前岁。风月宛然无异。座有嘉宾尊有桂。莫辞终夕醉。”又《浣溪沙》词：“一向年光有限身。等闲离别易销魂。酒筵歌席莫辞频。满目山河空念远。落花风雨更伤春。不如怜取眼前人。”将它们与冯词对看，就可以具体地看出冯词对晏词的影响。

　　王国维《人间词话》于此词尤赏其“高树”二句，认为“正中词除《鹊踏枝》《菩萨蛮》十数阕最煊赫外，如《醉花间》之‘高树鹊衔巢，斜月明寒草’，余谓韦苏州（应物）之‘流萤度高阁’，孟襄阳（浩然）之‘疏雨滴梧桐’不能过也”。

谒金门

杨柳陌。宝马嘶空无迹[1]。新著荷衣人未识。年年江海客。[2]　　梦觉巫山春色[3]。醉眼飞花狼藉。起舞不辞无气力。爱君吹玉笛[4]。

◎ 注释

[1]“宝马”句：谓送行后马嘶人远。李贺《金铜仙人辞汉歌》诗：“茂陵刘郎秋风客，夜闻马嘶晓无迹。”

[2]“新著”二句：《九歌·少司命》：“荷衣兮蕙带，倏而来兮忽而逝。”这里用荷衣，是状其洁白。新著荷衣，有美少年的风度。江海客，指浪迹江湖，是想象、估猜之辞。

[3]巫山春色：喻指男女欢会。

[4]玉笛：玉制的笛。李白《春夜洛城闻笛》诗：“谁家玉笛暗飞声，散入春风满洛城。”

◎ 评析

　　爱君玉笛，为君起舞，不仅甘愿“为郎憔悴”，而且还是一种真正的知音的感遇。自常州词派大倡“比兴”论词之风以后，论者尤好以男女恋情比附君臣关系来解释冯延巳词。有人谓此词的结句，有意无意之间，寓有"效忠尽瘁之思"。但自张惠言《词选》直至陈廷焯《白雨斋词话》，都已发现这样解说词旨，每与冯延巳的人品和行事有所不合，发生矛盾。就《阳春集》全体来说，冯延巳词还是以用于应歌的歌词居多。作词多存寄托，须待词发展到北宋苏轼诸大家时，则始畅此风。

谒金门[1]

风乍起。吹皱一池春水。[2]闲引鸳鸯香径里。手挼红杏蕊[3]。　　斗鸭阑干独倚[4]。碧玉搔头斜坠[5]。终日望君君不至。举头闻鹊喜。

◎ 注释

[1] 陈振孙《直斋书录解题》卷二一据崔公度《阳春集》，谓此词乃成幼文作，朱彝尊《词综》从之，不确。当据《尊前集》及马令《南唐书》定为冯词。

[2] "风乍起"二句：陈霆《渚山堂词话》卷一："晚秋曲寄《谒金门》，刘伯温（基）作也。首云：'风嫋嫋，吹绿一庭秋草。'为语亦佳。然即'风乍起，吹皱一池春水'格耳。以二言细较，刘公当退避一舍。"乍起，骤起。

[3] 挼（ruó）：用手揉搓。手搓杏花，引逗鸳鸯，为倒装句法。

[4] 斗鸭阑干：古人养鸭于栏，使斗以为游戏。宋赵与时《退宾录》卷八："冯延巳《谒金门》长短句，脍炙人口。其'斗鸭阑干独倚'句，人多疑鸭不能斗。余按《三国志·孙权传》引《江表传》曰：'魏文帝遣使求斗鸭。群臣奏宜勿与。权曰：彼在谅暗之中，所求若此，岂可与言礼哉？具以与之。'《陆逊传》：'建昌侯卢，作斗鸭阑。逊曰：君侯宜勤览经典，用此何为。'《南史·王僧达传》：'僧达为太子舍人，坐属疾，而往扬州桥观斗鸭，为有司所劾。'《新唐书·王祐传》：'祐善养斗鸭，方未反时，狸咋鸭四十余，绝其头去，及败，牵连诛死者四十余人。'则斗鸭盖古有之矣。"唐韩翃《送客还江东》诗："还家不落春风后，数日应沽越人酒。池畔花深斗鸭栏，桥边雨洗藏鸦柳。"

[5] 碧玉搔头：碧玉簪。斜坠：形容发髻蓬松，玉簪插不紧，并非真的掉下。

◎ 评析

关于这首词，有一段词林佳话。马令《南唐书·冯延巳传》："元

234

宗（南唐中主李璟）尝戏延巳曰："'吹皱一池春水'，干卿何事？'延巳曰："未若陛下'小楼吹彻玉笙寒'。'元宗悦。"按宋魏泰《东轩笔录》卷五，谓王安石论晏殊词曰："为宰相而作小词，可乎？"李璟以"干卿何事"调侃冯延巳，用意正与王安石说的相同，仅仅没有说破而已。冯延巳的答辞，则又如柳永回答晏殊责问他为何作词时说的："只如相公亦作曲子。"这些故事背景不同，但极为相似，反映了词之一体在当时人们心目中的地位。

首句以春风骀荡，吹皱池水比喻女子感情上的涟漪，自然贴切，耐人寻味。"闲引"两句，写女子摘下红杏花蕊，抛入水中，引鸳鸯为戏，表示情有所属，与下片"终日望君"关合。下片写阑干独倚，云鬟不整，透露出孤独的心境，失望之中忽闻鹊报喜，重聚有望，因而稍得宽慰。词中以鸳鸯、斗鸭、喜鹊等，点缀风物，兴起感情，是其特点。贺裳《皱水轩词筌》："'无凭谙鹊语，犹得暂心宽'，韩偓语也。冯延巳去偓不多时，用其语曰：'终日望君君不至，举头闻鹊喜。'虽窃其意，而语加蕴藉。"沈际飞《草堂诗余正集》卷一："闻鹊报喜，须知喜中还有疑在。无非望泽希宠之心，而语自清隽。"陈廷焯《闲情集》卷一："结二语若离若合，密意痴情，婉转如见。"李煜也喜欢冯延巳词，冯延巳卒后，常令人歌冯词。清彭元瑞《五代史记注》卷六二引江邻几《杂识》云："李后主于清微（辉）殿歌'楼上春寒（水）四面'，学士刁衎起奏：陛下未睹其大者远者耳。人疑其有规讽，讯之，云'风乍起，吹皱一池春水'。""风乍起"二句如何为"大者远者"，惜未得其详。

清龚自珍于嘉庆十八年（1813）应顺天试未果，出都时作《金缕曲》述怀。上片云："我又南行矣。笑今年、鸾飘凤泊，情怀何似。纵使文章惊海内，纸上苍生而已。似春水、干卿何事？暮雨忽来鸿雁杳，莽关山、一派秋声里。催客去，去如水。"全用冯语入词，却沉郁苍凉，情味顿别。

归国遥[1]

其一

何处笛。终夜梦魂情脉脉[2]。竹风檐雨寒窗隔[3]。　　离人数岁无消息[4]。今头白。不眠特地重相忆[5]。

◎ 注释

[1] 原作《归自谣》，据马令《南唐书》卷二十一所引改。双调，上下片各三句三仄韵。《阳春集》录冯延巳《归国遥》三首，本书一并选录。

[2] 终夜：一作"深夜"。梦魂：一作"梦回"。

[3] 檐雨：一作"帘雨"。隔：一作"滴"。

[4] 数岁：一作"几岁"。

[5] 特地：犹云特别。

其二

春艳艳[1]。江上晚山三四点[2]。柳丝如剪花如染[3]。　　香闺寂寂门半掩[4]。愁眉敛。泪珠滴破胭脂脸[5]。

◎ 注释

[1] 艳艳：一作"滟滟"。

[2] 晚山：一作"晚峰"。

[3] 柳丝如剪：唐贺知章《咏柳》诗："碧玉妆成一树高，万条垂下绿丝绦。不知细叶谁裁出，二月春风似剪刀。"

[4] 寂寂：一作"寂寞"。

[5] "泪珠"句：指泪水融化了脸上的脂粉。

其三

江水碧[1]。江上何人吹玉笛[2]。扁舟远送潇湘客[3]。　　芦花千里霜月白。伤行色。来朝便是关山隔。[4]

◎ 注释

[1] 江水：一作"寒山"，又作"寒水"。

[2] 江上：一作"江水"。

[3] "扁舟"句：唐郑谷《淮上与友人别》诗："扬子江头杨柳春，杨花愁杀渡江人。数声风笛离亭晚，君向潇湘我向秦。"本词上片即化用此诗诗意。

[4] "芦花"三句：唐薛涛《送友人》诗："水国蒹葭夜有霜，月寒山色共苍苍。谁言千里自今夕，离梦杳如关塞长。"来朝，一作"明朝"。

◎ 评析

　　冯延巳《归国遥》凡三首。第一首是对"数岁无消息"的离人杳不可问的思念，情致浑厚。俞陛云《五代词选释》谓其"挥毫直书，不用回折之笔，而情意自见。格高气盛，嗣响唐贤"。第二首写别后香闺寂寂，以泪度日的愁限。陈秋帆《阳春集笺》云："'愁眉敛。泪珠滴破胭脂脸'，与韦庄（《天仙子》）'恨重重。泪界莲腮两线红'同一风韵，较后主（李煜《望江南》）'多少泪。断脸复横颐'为隽。"第三首写江边送别。陈廷焯《云韶集》卷一云："句句有骨，不同泛写。结得苍凉。"马令《南唐书》卷二一云："冯延巳著《乐章集》百余阕，其《鹤冲天》词云（词从略），又《归国遥》词云：'江水碧（下从略）。'见称于世。"

南乡子

细雨湿流光[1]。芳草年年与恨长。烟锁凤楼无限事，茫茫。鸾镜鸳衾两断肠。　　魂梦任悠扬。睡起杨花满绣床。薄幸不来门半掩[2]，斜阳。负你残春泪几行。

[1]"细雨"句：意谓蒙蒙细雨，飘落在芳草上，微风吹过，草上闪动阵阵白光，好像流动
　　一般。

[2]薄幸：指薄情郎。

◎ 评析

　　这首词写闺怨，薄幸不来，凤楼烟锁，鸾镜鸳衾，形单影只，无限往事，只换来年年长恨。有人谓为此中亦有寄托，不能作艳情词看待。但历来于此词，特赏其"细雨湿流光"一句。张端义《贵耳集》卷上引周文璞语云："《花间集》（冯词不见《花间集》，此为误记）只有五字绝佳，'细雨湿流光'，景意俱微妙。"王国维《人间词话》云："人知和靖（林逋）《点绛唇》、圣俞（梅尧臣）《苏幕遮》、永叔（欧阳修）《少年游》三阕，为咏春草绝调，不知先有正中'细雨湿流光'五字，皆能摄春草之魂者也。"陈秋帆《阳春集笺》云："按'细雨湿流光'，昔人多激赏之，周方泉、王荆公均极赞其妙。余谓冯此语，实本温庭筠《荷叶杯》'朝雨湿愁红'、皇甫松《怨回纥》'江路湿红蕉'而来。又陈鹄《耆旧续闻》称赵彦端《谒金门》'波底夕阳红湿'，盖用'细雨湿流光'与'一帘疏雨湿春愁'之'湿'云云。'一帘疏雨'，孙光宪《浣溪沙》词。词人善用'湿'字，《阳春》则承先启后耳。"

长命女[1]

春日宴，绿酒一杯歌一遍[2]。再拜陈三愿。一愿郎君千岁。二愿妾身常健[3]。三愿如同梁上燕。岁岁长相见。

◎ 注释

[1]《长命女》：一名《薄命女》。唐教坊曲，七句，六仄韵。《词谱》卷三于"再拜陈三愿"
　　处分片，作双调。

[2]一遍：一曲。

[3]妾：古代女子对自己的谦称。

◎ 评析

　　这是一首歌筵间的祝酒辞，唐宋时盛行以歌侑酒，产生了很多劝酒曲，此词就在席上为歌伎写的。用以尊客，也用以助兴。因词中连陈三愿，故又称为"三愿词"。这种以祝愿为祝酒的方式，并不始于冯延巳。白居易于开成四年（839）在洛阳写的《赠梦得（刘禹锡）》诗中就以三愿祝酒："前日君家饮，昨日王家宴。今日过我庐，三日三会面。当歌聊自放，对酒交相劝。为我尽一杯，与君发三愿。一愿世清平，二愿身强健，三愿临老头，数与君相见。"吴曾《能改斋漫录》卷一七记宋时无名氏的《雨中花》，进而以五愿祝酒："我有五重深深愿。第一愿，且图久远。二愿恰如雕梁双燕，岁岁得长相见。三愿薄情相顾恋。第四愿，永不分散。五愿奴哥，收因结果，做个大宅院。"

喜迁莺[1]

宿莺啼，乡梦断，春树晓朦胧。残灯和烬闭朱栊[2]。人语隔屏风。　　香已寒，灯已绝。忽忆去年离别。石城花雨倚江楼。波上木兰舟[3]。

◎ 注释

[1]《喜迁莺》：唐时本是贺人及第的曲子，《花间集》中韦庄所作，犹咏调名本意。双调，上片五句三平韵，下片五句二仄韵，二平韵。

[2]朱栊：红色的窗户。

[3]木兰舟：船的美称。

◎ 评析

　　晓莺啼鸣，惊断乡梦，香冷灯绝，忽然想起去年离别的情景：送者倚楼凝望，行者舟头回顾，依依难舍。从回忆中写出去年石城江上的离别场面，别具一格。

芳草渡[1]

梧桐落，蓼花秋。烟初冷，雨才收。萧条风物正堪愁。人去后，多少恨，在心头。　　　　燕鸿远。羌笛怨。渺渺澄江一片[2]。山如黛，月如钩。笙歌散。魂梦断。倚高楼。

◎ 注释

[1]《芳草渡》：上片八句四平韵，下片八句错用五仄韵、二平韵。

[2]澄江：指江水清澈。

◎ 评析

　　这首词写愁思。沈际飞《草堂诗余》别集卷一云："悲促之音，像《花间·三字令》。"陈廷焯《别调集》卷一云："语短韵长，音节绵邈。"陈秋帆《阳春集笺》又谓"多少恨"二句，"与李煜《乌夜啼》'别是一般滋味在心头'，同一凄婉"。

抛球乐[1]

其一

酒罢歌余兴未阑[2]。小桥清水共盘桓[3]。波摇梅蕊当心白[4]，风入罗衣贴体寒。且莫思归去，须尽笙歌此夕欢。

[1]《阳春集》载《抛球乐》八首，组成联章。本书选其第一、第二两首。

[2] 兴未阑：兴未尽。

[3] 盘桓（huán）：逗留不进貌。

[4] 白：指梅蕊倒映在水波中所呈现出来的光影。

其二

逐胜归来雨未晴[1]。楼前风重草烟轻。谷莺语软花边过[2]，
《水调》声长醉里听[3]。款举金觥劝[4]，谁是当筵最有情。

◎ 注释

[1] 逐胜：寻求胜景，与"寻胜"义近。

[2] 谷莺语软：刚出山谷的黄莺鸣着娇柔的声音。语软，声音柔婉貌。

[3]《水调》：曲调名。杜牧《扬州三首》诗："谁家唱《水调》，明月满扬州。"自注："炀
帝开汴渠成，自作《水调》。"郭茂倩《乐府诗集》卷七九《近代曲辞·水调歌序》引
《乐苑》："《水调》，商调曲也。旧说《水调》《河传》，隋炀帝幸江都时所制。曲成奏之，
声韵怨切。"

[4] 款：《广雅·释诂》："款，诚也。"金觥（gōng）：酒杯。韦庄《边上逢薛秀才话旧》
诗："前年同醉武陵亭，绝倒闲谭坐到明。也有绛唇歌白雪，更怜红袖夺金觥。"

◎ 评析

《抛球乐》是一种兼有歌舞的劝酒曲，常用于筵间行令，为"抛
打曲"之一。球本作"毬"，唐时球形椭圆，凡称正圆之物皆曰丸不曰
球。刘禹锡有《抛球乐》二首："五彩绣团团，登君玳瑁筵。最宜红烛
下，偏称落花前。上客如先起，应须赠一船（一船即一杯）。""春早见
花枝，朝朝恨发迟。及看花落后，却忆未开时。幸有《抛球乐》，一杯
君莫辞。"可见当时酒筵间以《抛球乐》行令的情况。

冯延巳《抛球乐》凡八首，是一组联章，用于夜筵，次序井然。这
里选其二首。第一首"且莫思归去，须尽笙歌此夕欢"，是留客之辞；

第二首"款举金觥劝,谁是当筵最有情",则是新开筵后的劝酒之辞,以下六首,则为待月、祝寿、吹笛、再宴、送归、余情,这次盛大宴会的欢乐场面和热烈气氛,即于此可见。

醉桃源[1]

南园春半踏青时[2]。风和闻马嘶。青梅如豆柳如眉。日长蝴蝶飞。　　花露重,草烟低[3]。人家帘幕垂。秋千慵困解罗衣[4]。画梁双燕栖。

◎ 注释

[1]《醉桃源》:一名《阮郎归》,双调,上下片各四平韵。《阳春集》录冯延巳《醉桃源》三首,本书选其第一、第三首。

[2]踏青:春日郊游。唐宋踏青日期因地而异,有正月初八者,也有二月二日或三月三日者,后世多以清明出游为踏青。

[3]草烟:形容春草稠密。

[4]慵困:困倦。

◎ 评析

　　这首词写春情。上片写南园踏青,呈现出一片日暖风和的春日丽景,下片则写踏青归来的春困,燕子双栖,帘幕低垂,蹴罢秋千,慵困欲睡,此中情绪,全在不言中。黄苏《蓼园词选》谓此词为"治世之音,词家胜象"。

醉桃源[1]

东风吹水日衔山[2]。春来长是闲。林花狼藉酒阑珊[3]。笙歌醉梦间。　　春睡觉[4],晚妆残。凭谁整翠鬟[5]。

留连光景惜朱颜。黄昏独倚阑[6]。

◎ 注释

[1] 此首原注："别作李后主，又作欧阳修。"吴讷《百家词》本、吕远本、侯文灿《十名家
词》本、萧江声本《南唐二主词》于此词调下均注："呈郑王十二弟。"篇末又注："后
有隶书'东宫书府'印。"故据以作李煜词。郑王，即李煜弟从喜，李璟第七子，初封
邓王，后改封郑王。按王仲闻《南唐二主词校订》于此首作者考辨甚详，断为延巳所
作，谓"后主曾录之以遗郑王，后人遂据墨迹以为煜作"。兹从其说。

[2] 吹水：一作"临水"。

[3] 林花：一作"落花"，又作"薄衣""荷衣"。酒阑珊：犹云酒将尽。

[4] 春睡觉：一作"佩声悄"。

[5] 凭谁：犹云为谁。整翠鬟：梳理头发。翠鬟：妇女发髻的美称。

[6] 独：一作"人"。

◎ 评析

　　这首词为李煜所赏识，并录以赠李从善。词中情有独钟，欲罢不
能，缠绵悱恻，终难自遣，极沉郁顿挫之致。

菩萨蛮[1]

娇鬟堆枕钗横凤[2]。溶溶春水杨花梦[3]。红烛泪阑干[4]。
翠屏烟浪寒[5]。　　锦壶催画箭[6]。玉佩天涯远[7]。和
泪试严妆[8]。《落梅》飞晓霜[9]。

◎ 注释

[1]《阳春集》录冯延巳《菩萨蛮》八首，本书选其第五首。

[2] 娇鬟：柔美的发髻。钗横凤：凤钗横，发髻蓬松散乱，凤钗横坠。

[3] 溶溶：水盛貌。刘向《九叹·逢纷》："扬流波之潢潢兮，体溶溶而东回。"杨花梦：梦
　　如杨花飘忽无定，无拘无束。

[4] 阑干：纵横貌。

[5]"翠屏"句：屏风上所画峰峦叠翠，如烟雾在翻腾。

[6]锦壶：精美的计时器漏壶。画箭：指漏箭，因箭上有表示时间的刻纹，故称。

[7]玉佩：佩玉之人，即词中女子所思念的行人。

[8]严妆：盛妆。

[9]《落梅》：《落梅花》，笛曲名。唐段安节《乐府杂录》："笛者，羌乐也，古曲有《落梅花》《折杨柳》。"后遂以吹笛则梅花落。戎昱《闻笛》诗："平明独惆怅，飞尽一庭梅。"崔橹《岸梅》诗："初开已入雕梁画，未落先愁玉笛吹。"飞晓霜：指吹笛使梅花飞落，仿佛如秋天的晨霜，以形容笛声愁苦。

◉ 评析

　　陈廷焯《大雅集》卷一云：冯延巳"《菩萨蛮》诸阕，语重心长，温、韦之亚也。"这一首写闺中梦远。"红烛"二句，以帘内烛泪纵横，屏上寒烟生浪，烘托梦境的凄婉。其惝恍迷离，有如温词。"和泪"句，俞陛云《五代词选释》谓"悦己无人，而犹施膏沐，有带宽不悔之心"。

　　王国维《人间词话》云："正中词品，若欲于其词句中求之，则'和泪试严妆'殆近之欤？"

三台令[1]

南浦[2]。南浦。翠鬓离人何处[3]。当时携手高楼。依旧楼前水流。流水。流水。中有伤心双泪。

◉ 注释

[1]《三台令》：唐教坊曲名，与《调笑令》同为既歌又舞的筵席上的劝酒曲。《阳春集》载《三台令》三首，单调，六仄韵，二平韵。本书选其第三首。

[2]南浦：指离别之地。

[3]翠鬓：代指美人。

◉ 评析

　　冯延巳《三台令》共三首，组成联章。第一章是写年少行乐，第二章写别后愁绝。这是第三章，追忆当时别离情景。南浦是临别之地，高楼是携手共登之处，今皆空无其人，不知何往。而当时一洒别泪的楼前流水，仍缓缓而流，唐宋词中写到这层意思的，都承杜牧一首诗而来。杜牧《题安州浮云寺楼寄湖州张郎中》："去夏疏雨余，同倚朱阑语。当时楼下水，今日到何处。"词中则冯延巳之外，还有晏几道《留春令》："楼下分流水声中，有当日，凭高泪。"李清照《凤凰台上忆吹箫》："惟有楼前流水，应念我终日凝眸。"辛弃疾《菩萨蛮》："郁孤台下清江水，中间多少行人泪。"都是同一思路，前后相承。

忆秦娥[1]

风淅淅。夜雨连云黑。滴滴。窗外芭蕉灯下客。　　除非魂梦到乡国。免被关山隔。忆忆。一句枕前争忘得[2]。

◎ 注释

[1] 万树《词律》卷四："通篇一韵，而与李（白）词各异。'忘'字音'望'。"
[2] 争：犹怎，怎么。

◎ 评析

上片与温庭筠《更漏子》"梧桐树，三更雨。不道离情正苦。一叶叶，一声声。空阶滴到明"，同一况味。下片"一句枕前争忘得"，是指临别叮咛的话，终身所托，因而刻骨铭心。

长相思[1]

红满枝。绿满枝。宿雨厌厌睡起迟[2]。闲庭花影移。　　忆归期。数归期。梦见虽多相见稀。相逢知几时[3]。

注释

[1]《阳春集》原无此首，四印斋本据《历代诗余》《全唐诗》《草堂诗余》《花草粹编》补。

[2]厌厌：虚弱貌。

[3]知几时：犹云不知何时。

评析

　　这首词写闺中春愁。《草堂诗余评林》卷二引李廷机云："值此春光满目，而怀人会晤难期，不能不戚戚也。"又云："梦多见稀，正是闺中之语，'相逢知几时'，又发相思之意。"

玉楼春[1]

雪云乍变春云簇[2]。渐觉年华堪纵目[3]。北枝梅蕊犯寒开，南浦波纹如酒绿。　　芳菲次第长相续[4]。自是情多无处足。尊前百计得春归，莫为伤春眉黛蹙[5]。

注释

[1]词见《尊前集》，四印斋本《阳春集》录为补遗。

[2]"雪云"句：谓冬去春来。

[3]年华：指入春后的景色。

[4]芳菲：这里指春天的各种花卉。次第：依次。芳菲次第：谓百花在春天依次开花。

[5]眉黛蹙：皱眉，愁眉不展。

评析

　　这首词写惜春伤春。上片言大地春回，锦绣满眼，下片叹花开花落，春去难留，末了作宽慰之辞，以尊前尽欢相劝，平常的语气中，包含深沉的人生意蕴。王国维《人间词话》云："梅圣俞（尧臣）《苏幕遮》词：'落尽梨花春事（又）了，满地斜（残）阳，翠色和烟老。'刘融斋（熙载）谓'少游（秦观）一生似专学此'。余谓冯正中《玉楼春》词：'芳菲次第长相续。自是情多无处足。尊前百计得春归，莫为伤春眉黛蹙。'永叔（欧阳修）一生似专学此种。"

❖ 李 璟
（916—961）

字伯玉，本名景通，改名瑶，又改名璟，后因避周讳去"玉"旁作"景"，南唐烈祖李昇长子，徐州（今属江苏）人。初在庐山读书。保大元年（943），嗣位称帝。保大三年后，出兵福建灭闽，但后遭败绩，九年，出兵灭楚。十三年，后周出兵攻南唐，至交泰元年（958），南唐战败，失淮南之地，下令去帝号，称国主。奉后周正朔。李璟在位十九年，卒年四十六，庙号元宗，又称中主，事迹详见夏承焘《南唐二主年谱》。李璟性儒懦，而多才艺，书法学羊欣，善八分书，诗歌出入风骚。清管效先编有《南唐中主文集》一卷，收文十七篇。部分为臣僚录璟词。李煜曾于麦光纸上作拨镫书，李璟词四首，题《先皇御制歌词》，其词传世者仅止于此。宋时将此四首与李煜词合刻，曰《南唐二主词》，今有王仲闻《南唐二主词校订》，詹安泰编有《李璟李煜词》。冯煦《宋六十一家选·例言》云："词至南唐，二主作于上，正中和于下，诣微造极，得未曾有。宋初诸家。靡不祖述二主，宪章正中，譬之欧、虞、褚、薛之书，皆出逸少。"

应天长[1]

一钩初月临妆镜[2]。蝉鬓凤钗慵不整[3]。重帘静。层楼迥[4]。
惆怅落花风不定。　　柳堤芳草径。梦断辘轳金井[5]。
昨夜更阑酒醒[6]。春愁过却病[7]。

◎ **注释**

[1] 南宋陈振孙《直斋书录解题》卷二一：“《南唐二主词》一卷，中主李璟、后主李煜撰。
卷首四阕，《应天长》《望远行》各一，《浣溪沙》二，中主所作。重光尝书之，墨迹在
盱江晁氏，题云：‘先皇御制歌词。’余尝见之，于麦光纸上作拨镫书，有晁景迂题字，
今不知何在矣。余词皆重光作。”《应天长》双调九句，九仄韵。

[2] 一钩初月：代指女子弯弯细细的眉式。时有新月眉。临妆镜：照镜。

[3] 凤钗：妇女用以簪发的一种首饰，钗头作凤形。五代马缟《中华古今注》中：“钗子，
盖古笄之遗像也……（秦）始皇又（以）金银作凤头，以玳瑁为脚，号曰凤钗。”慵不
整：因怀愁而无心梳妆。

[4] 迥：高远之意。

[5] 辘轳：井上汲水的工具，详前牛峤《菩萨蛮》（玉楼冰簟）注[4]。金井：围金属栏杆
的水井。

[6] 更阑：更深，夜深。

[7] 过却：过于。这句是说以春愁和病相比春愁比病更难以忍受。

◎ **评析**

　　这首词写伤春伤别的心情，青春易逝，重会无期，夜深酒醒，一怀
愁绪比生了一场病还要难受。陈廷焯《云韶集》卷一云：“‘风不定’三
字中，有多少愁怨，不禁触目伤心也。结笔凄婉，元人小曲有此凄凉，
无此温婉。古人所以为高。”俞陛云《五代词选释》云：“通首由黄昏至
晓起回忆，次第写来，柔情婉转，与周清真（邦彦）之《蝶恋花》词由
破晓而睡起，而送别，亦次第写来，同一格局。其结局点睛处，周词云
‘露寒人远鸡相应’，从行者着想，此言春愁兼病。从居者着想，词句异
而写怨同也。”

望远行[1]

碧砌花光锦绣明[2]。朱扉长日镇长扃[3]。余寒不去梦难成。炉香烟冷自亭亭[4]。　　辽阳月[5]，秣陵砧[6]。不传消息但传情。黄金窗下忽然惊[7]。征人归日二毛生[8]。

◎ 注释

[1]《望远行》：唐教坊曲名，双调，上片四句四平韵，下片五句四平韵。

[2]碧砌：犹云玉砌、石阶。锦绣明：言花光如锦绣一样明丽。

[3]朱扉：朱色的门。镇：常、久。扃：关闭。镇长扃：因为没有人来，所以门整天关着。

[4]亭亭：炉烟袅袅上升的样子。《文选》刘琨《答卢谌诗》："亭亭孤干，独生无伴。"李周翰注："亭亭，孤直貌。"

[5]辽阳：县名，今属辽宁。这里泛指行人行役的地方。温庭筠《诉衷情》词："辽阳音讯稀，梦中归。"

[6]秣陵：今南京。指思妇住地。砧：捣衣石。秣陵砧：一作"残月秣陵砧"。

[7]黄金：当指新柳。新柳嫩叶，呈金黄色，故云。

[8]二毛：毛发斑白，白发与黑发相间。晋潘岳《秋兴赋序》："余春秋三十有二，始见二毛。"后以"二毛"喻指年华趋于衰老。

◎ 评析

　　《古今词统》卷七引徐士俊曰："髀里肉，鬓边毛，千秋同慨。"

　　俞陛云《五代词选释》："上阕写所处一面之情景。唯寒梦难成，醒眼无聊，但见炉烟之亭亭自袅，善写孤寂之境。其下辽阳、秣陵，始两面兼写，'传情'二字，见闻砧对月，两地同怀。结句言忽见北客南来，雪窖远归，鬓丝都白，则行役之劳，与怀思之久，从可知矣。"

浣溪沙[1]

手卷真珠上玉钩[2]。依前春恨锁重楼。风里落花谁是主，思悠悠。　　　青鸟不传云外信^[3]，丁香空结雨中愁^[4]。回首绿波三楚暮^[5]，接天流。

◎ 注释

[1] 此调在原《浣溪沙》上下片末各增三言一句，韵全同，故又称《摊破浣溪沙》《南唐浣溪沙》，又名《山花子》。

[2] 真珠帘：珍珠帘。《漫叟诗话》云："李璟有曲云：'手卷真珠上玉钩'，或改为'珠帘'，非所谓知音者。"

[3] 青鸟：信使。见前李晔《巫山一段云》（蝶舞梨园）注[4]。云外：指遥远的地方。

[4] "丁香"句：丁香的花蕾叫丁香结，诗词中常用来比喻愁心。空，徒然的意思，表示无人理会。

[5] 三楚：一作"三峡"，一作"春色"。秦汉时分西楚、东楚、南楚，合称三楚。《汉书·高帝纪》颜师古注引孟康曰："旧名江陵为南楚，吴为东楚，彭城为西楚。"这里泛指长江中下游三带。

◎ 评析

　　这首词从时空的交错中写幽闺春恨。"手卷真珠上玉钩"，一开帘就满怀春恨，高楼上的春恨还同往年一样，其来已久。"风里落花"言外见意，落花无主，随风飘荡，一无归宿，人的命运何尝不是如此，因而愁心更为悠悠不已了。下片写远方行人音讯全无，愁恨愈发固不可解，只能对着广漠的江天寄托浩渺的怀思而已。"青鸟"二句，王世贞《艺苑卮言》激赏之，谓"非律诗俊语乎？然是天成一段词也，著诗不得"。"思悠悠""接天流"两个短语，是《摊破浣溪沙》的特有句式，既申足前意，又出以荡漾，较之七言句式的《浣溪沙》尤为余韵悠长。

　　黄苏《蓼园词选》称此词"清和婉转，词旨秀颖。然以帝王为之，则非治世之音矣"。前二句说得恰当，后二句则欲于小词中体现帝王气度，持论就失之苛求了。

浣溪沙

菡萏香销翠叶残[1]。西风愁起绿波间[2]。还与韶光共憔悴[3]。
不堪看。　　　细雨梦回鸡塞远[4]，小楼吹彻玉笙寒[5]。
多少泪珠无限恨。倚阑干。

◎ 注释

[1] 菡萏（hàn dàn）：荷花的别名。

[2] 绿波：一作"碧波"。

[3] 还与：已与。韶光：美好的时光。一作"容光"。

[4] 鸡塞：即鸡鹿塞，亦称鸡禄山。《汉书·匈奴传》："送单于出朔方鸡鹿塞。"颜师古注：
"在朔方窳浑县（今陕西横山区）西北。"这里泛指边塞。鸡塞远：一作"清漏永"。

[5] 吹彻：吹尽吹到最后一遍。"彻"，本为大曲最后一遍，故可释为曲终。玉笙寒：笙凡
十三管，依次装置在一个圆匏里面，管底安放薄叶，吹之能够发声，寒是指笙簧潮湿，
吹之不能应律。《香研居词麈》："吹多，则簧有水气，亦不应律，须以微火烘之。"陆
龟蒙《赠远》诗："妾思冷如簧，时时望君暖。"这里似用陆诗意。

◎ 评析

　　据胡仔《苕溪渔隐丛话》前集卷五九引《雪浪斋日记》，王安石
曾问黄庭坚：李后主小词"何处最好"？黄庭坚以"一江春水向东流"
为对。王安石说："未若'细雨梦回鸡塞远，小楼吹彻玉笙寒'最好。"
（王安石误以此词为李煜词）此词亦抒写满怀愁恨，上片感秋，下片
怀远，两者郁积于心，遂致无穷怨恨，无限珠泪了。《草堂诗余》正
集卷一引沈际飞曰："'塞远''笙寒'二句，字字秋矣。少游（秦观）
'指冷玉笙寒，吹彻小梅春透'，翻入春词，不相上下。"《草堂诗余评
林》卷五引李廷机曰："布景生思，因思得句，可人处不在多言。"黄
苏《蓼园词选》云："'细雨梦回'二句，意兴清幽，自是名句。"都从
不同的角度说明了这联名句的好处。王国维《人间词话》又云："南唐
中主'菡萏香销翠叶残，西风愁起绿波间'，大有众芳芜秽，美人迟暮

之感，乃古今独赏其'细雨梦回鸡塞远，小楼吹彻玉笙寒'，故知解人正不易得。"

李　煜
（937—978）

字重光，初名从嘉。号钟隐，又称莲峰居士。李璟第六子，因文献太子弘冀早卒（959），封为吴王，以尚书令知政事，居东宫，二十五岁，为南唐国主，在位十五年。开宝八年（975）十一月，宋将曹彬攻破金陵，李煜被执入汴，封违命侯，四十二岁被毒卒，史称后主，详见夏承焘先生《南唐二主年谱》。李煜美风仪，好读书，工诗词，为文有汉魏风，兼擅书画，知音律。其词尤为世所推重。胡应麟《诗薮·杂编》卷四云："南唐中主、后主皆有文，后主一目重瞳子，乐府为宋人一代开山祖。盖温、韦虽藻丽，而气颇伤促，意不胜辞，至此君才是当行作家，清便婉转，词家王、孟。"王国维《人间词话》云："词至李后主，而眼界始大，感慨遂深，遂变伶工之词而为士大夫之词。"有文集三十卷，《杂说》百篇，今佚。《全唐诗》录其诗十八首。南宋长沙书肆所刻《百家词》有《南唐二主词》一卷，又《尊前集》收李王词十四首。王国维《唐五代二十一家词辑》集为《南唐二主词》一卷、补遗一卷。今人王仲闻《南唐二主词校订》、詹安泰《李璟李煜词》，征引尤详。

浣溪沙[1]

红日已高三丈透[2]。金炉次第添香兽[3]。红锦地衣随步皱[4]。　　　佳人舞点金钗溜[5]。酒恶时拈花蕊嗅[6]，别殿遥闻箫鼓奏[7]。

◎ 注释

[1]《浣溪沙》本用平韵，用仄韵始自李煜此词。

[2] 红日已高三丈：日上三竿，约为午前八九点钟。透：超出。

[3] 次第：依次。香兽：以炭末为屑，杂以香料，制成兽形的香饼。唐孙棨《题北里妓人壁》诗："寒绣衣裳饷阿娇，新团香兽不禁烧。"又作"兽香"，周邦彦《少年游》词："锦幄初温，兽香不断，相对坐调笙。"

[4] 红锦地衣：红色的丝织地毯。随步皱：谓舞步飞速旋转，地毯随之起皱纹。柳永《凤栖梧》词："蜀锦地衣丝步障。"

[5] 舞点：舞时伴以小鼓，舞曲以鼓点为节拍。唐南卓《羯鼓录》："上（玄宗）洞晓音律，若制作诸曲，随意即成，不立章度，取适短长，应指散声，皆中点拍。"溜：滑动，滑落。

[6] 酒恶：同"中酒"，因多喝了酒，身体不适。宋赵令畤《侯鲭录》卷八："金陵人谓'中酒'曰'酒恶'，则知李后主诗云：'酒恶时拈花蕊嗅'，用乡人语也。"拈：用两三个指头夹取物。

[7] 别殿：便殿。宫廷中除正殿、正宫外，另有别殿、别宫等。陆游《南唐书·萧俨传》："元宗于宫中作大楼。"《景定建康志》："南唐宫中旧有百尺楼、绮霞阁。"别殿，即指此类。

◎ 评析

　　这首词写宫中宴乐，主要是观舞。李白《乌栖曲》言吴王作长夜之饮："吴歌楚舞欢未毕，青山欲衔半边日。"此词首句说日高三丈，亦是通宵达旦的歌舞，且有"欢娱嫌夜短"之意。金炉香兽，红锦地衣，陈设奢华，具有宫中华贵气象。"红锦地衣随步皱"，犹如电影中的特写镜头，从地毯上旋起旋没的皱纹，写出舞步的轻盈快捷，飞速旋转。唐五代时盛行的胡旋舞，舞时随节奏快速的舞曲不断舞旋，作为舞裀的地衣也就随着舞步而起伏变化了。下片则正面描写酣舞后的舞妓。由于随着拍点急舞，在剧烈的舞蹈动作中，发髻不免松散，不知不觉金钗滑落下来，多喝了几杯，感到"酒恶"，就闻着清新的鲜花香气来冲掉上脸的酒味，不失高雅的风范，有层次地写了舞步舞姿和舞者高雅的仪态风度。末句则与首句遥相呼应，别殿箫鼓又已起奏，昨宵的歌舞未终，今日的欢宴又作，宫中弥漫着"缓歌慢舞凝丝竹，尽日君王看不足"的享乐气氛。

一斛珠^[1]

晓妆初过。沉檀轻注些儿个^[2]。向人微露丁香颗^[3]。一曲清歌，暂引樱桃破^[4]。　　罗袖裛残殷色可^[5]。杯深旋被香醪浣^[6]。绣床斜凭娇无那^[7]。烂嚼红茸^[8]，笑向檀郎唾^[9]。

◎ 注释

[1]《一斛珠》：唐玄宗时乐府新声，后又名《一斛夜明珠》《醉落魄》，双调，上下片各五句四仄韵。

[2] 沉檀：《尊前集》作"浓檀"，指浓的檀红，用来点唇，因此红唇也叫"檀口"。注：点。些儿个：唐宋时口语，犹云一点点，又作"些儿"，姜夔《浣溪沙》词："些儿闲事莫萦牵。"或作"些个"，沈蔚《寻梅》词："好景色，只消些个，春风烂漫却且可。"

[3] 丁香颗：颗是花蕾，丁香颗，亦名鸡舌香，由两片形似鸡舌的叶子抱合而成，因以作为美人舌尖的代称。

[4] 樱桃破：犹云张嘴。樱桃，喻美人之口娇小红润如樱桃一般。孟棨《本事诗·事感》记白居易诗："樱桃樊素口，杨柳小蛮腰。"韩偓《袅娜》诗："著词但见樱桃破，飞盏遥闻豆蔻香。"

[5] 裛残：濡湿。欧阳修《渔家傲》词："罗袖裛残心不稳，羞人问，归来剩把胭脂衬。"殷色：深红色。可：恰好、相称、相宜。

[6] 旋：还又。香醪（láo）：美酒。杜甫《崔驸马亭宴集》诗："清秋多宴会，终日困香醪。"浣（wò）：污染。此与上句为倒叙，是说深杯畅饮，芳香的醇酒把罗袖沾湿了，

罗袖上留下深红色的酒痕。

[7] 无那（nuó）：犹无限、非常。金董解元《西厢记诸宫调》卷三："对郎羞懒无那，靠人先要偎摩。"娇无那，娇到无以复加的样子。

[8] 红茸：红色丝线。这里指刺绣用或束发用的红绒线。茸，绒通。

[9] 檀郎：对男子的爱称。见前敦煌词《竹枝子》（高卷珠帘）注[8]及无名氏《菩萨蛮》（牡丹含露）注[3]。

⊙ 评析

　　这首词写歌女以歌侑酒时的场景和神态。"晓妆"两句，盛装出场，"向人"三句，引吭清歌，"罗袖"二句，侑酒而醉，"绣床"三句，则极写醉后似嗔似恼的娇憨之态。此词结句，尤为不少论者赏识。贺裳《皱水轩词筌》云："词家翻诗入词，虽名家不免。吾常爱李后主《一斛珠》末句云：'绣床斜凭娇无那。烂嚼红茸，笑向檀郎唾。'杨孟载《春绣》绝句云：'闲情正在停针处，笑嚼红绒唾碧窗。'此却翻词入诗，弥子瑕竟效颦于南子。"李佳《左庵词话》卷下曰："酷似小儿女情态。"

菩萨蛮[1]

铜簧韵脆锵寒竹[2]。新声慢奏移纤玉[3]。眼色暗相钩。秋波横欲流。[4]　　雨云深绣户[5]。未便谐衷素[6]。宴罢又成空。梦迷春雨中。

⊙ 注释

[1]《南唐二主词》录李煜《菩萨蛮》三首，本书选其第三首。

[2] 铜簧韵脆：谓笙声清越。铜簧，笙中有弹性的舌片，以铜为之。《诗·小雅·鹿鸣》："吹笙鼓簧。"孔颖达疏："吹笙之时，鼓其笙中之簧以乐之。"锵寒竹：寒竹锵的倒装。寒竹，指笙等用竹制成的管乐器。锵，音响锵然。

[3] 新声：新制的乐曲。纤玉：喻手指的纤细白润。移纤玉：吹奏时手指在管乐器上按孔移动。

[4]"眼色"二句：谓乐妓一边吹奏，一边眉目传情。秋波，喻眼如秋水，清澈灵动。

[5]"雨云"句：指绣户深邃，为云雨所阻隔。

[6]衷素：心曲。谐衷素，犹云结同心。

◉ 评析

  这首词写筵席的笙妓，虽彼此"目成"而实无法通情。李煜耽于声色，所遇乐妓甚多，这类词就是他尊俎间为歌妓写的。张邦基《墨庄漫录》卷二云："江南李后主尝于黄罗扇上书赐宫人庆奴云：'风情渐老见春羞，到处消魂感旧游。多谢长条似相识，强垂烟态拂人头。'想见其风流也。"这首《菩萨蛮》也可以想见其风流。

长相思

云一䯼[1]。玉一梭[2]。淡淡衫儿薄薄罗。轻颦双黛螺[3]。 秋风多。雨相和。帘外芭蕉三两窠[4]。夜长人奈何。

◉ 注释

[1]云：指头发。䯼（guō）：指装饰其头发用的青紫色丝缘。

[2]玉一梭：指像梭一般的束发用的玉簪。

[3]"轻颦"句：谓微微地皱眉。颦，皱眉。黛螺，即螺子黛，画眉用的青绿色颜料。

[4]窠：一丛，草木植物一根多茎，谓之一窠。

◉ 评析

  上片以仪表装饰，勾勒人物情态；下片以秋风秋雨，烘托孤寂心境。潘游龙《古今诗余醉》卷一二云："'多'字、'和'字妙；'三两窠'，亦嫌其多也，妙妙！"

玉楼春[1]

晚妆初了明肌雪[2]。春殿嫔娥鱼贯列[3]。凤箫吹断水云间[4]，重按《霓裳》歌遍彻[5]。　　临风谁更飘香屑[6]。醉拍阑干情味切。归时休放烛花红，待踏马蹄清夜月。[7]

◎ 注释

[1]《南唐二主词》调下有注云："已下两词（指此首与《子夜歌》（寻春须是）），传自曹功显节度家，云墨迹旧在京师梁门外李王寺一老居士处，故弊难读。"曹功显，即曹勋，《宋史》有传。翟阳人，绍兴二十九年为昭信节度使。

[2] 初了：指化妆初罢。明肌雪：指妆成后肌肤如雪，光采明艳。

[3] 嫔娥：官女的统称。鱼贯列：按次序而列，如鱼群相接。这里指舞队的行列，人数众多且队列整齐。

[4] 凤箫：《霓裳羽衣曲》的伴奏乐器，除笙箫外，还有箜篌、筚篥、筝、磬、笛等乐器。吹断：谓尽兴吹到极致。水云间：乐声上扬，飘荡于天地之间。

[5] 重按：重奏，更奏，再奏。《霓裳》：《霓裳羽衣曲》。唐代著名大曲。李煜得唐时旧谱，由大周后重新改编整理。马令《南唐书》卷六《女宪传》："唐之盛时，《霓裳羽衣曲》最为大曲。罹乱，瞽师旷职，其音遂绝。后主独得其谱。乐工曹生亦善琵琶，按谱初得其声而未尽善也。（大周）后辄变易讹谬，颇去淫哇，繁手新声，清越可听。"歌遍：遍是大曲中的一段，音乐上一段称一遍。《霓裳羽衣曲》全曲共三十六遍，由散序六遍，中序十八遍，曲破十二遍三部分组成。彻：王国维《宋元戏曲史》："彻者，入破之末一遍也。"这句是说重新演奏全部《霓裳羽衣曲》。

[6] 飘香屑：陶穀《清异录》谓后主官中"有主香官女，其焚香之器，曰把子莲、三云凤、折腰狮子，金玉为之，凡数十种。"又洪刍《香谱》谓李煜自制"帐中香"，"以丁香、沉香及檀、麝等各一两，甲香三两，皆细研成屑，取鹅梨汁蒸干焚之"。

[7] "归时"二句：意谓酒阑曲罢而归时，不许点燃灯烛，让马蹄踩着满地月色，悠然而行。

◎ 评析

　　这首词记官中宴乐与演奏《霓裳》新曲的盛况。上片写盛妆明艳的官女组成整齐的舞队丝竹竞作，演奏由大周后改编整理的《霓裳羽衣曲》，下片则写宴后归去，一路飘香，明月照影，依然沉浸在饶有诗意的音乐气氛之中，风流豪宕，俊爽超逸，高雅不凡。

俞陛云《五代词选释》云："此在南唐全盛时所作。按《霓羽》之清歌，蓺沉香之甲煎，归时复踏月清游，洵风雅自喜者。唐玄宗后，李主亦无愁天子也。此词极富贵，而《浪淘沙》令'流水落花春去也，天上人间'，又极凄婉，则富贵亦一场春梦耳。"

渔　父[1]

其一

浪花有意千重雪[2]，桃李无言一队春[3]。一壶酒，一竿身。快活如侬有几人[4]。

其二

一棹春风一叶舟[5]。一纶茧缕一轻钩[6]。花满渚[7]，酒满瓯[8]。万顷波中得自由。

⊙ 注释

[1] 宋刘道醇《五代名画补遗》："卫贤，京兆人。仕南唐为内供奉，初师尹继昭，后刻苦不倦，卒学吴生，长于楼观殿宇，盘车水磨，于时见称。予尝于富商高氏家，观贤画《盘车水磨图》，及故大丞相文懿张公第，有《春江钓叟图》，上有南唐李煜金索书《渔父》词二首云云。"又《宣和画谱》卷八："卫贤，长安人，江南李氏时为内供奉，长于楼观人物。尝作《春江图》，李氏题《渔父》词于其上。"

[2] 雪：喻浪花。

[3] 桃李无言：《史记·李将军传赞》引谚曰："桃李无言，下自成蹊。"

[4] 侬：自称，犹言我。

[5] 棹：划船的工具。短的称楫，长的称棹。

[6] 茧缕：指钓鱼的线。粗于丝的称纶。

[7] 渚：江河上的小洲。

[8] 瓯：指酒杯。欧阳修《浪淘沙》词："不醉难休，劝君满满酌金瓯。"

这二首是唐宋词中最早出现的题画词。画中是江上一叶轻舟随波漂荡，渔翁边钓边酌，悠悠自得。"快活如侬有几人""万顷波中得自由"，就是对这一画中意境的揭示。

虞美人

风回小院庭芜绿^[1]。柳眼春相续^[2]。凭阑半日独无言^[3]。依旧竹声新月似当年。　　笙歌未散尊罍在^[4]。池面冰初解。烛明香暗画堂深。满鬓清霜残雪思难任^[5]。

◎ 注释

[1] 庭芜：指庭院中的杂草。

[2] 柳眼：初生的柳叶，细长如人睡眼初展。元稹《生春·其九》："何处生春早，春生柳眼中。"柳叶相继生出，故曰"柳眼春相续"。

[3] 凭阑：倚阑。

[4] 尊罍：酒杯。

[5] 清霜残雪：喻鬓发变白。难任：难以忍受。

◎ 评析

李煜性格内向、沉静，不善言谈，但内心感情非常丰富。此词写早春感怀，物华常新，但人生已老，抚今追昔，悲从中来。俞平伯《读词偶得》云："实写景物全篇只首两句，李义山诗：'花须柳眼各无赖。''柳眼'佳，'春相续'更佳，似春光在眼，无尽连绵。于是凭凝睇，惘惘低头，片念俄生，即所谓'竹声新月似当年'也，以下即坠入忆想之中。""结句萧飒憔悴之极，毫无姿态，如银瓶落井，直下不回。古人填词结语每拙，况蕙风标举'重、拙、大'三字，鄙意推'拙'难耳。"

采桑子[1]

辘轳金井梧桐晚[2]，几树惊秋。昼雨新愁。百尺虾须在玉钩[3]。　　琼窗春断双蛾皱[4]，回首边头[5]。欲寄鳞游[6]。九曲寒波不溯流[7]。

◎ 注释

[1] 侯文灿本《南唐二主词》调下注："二词（指本词与《虞美人》'风回小院'）墨迹在王季官判院家。"

[2] "辘轳"句：指楼前庭院。辘轳是井上摇转绳索的汲水器。金井是装有雕栏的井。梧桐叶落金井比喻秋深。李白《赠别舍人弟台卿之江南》诗："去国客行远，还山秋梦长。梧桐落金井，一叶飞银床。"王昌龄《长信秋词五首》之一："金井梧桐秋叶黄，珠帘不卷夜来霜。"

[3] 虾须：帘子下垂的流苏，这里指珠帘。唐陆畅《咏怀》诗："劳将素手卷虾须，琼室流光更缀珠。"百尺虾须：极言楼高。虾须在玉钩：指卷帘遥望，与下片"回首边头"相应。

[4] 琼窗：精美的窗子。春断：春尽。双蛾：双眉。双蛾皱：喻愁深。

[5] 边头：极远的边地，这里指怀念远戍边关的征人。

[6] 鳞游：鱼状书信，见前敦煌词《破阵子》(风送征轩) 注 [4]。

[7] "九曲"句：卢纶《送郭判官赴振武》诗："黄河九曲流，缭绕古边州。"溯，逆流而上。上句说"鳞游"，所以下句说鱼因河水九曲，不能逆流而上。意思是途中无数险阻，音书不达。晏殊《蝶恋花》词："欲寄彩笺兼尺素，山长水远知何处。"

◎ 评析

　　这首词写闺怨，上片井桐惊秋，卷帘遥望，下片回首边头，音书不达，实际是一首思边曲。《类编草堂诗余》引李于鳞云："上'秋愁不绝浑如雨'，下'情思欲诉寄与鳞'。观其愁情欲寄处，自是一字一泪。"

　　有人以为此词"当是忆弟郑王北去而作"，有人以为作于李煜亡国之后囚居汴京时，然皆无确证，难以信从。

乌夜啼[1]

昨夜风兼雨，帘帏飒飒秋声[2]。烛残漏断频欹枕[3]，起坐不能平。　　世事漫随流水，算来一梦浮生[4]。醉乡路稳宜频到[5]，此外不堪行。

◎ 注释

[1]《乌夜啼》：唐教坊曲名，与《相见欢》又名《乌夜啼》不同。宋欧阳修词改名《圣无忧》，赵令畤词改名《锦堂春》。双调，上下片各四句二平韵。

[2] 帘帏：外帘内帏。唐孙逖《同刑判官寻龙湍观归湖中》诗："丝管荷风入，帘帏竹气清。"白居易《春早秋初时即事兼寄浙东李侍郎》诗："和风细动帘帏暖，清露微凝枕簟凉。"飒飒：风雨声。

[3] 烛残漏断：犹云夜深。

[4] 浮生：人生。《庄子·刻意》："其生若浮，其死若休。"李白《春夜宴从弟桃花园序》："夫天地者万物之逆旅也，光阴者百代之过客也，而浮生若梦，为欢几何？古人秉烛夜游良有以也。"

[5] 醉乡：醉中境界。唐王绩喜饮酒，著有《醉乡记》。

◎ 评析

　　宋阮阅《诗话总龟》卷三一引《翰苑名谈》："李煜暮岁，乘醉书于壁云：'万古到头归一死，醉乡葬地有高原。'醒而见之，大悔，不久谢世。"曾慥《类苑》卷五二引此云："后主临终作。"此词当亦作于归宋后，故有悲观厌世之想。

相见欢[1]

林花谢了春红[2]。太匆匆。无奈朝来寒雨晚来风。　　胭脂泪[3]。留人醉。几时重[4]。自是人生长恨水长东[5]。

◎ 注释

[1]《相见欢》：唐教坊曲名，又名《乌夜啼》，双调，上片三句三平韵，下片四句二仄韵、二平韵。

[2] 谢：衰退。

[3] 胭脂泪：美人的眼泪，指别泪，又"脂脂泪"，盖承首句"林花谢了春红"而来。杜甫《曲江对雨》诗。"林花著雨胭脂湿。"用之于此，语意双关。

[4] 重：重逢。

[5] 自是：本是，本来。

◎ 评析

　　这首词写伤春伤别，沉哀人骨。上片言春归，春去春来，本是一种无关人事的自然现象，但在有情人眼中，则怪其来去为何如此匆匆，欲留不住。"匆匆"二字之前，著一"太"字，乃苦恨春短，不禁为之深长叹息。春去时且兼以无情风雨的横加摧残，在"朝来寒雨晚来风"之前，复出以"无奈"二字，则叹息之中又寓有无穷尽的愤慨。上片三句中"谢""太""无奈"诸字，均非普通字眼，萦绕着作者百转千回的伤感情怀。下片进而言别。分离时美人情重，暗暗垂泪。"留人醉"之"醉"，不是说酒醉，而是说悲凄之甚，心如迷醉。"几时重"，则极盼重逢，然而重逢的希望却极为渺茫。春无不归，人无长聚，人生中最美好的东西无不为时短暂，末句就伤春伤别转为深沉的人生思考，从自身的领悟中，肯定"人生长恨水长东"的结论。言浅意深，短语长情。故而在后世读者中往往引起心灵的震撼。

　　俞平伯《读词偶得》云："下片三短句一气读。忽入人事，似与上片断了脉络。细按之不然。盖'春红'二字已远为'胭脂'作根，而匆匆风雨，又处处关合'泪'字。春红着雨，非'胭脂泪'欤。心理学者所谓联想也。结句转为重大之笔，与'一江春水'意同，而此特沉着，后主之词，兼有阳刚阴柔之美。"

捣练子[1]

深院静，小庭空。断续寒砧断续风[2]。无奈夜长人不寐，
数声和月到帘栊[3]。

◎ **注释**

[1]《捣练子》：唐教坊曲名，因此词有"深院静""数声和月到帘栊"句，又名《深院月》。
　　单调，五句三平韵。

[2] 断续寒砧：谓捣衣声断断续续。砧，砧石，用以捣衣。

[3] 帘栊：挂着竹帘的格子窗。

◎ **评析**

　　俞陛云《五代词选释》云："曲名《捣练子》，即以咏之，乃唐词本
体。首二句言闻捣练之时，院静庭空，已写出幽悄之境。三句赋捣练。
四、五句由闻砧者说到砧声之远递。通首赋捣练，而独夜怀人情味，摇
漾于寒砧继续之中，可谓极此题之能事。杨升庵（慎）谓旧本以此曲为
《鹧鸪天》之后半首，尚有上半首云：'塘水初澄似玉容。所思还在别离
中。谁知九月初三夜。露似珍珠月似弓。'案《鹧鸪天》调，唐人罕填
之。况塘水四句，全于捣练无涉，升庵之说未确。"又王国维《南唐二
主词》校勘记云："'可怜九月初三夜，露似珍珠月似弓'，此乐天《暮
江吟》后二句，见《白氏长庆集》卷十九。后主不应全袭之。且《鹧鸪
天》下半阕，平仄亦与《捣练子》不合，显系明人赝作（指杨慎所谓的
上半首）。"

清平乐

别来春半。触目愁肠断。砌下落梅如雪乱[1]。拂了一身
还满[2]。　　　雁来音信无凭。路遥归梦难成[3]。离恨恰

如春草。更行更远还生[4]。

◎ 注释

[1] 砌下：阶下。落梅：指白梅花，开得较迟，故春半还有落梅。

[2] "拂了"句：当作四、二读，一句两折。

[3] "路遥"句：俞平伯《唐宋词选释》："梦的成否原不在乎路的远近，却说路远以致归梦难成，词婉而意悲。"

[4] "更行"句：二字一折，一句三折，更有不论怎样的意思，言不论怎样行得远，终是到处生长春草。

◎ 评析

　　俞平伯《读词偶得》谓"砌下落梅"二句，"善状花前痴立，怅怅何之，低回几许之神，似画而实画不到，诗情而兼有画意者"。"'路遥'句虚虚地说，似梦之不成，乃路远为之，何其微婉欤。读之觉赵德麟《锦堂春》'重门不锁相思梦，随意绕天涯'，便有伧夫气息。彼语岂不工巧，然而后主远矣。""于愁则喻春水，于恨则喻春草，颇似重复，而'恰似一江春水向东流'，以长句一气直下，'更行更远还生'以短语一波三折，句法之变换，直与春水春草之姿态韵味融成一片，外体物情，内抒心象，岂独妙肖，谓之入神可也。"

临江仙

樱桃落尽春归去，蝶翻轻粉双飞[1]。子规啼月小楼西。玉钩罗幕，惆怅暮烟垂。　　别巷寂寥人散后，望残烟草低迷。炉香闲袅凤凰儿[2]。空持罗带，回首恨依依。

◎ 注释

[1] 轻粉：指蝶粉。蝶翅上的天生粉屑。温庭筠《偶题》诗："红垂果蒂樱桃重，黄染花丛

蝶粉轻。"蝶翻轻粉，指蝶翅翻飞。

[2] 凤凰儿：丝织品上的花纹图案。施肩吾《抛缠头词》："一抱红罗分不足，参差裂破凤
凰儿。"这里喻指香烟袅袅的形态，故下句云"空持罗带"。

◎ 评析

这首词宋时传有李煜手迹多种。宋人笔记中每予引述并有所争论：
一、此词李煜自作还是书他人之词；二、末三句为原本所有还是他人
续补；三、作于宋军围城时（974—975），还是与围城无关。蔡绦《西
清诗话》云："后主围城中作长短句，未就而破（指缺末三句）。余尝
见残稿，点染晦昧，心方危窘，不在书耳。艺祖（宋太祖）云：李煜若
以作诗工夫治国事，岂为我虏也。"张邦基《墨庄漫录》卷七谓蔡绦所
见残稿后，由刘延仲补之："何时重听玉骢嘶，扑帘飞絮，依约梦回时。"
胡仔《苕溪渔隐丛话》前集卷五九谓此词乃咏春景，绝非（开宝八年，
975）十一城破时作。陈鹄《耆旧续闻》卷三则据其家藏另一真迹（原由
南唐中书舍人王克正收藏），则非残稿而为全璧，且有"涂注数字"，后
有苏辙题曰："凄凉怨慕，真亡国之声也。"这里所选的，即依《耆旧续
闻》所录文本。王仲闻《南唐二主词校订》云：《耆旧续闻》所记"恐为
后主平时反复修改真迹，未必即为围城中作。蔡绦殆因蔡宝臣致君所献
后主书数轴，尚有金陵垂破时祷释氏一疏（见《墨庄漫录》卷七），遂
以为城破时作。如词如非围城中，则《西清诗话》所云，实无根据也"。

陈廷焯《别调集》卷一云："低回留恋，婉转可怜。伤心语，不忍
卒读。"

破阵子[1]

四十年来家国[2]，三千里地山河[3]。凤阁龙楼连霄汉[4]，
玉树琼枝作烟萝[5]。几曾识干戈[6]。　　一旦归为臣虏[7]，

沈腰潘鬓销磨[8]，最是仓皇辞庙日[9]，教坊犹奏别离歌[10]。
垂泪对宫娥[11]。

◎ 注释

[1]《破阵子》：唐教坊曲名，是大曲《破阵乐》中的一段，又名《十拍子》。子是曲子的简称。

[2]"四十年"句：南唐自先主李昇升元元年（937）开国，宋开宝八年（975）后主李煜降宋，历先主、中主、后主三朝，首尾三十九年。此处举其成数。

[3]"三千里"句：指国土广袤。马南《南唐书·建国谱》：南唐"共三十五州之地，号为大国"。包括今江苏、安徽、江西、福建一带。

[4]凤阁龙楼：皇宫内的楼阁。连霄汉：霄指天空，汉指天河，极言楼阁之高。

[5]玉树琼枝：指宫苑中的花木。烟萝：形容花木繁荣茂密，如烟聚萝缠。

[6]几曾：犹云何曾，那曾，张相《诗词曲语辞汇释》卷一："几，犹何也，那也，怎也。"干戈：兵器的总称，引申为战争。

[7]臣虏：俘虏，指投降称臣。

[8]沈腰：《南史·沈约传》："（约）与徐勉素善，遂以书陈情于勉，言己老病，百日数旬，革带常应移孔，以手握臂，率计月小半分，欲谢事求归老之秩。"后遂以"沈腰"代指腰围瘦损。潘鬓：潘岳《秋兴赋序》："余春秋三十有二，始见二毛。"《赋》云："斑鬓髟以承弁兮，素发飒以垂领。"后遂以"潘鬓"指中年鬓发初白。

[9]"最是"句：夏承焘先生《南唐二主年谱》：开宝八年（975）十一月二十七日，李煜"欲尽室自焚，不果，乃帅司空知左右内史事殷崇义等肉袒出降"。此句所指即此。庙，皇帝供奉祖先的宗庙。

[10]教坊：管理宫廷音乐的机构。

[11]宫娥：宫女。

◎ 评析

李煜于建隆二年（961）七月嗣位，时年二十五岁，在位十五年，享尽荣华富贵。此词从立国写到亡国，从极乐写到极悲，为南唐短促的历史作出概括。词中情感颇多波澜转折，末了辞庙仓皇，挥泪北上，一片凄怆之音，虽不同于项羽别虞姬的悲歌慷慨，但还是很沉痛的。苏轼《东坡志林》卷四《跋书李主词》谓："后主既为樊若水所卖（开宝三年，南唐不第士人樊若水奔宋上书，言江南可取），举国与人，故当恸哭于九庙之外，谢其民而后行，顾乃挥泪宫娥，听教坊离曲。"此后，洪迈《容斋随笔》卷五，袁文《瓮牖闲评》卷五、《说郛》卷一七引萧参《希通录·论亡国之主》，毛先舒《南唐拾遗记》、尤侗《西堂杂俎》一集卷八，梁绍壬《两般秋雨庵随笔》卷二都继此续有评论，有的还怀疑并非出自后主之手。不过，对李煜作出历史评论是另一回事，以此来替代艺术评论，却是不恰当的。夏承焘先生《瞿髯论词绝句》云："樱桃落尽破重城，挥泪宫娥去国行。千古真情一钟隐，肯抛心力写词经。"南唐的教坊伶人为亡国之君李煜奏乐送行，可能实有其事，有一伶人后来还在宋将庆功置酒时因大恸而被杀，元韦居安《梅涧诗话》卷中记曾建极《金陵百咏》中，有《乐官山》一首，序云："南唐初下时，诸将置酒，乐人大恸，杀之瘗此山，因得名。"诗云："城破辕门宴赏频，伶伦执乐泪沾巾。骈头就戮缘家国，愧死南归结绶人。"

望江梅[1]

其一

闲梦远，南国正芳春。船上管弦江面绿，满城飞絮混轻尘。愁杀看花人。

其二

闲梦远，南国正清秋。千里江山寒色远，芦花深处泊孤舟。笛在月明楼。

[1]《望江梅》:《望江南》之别名。二词一咏芳春,一咏清秋,且用韵不同,不当合为一词。

◎ 评析

第一首写南国芳春,景色撩人;第二首写南国清秋,江天寥廓。陈廷焯《别调集》卷一云:"寥寥数语,括多少景物在内。"二词都以"闲梦远"领起,说明江南的这些春秋景色,只能在梦中领略,暗里相忆了,也就是李煜在《浪淘沙》中所说的:"梦里不知身是客,一晌贪欢。"

望江南[1]

其一

多少恨,昨夜梦魂中。还似旧时游上苑[2],车如流水马如龙[3]。花月正春风。

其二

多少泪,断脸复横颐[4]。心事莫将和泪说[5],凤笙休向泪时吹[6]。肠断更无疑。

◎ 注释

[1] 词见《尊前集》,二词所咏并非一事,且用韵不同,不当混为一首。

[2] 上苑:帝王游猎的园林。

[3]"车如"句:《后汉书·明德马皇后纪》:"前过濯龙门上,见外家问起居者,车如流水,马如游龙。"

[4]"断脸"句:意谓涕泗交流。颐,面颊。断脸,《全唐诗》作"沾袖"。

[5] 说:《全唐诗》作"滴"。

[6] 泪时:《全唐诗》作"月明"。

　　这二首词当是归宋后作。俞陛云《五代词选释》云："'车水马龙'句，为时传诵。当年之盛，今日之孤凄，欣戚之怀，相形而益见，两首意本一贯也。"第二首《尊前集》所载"泪"字凡三见，真如其与旧宫人书中说的"此中日夕，只以眼泪洗面"矣。

子夜歌[1]

人生愁恨何能免。销魂独我情何限。故国梦重归[2]。觉来双泪垂。　　高楼谁与上。长记秋晴望。往事已成空。还如一梦中。

◎ 注释

[1]《尊前集》调作《子夜》,《花草粹编》作《子夜歌》,汲古阁《词苑英华》本《尊前集》注："即《菩萨蛮》。"

[2] 梦重归:《南唐书》引作"梦初归"。

◎ 评析

　　这首词亦为入宋后作，自然真率，于疏淡之中见深邃。俞陛云《五代词选释》云："起句用翻笔，明知难免而我自销魂，愈觉埋愁之无地。马令《南唐书》本注云：'后主《子夜歌》调，有凄然故国之思。'"

相见欢[1]

无言独上西楼。月如钩。寂寞梧桐深院锁清秋。　　剪不断。理还乱。是离愁。别是一番滋味在心头。

◉ 注释

[1]《词谱》卷三于本调下注曰:"南唐李煜词有'无言独上西楼,月如钩'句,更名《秋夜月》,又名《上西楼》,又名《西楼子》。"

◉ 评析

　　诗词中写到离愁别恨,往往借助于鲜明生动的艺术形象,化抽象为具体,或写愁之深,如李白《远别离》:"海水直下万里深,谁人不言此离苦。"或写愁之长,如李白《秋浦歌》:"白发三千丈,缘愁似个长。"或写愁之重,如李清照《武陵春》:"只恐双溪舴艋舟,载不动许多愁。"或写愁之多,如秦观《千秋岁》:"春去也,飞红万点愁如海。"这首词则写出愁之味:"别是一番滋味在心头"。这是一种独特而真切的感觉,可谓味在咸酸之外,但根植于人们的内心,是心之深处所感到的滋味。因此不用诉诸人们的视觉,而直接诉诸人们的心灵,读后使人自然地结合自身的体验而产生同感,在写法上有其深至之处。

　　"剪不断。理还乱",是以喻愁。但丝长可断,丝乱可理,因此这个比喻尚嫌不足,只有"别有一般滋味"恰当地表达了这种一时间莫可名状的惆怅迷惘之感。

浪淘沙[1]

往事只堪哀。对景难排[2]。秋风庭院藓侵阶[3]。一行珠帘闲不卷,终日谁来。　　金锁已沉埋[4]。壮气蒿莱[5]。晚凉天静月华开[6]。想得玉楼瑶殿影[7],空照秦淮[8]。

◉ 注释

[1]《浪淘沙》:唐教坊曲名,刘禹锡、皇甫松等所作都是七言绝句,从李煜开始改为长短句双调小令,上下片各五句四平韵。《古今词统》题下注云:"在汴京念秣陵作。"

[2] 难排:难以排遣悲哀。

[3] 藓侵阶：藓是生长在阴湿地方的一种隐花植物，本不应生在阶上，藓侵阶表示久无人
　　迹来往，连阶上都长上了苔藓。

[4] 金锁：锁通"琐"，王逸《楚辞·离骚章句》："琐，门镂也，文如连琐。"金锁即雕镂
　　在宫门上的金色连琐花纹，这里用作为南唐宫阙的代称。"金锁已沉埋"，指想象中殿宇
　　荒凉，已为尘封土掩。一说金锁即铁锁，用三国时吴国以铁锁链横断长江，抵御敌军
　　而归于失败的典故。刘禹锡《西塞山怀古》诗："王濬楼船下益州，金陵王气黯然收。
　　千寻铁锁沉江底，一片降幡出石头。"俞陛云《五代词选释》："'金锁'二句，有铁锁
　　沉江，王气黯然之慨。"

[5] 壮气：犹言"王气"。蒿莱：野草，杂草。壮气蒿莱，反用陈子昂《感遇》之三五：
　　"感时思报国，拔剑起蒿莱"之意。

[6] 天静：一作"天净"。月华：月光。

[7] 玉楼瑶殿：指金陵的南唐旧宫。

[8] 秦淮：河名，纵横金陵城。

◎ 评析

　　这首词作于入宋以后。据王铚《默记》卷上，李煜在汴京时，所居
有老卒守门，太宗有旨，"不得与人接"，不准李煜见客，也不准有人造
访，过的完全是囚徒般的生活。此词上片写囚居苦寂和在此境遇中无可
排遣的悲哀，下片则思念故国，不胜"金锁已沉埋"的亡国之痛。陈廷
焯《云韶集》卷一云："起五字凄婉，却来得突兀，故妙。凄恻之词而
笔力精健，古今词人谁不低首。"

浪淘沙

帘外雨潺潺[1]。春意阑珊[2]。罗衾不耐五更寒[3]。梦里
不知身是客[4]，一晌贪欢[5]。　　独自莫凭阑[6]。无限
江山[7]。别时容易见时难[8]。流水落花春去也[9]，天上
人间。

◎ 注释

[1] 潺潺：雨声。

[2] 阑珊：衰残。一作"将阑"。

[3] 衾：被子。不耐：受不了。一作"不暖"。

[4] 身是客：指被拘于汴京，实际是阶下囚。

[5] 一晌：一会儿。贪欢：指梦中相会。

[6] 莫：俞平伯初在《读词偶得》中说："莫"有去（暮）、入（莫）两读。"'暮凭阑'是实写的，勿凭阑是虚写的，窃以为上下文合参，实斥殆不如虚拟。""下文言'无限江山'，夫江山虽实境，而'无限江山'则虚，是以下文言，'莫'不宜读为'暮'也。"此后在《唐宋词选释》中，则用"暮"字而不取"莫"字，谓"'莫'字原为'暮'的本字。故有两解：一读入声，解为勿；一读去声，解为黄昏。各家说亦不同。我前在《读词偶得》里解为入声，作否定语解，并引后主另词'高楼谁与上'来作比较。一人两作固不必全同，说亦未必。下片从'凭阑'生出，略点晚景，'无限江山'以下，转入沉思境界，作'暮'字自好，今从《全唐诗》作'暮'字"。

[7] 江山：一作"关山"。

[8] "别时"句：俞平伯《唐宋词选释》："《颜氏家训·风操》：'别易会难'。《苕溪渔隐丛话》后集卷三十九引《复斋漫录》，以为李后主盖用此语。古诗中类此者正多。如曹丕《燕歌行》：'别日何易会日难'；戴叔伦《织女词》：'难得相逢容易别'。但这里是人人心中的一句普通话，即便相同，也不必看作用典。"

[9] "流水"句：俞平伯《读词偶得》："'流水落花'句极不晦涩，而颇迷离。""譬如翻作白话：'春去了！天上？人间？那里去了？'这似乎不好。又如'春归了，天上啊！人间呀！'何如？——不妙。又如'春归去了，昔日天上，而今人间矣！'近之而未是也。盖此句本天人并列，不作抑扬，非如白话所谓'天差地远'，或文言所谓'天渊之隔'也。""'天上人间'，即'天人之隔'，并无其他命意。此近承'别时容易见时难'而来，远结全章之旨。""'流水落花春去也'，离别之容易如此，'天上人间'，相见之难如彼。"其在《唐宋词选释》则谓此句"有春归何处的意思。'天上人间'极言其阻隔遥远且无定。《花间集》卷四《浣溪沙》：'天上人间何处去，旧欢新梦觉来时。'意思就很明白了。"

◎ 评析

　　雨声惊梦，晓寒袭人，梦里片时欢聚，醒后更倍感身寄异地的冷落，想到家山万里，家国何在，梦中人今世断难重见，往日的欢乐如同落花流水，一去不返；今昔相比，真有天上人间之别了。李煜归宋后被封为违命侯，实际上处于严密禁闭的囚居状态，"此中日夕只以眼泪洗面"。这首词无疑寄托着他抚今追昔的亡国之思。但伤春伤别，在旧时文人中有其普遍性。词中以"梦里欢"反衬"身是客"，以"流水落花"比喻往日欢情，都有一定感染力。"别时容易见时难"一句，以凝练的语言概括了生活中通常会经历到这种人生体验，能够引起离别中的人的共鸣，这种共鸣作用引起心灵的震荡，往往还是相当强烈的。

王国维《人间词话》云："词至李后主而眼界始大，感慨遂深，遂变伶工之词而为士大夫之词。周介存置诸温、韦之下，可谓颠倒黑白矣。'自是人生长恨水长东''流水落花春去也，天上人间'，《金荃》《浣花》，能有此气象耶？"

虞美人

春花秋月何时了[1]。往事知多少[2]。小楼昨夜又东风[3]。故国不堪回首月明中。　　雕阑玉砌应犹在[4]。只是朱颜改[5]。问君能有几多愁[6]。恰似一江春水向东流[7]。

◎ 注释

[1] 秋月：一作"秋叶"。了：了结，完结。

[2] 知多少：犹言记得很多。

[3] 又东风：春天又来临了。

[4] 雕阑玉砌：指远在金陵的南唐故宫。应犹：一作"依然"。

[5] 朱颜改：指所怀念的人已衰老。

[6] 问君：一作"不知"。能：或作"都""那""还""却"。几多：一作"许多"。

[7] 恰似：一作"恰是""却似"。

◎ 评析

宋陈元靓《岁时广记》卷七："庆历癸未十二月十九日立春，甲申元日，丞相晏元献会两禁于私第，作《木兰花》，首句为'东风昨夜回梁苑’，坐客皆和。"李煜此词云"小楼昨夜又东风"，当亦是立春日作。

春花秋月人多以为美好，却怨问其"何时了"；小楼东风带来了春天的信，却反而引出"不堪回首"之念，因为它们都触动往事，引起伤感，用以描写一个失去了欢乐的人的心情，是真切而深刻的。"一江春水向东流"是以水喻愁的名句，含蓄地显示出愁思的沛然莫御，长流不断，无穷无尽。同它相比，刘禹锡《竹枝词》"水流无限似侬愁"，嫌其率直，而秦观《江城子》"便做春江都是泪，流不尽，许多愁"，则又说得过尽，反而削弱了感人的力量。

宋王铚《默记》卷上："徐铉归朝，为左散骑常侍，迁给事中。太宗一日问：'曾见李煜否？'铉对以'臣安敢私见之'！上曰：'卿第往，但言朕令卿往相见可矣。'铉遂径往其居，望门下马，但一老卒守门。徐言：'愿见太尉。'卒言：'有旨不得与人接，岂可见也！'铉云：'我乃奉旨来见。'老卒往报，徐人立庭下久之。老卒遂入取旧椅子相对。铉遥望见，谓卒曰：'但正衙一椅足矣。'顷间，李主纱帽道服而出。铉方拜，而李主遽下阶引其手上。铉告辞宾主之礼，主曰：'今日岂有此礼？'徐引椅少偏乃敢坐。后主相持大哭，乃坐默不言。忽长吁叹曰：'当时悔杀了潘佑、李平。'铉既去，乃有旨再对，询后主何言。铉不敢隐，遂有秦王赐牵机药之事。牵机药者，服之前却数十回，头足相就如牵机状也。又后主在赐第，因七夕命故妓作乐，声闻于外，太宗闻之大怒；又传'小楼昨夜又东风'及'一江春水向东流'之句，并坐之，遂被祸云。"

夏承焘先生《瞿髯论词绝句》论李煜云："泪泉洗面枉生才，再世重瞳遇可哀。唤起温韦看境界，风花挥手大江来。"

274

徐昌图
(生卒字不详)

莆田（今属福建）人。唐末诗人徐寅曾孙，与兄昌嗣并有才名。初仕闽、南唐，江南平，清源节度使陈洪进命昌图等奉表归宋，为国子博士，累迁殿中丞。《尊前集》录其词三首。

临江仙

饮散离亭西去[1]，浮生长恨飘蓬[2]。回头烟柳渐重重。淡云孤雁远，寒日暮天红。　　今夜画船何处，潮平淮月朦胧。酒醒人静奈愁浓。残灯孤枕梦，轻浪五更风[3]。

◎ 注释

[1] 离亭：路旁的饯别之亭。宋之问《送沙门泓景道俊玄奘还荆州应制》诗："就日离亭近，弥天别路长。"

[2] 浮生：人生，一生。飘蓬：喻漂泊无定的生活。刘孝绰《答何记室》诗："游子倦飘蓬，瞻途杳未穷。"

[3] 五更风：黎明前夕的寒风。

◎ 评析

　　这首词写羁旅行役的愁苦。上片写别时情景，下片设想别后境况。俞陛云《五代词选释》云："写江行夜泊之景，'暮天'二句，晚霞如绮，远雁一绳。'轻浪'二句，风起深宵，微波拍舵，淰淰有声，状水窗风景宛然，千载后犹想见客中情味也。"过片"今夜画船何处，潮平淮月朦胧"，悬揣别后旅途的冷寞悲凉，柳永《雨霖铃》"今宵酒醒何处，杨柳岸，晓风残月"，秦观《柳梢青》"行人一棹天涯，酒醒处，残阳乱鸦"，与此同一境界，前后有承。

一脉天风　百丈清泉
——吴熊和教授学术研究述评

费君清（绍兴文理学院）

陶　然（浙江大学文学院）

20世纪20年代初，刘毓盘在北大开讲词史，吴梅在南高（南大前身）开讲词曲，并创立词社，指导创作，南北一些著名大学讲词的风气由此遂兴。嗣后，龙沐勋在上海，夏承焘在杭州，任二北在江苏，卢前、陈匪石、唐圭璋在南京，刘永济在武汉，俞平伯、吴世昌在北京，相继开设词学课程与讲座，词学成为各大学中文系开设的由名师讲授的一种专门之学。这些大师名家不仅述作斐然，超轶前人，而且师从者众，郁郁多士。尤其是新中国成立后，承续词学传授的俊彦后进，汇成了从20世纪80年代至新世纪的新词学群体，不少已是当代词学的中坚，吴熊和教授就是其中一位能够承前启后的词学专家。他的《唐宋词通论》《吴熊和词学论集》，以及合编的《清词别集知见目录汇编》等，被学术界推许为构建新时代词学的优秀著作。

一、治学历程

1952年院系调整，在原浙江大学、之江大学文理科的基础上组建了浙江师范学院，1953年教育部指定在该校开设古典文学研究班。

1955年吴熊和大学毕业，从上海来到杭州，受教于夏承焘、姜亮夫、胡士莹、王焕镳、钱南扬、郦承铨、陆维钊、任铭善诸先生，眼界大开，渐窥治学门径。毕业留校后，专从夏承焘先生学词。夏先生当时五十多岁，精力饱满，他以清代浙东学派长于史学的传统，移史学贯注于词学，重辟广途，词学为之一变。同时他又是诗词名家，出入唐宋，学养醇深，论词谈艺，自然精诣独造。他从三十岁起所撰十种词人年谱及词学考订文字，这时正式结集为《唐宋词人年谱》《唐宋词论丛》二书出版，并制订了颇具规模的词学研究计划，拟在数年内撰写或合作完成各类词学论著一二十种。吴熊和在夏先生的指导下，从打好基础做起，先后撰写《怎样读唐宋词》（浙江人民出版社1957年版）、《读词常识》（中华书局1962年版）、《放翁词编年笺注》（上海古籍出版社1984年版）等三种，它们虽然仅是学词的初步，但也由此养成下笔不苟的严谨学风。这些初学之作虽然在理论上、体系上距离有所建树的目标还有差距，但已为日后进入词学研究作了知识上的准备。夏先生历年治词过程中写有读词札记数千条，他仿俞樾《古书疑义举例》一书的体例，取名《词例》，分有辞例、律例、韵例三卷，细分则有六七十例。律例、韵例中有不少可补充纠正万树《词律》、戈载《词林正韵》的疏漏失误。但这些札记零珠散缀，并未成篇，亟待整理。夏先生又约人合撰《词辞典》，对唐宋以来词学的文献资料与累积成果作总体检阅。吴熊和都参与其事，见闻益广，入门愈深。他负责的《词辞典》词调部分，不仅注重词调源流，还考索词调声情，辨别词调的句律声韵与各家异同。在他看来，这些都是研读唐宋词所必需的基本训练。夏先生还指定他针对张炎《词源》的乐律部分，从词乐角度作出诠评，因此也一度钻研乐律。然而由于当时历次运动接连开展，随后"文革"开始，夏先生的上述计划一概被废。

《文心雕龙·神思》篇认为文学创作需要经过"积学以储宝，酌理以富才，研阅以穷照，驯致以绎辞"。此语亦可移以论治学。学术道路是一条艰难的道路，不可能朝发夕至，一蹴而就。一个学者的"早熟"，固然令人生羡，但"晚成"，也不必叹其滞碍。在多年的下乡、下厂与"文革"十年中，不论在水乡山村还是劳动间隙，吴熊和教授总是手不释卷，无书不观。夏先生一直教导学生牢记章学诚论浙东学术时所言"浙西尚博雅，浙东贵专家"，以此作为学者应该追求的目标。因此"学不可无宗主，但不可有门户"，也是吴熊和教授心头铭记的训诫。唐圭璋先生的《全宋词》，吴教授通读了不下五遍，全书各处写满了每次读后留下的笔记。这种博观约取的努力不会白费，"文革"结束后，吴熊和教授能够对历代词学研究中的不足和一些值得深入探讨的问题，写出极有分量的系列论文，引起学界的高度重视，正是他长期准备、厚积薄发的结果。《唐宋词通论》一书的出版，虽然被他看作只是自己词学研究生涯的正式开始，却被学界誉为新时期词学的扛鼎之作。该书继承了唐宋直至近代以来的传统词学成就，取精用弘，在理论、方法和具体考证上都有大量的突破和创新，并在此基础上着手构建词学研究的总体框架，推动了当代词学的科学化、理论化与系统化，炉火纯青，独具识见，在同类著作中以博洽精湛、承前启后而著称，影响远及海外。

　　进入 90 年代，吴熊和教授的研究重点，大致在两个方面：其一是致力于明清词的研究。清词繁多芜杂，向来难治，吴熊和与严迪昌、林玫仪合作编撰了《清词别集知见目录汇编》，由台湾"中央研究院"中国文哲研究所出版。该书共收录了六千余种清词别集书目（包括同一别集的不同版本在内），堪称钩稽详备，蔚为大观。在编纂过程中，还陆续撰写了多篇有关明清之际词派研究的专题论文，如《〈柳洲词选〉与柳洲词派》《〈西陵词选〉与西陵词派》《〈梅里词辑〉与浙西词派的形成过程》等。其二是专心于"为词学做些扎实有用的打基础的工作"（《吴熊和词学论集·后记》）。他一向认为，基础性工作是非常重要的，它可以为学术研究提供一个坚实完善的根基，避免无根游谈的空论。多年来，他为此投入了巨大的精力。《中国词学大辞典》（浙江教育出版社1996年版）、《唐宋词汇评》（浙江教育出版社2003年版）以及《全宋词编年综考》等著作即是这方面的成果。前者是与沪、宁等地学者合作的成果，在一定程度上完成了夏承焘先生编撰《词辞典》的宿愿。而他率领众弟子编著的《唐宋词汇评》，不仅汇录有关唐宋词作的全部评论，而且重在资料搜辑与考订，在体例和具体材料上都有重要创新。《全宋词编年综考》重在通过人、地、时的考订，对宋代词作的创作背景进行全面清理。《全宋词》凡二万余首，经过吴熊和的考订，包括采纳前贤今人已有的成果，可以编年断案的已不少于三四千首。本书完成后，可为从事宋词研究者提供诸多方便，并指出不少尚待开拓的空间和新的研究思路。1999年出版的《吴熊和词学论集》（杭州大学出版社），是其词学研究的阶段性总结，同时也反映了他在这一领域的新探索。他曾经与弟子们说，与当年写作《唐宋词通论》时相比，自己对词史的看法已有较大的不同。因此近年来，他还拟在重新审视词史的基础上，撰写一部贯穿千年的多卷本中国词史。

二、新词学体系的建构

20世纪是中国新旧词学的交替时期，王鹏运、朱祖谋、王国维、夏承焘、唐圭璋等几代学者开创了词学研究的基业，但仍有不少留待后人继续努力的余地。就注重体系建构的通论性著作而言，有学者认为，新中国成立之后，虽然出现了一些词学通论著作，不少文学史著作中也对词学的发展加以探讨，但它们大多受到当时时代、社会背景的束缚，是在当时特定的背景下、在既定的模式下进行研究的，将传统的"论从史出"改为"以论带史"，而未能对词学问题进行深入探讨。正是有这么一段坎坷，当吴熊和教授的词学研究在80年代崭露头角以后，就更可以看出其承前启后、建立新词学基本体系的重要性。这方面的代表性著作即《唐宋词通论》（下文简称"《通论》"），该书的出版使40年代至80年代词学宏观研究的萧条局面得到很大的改观。它不尚空论而务实学，对词学史上许多重大问题作了非常精辟的阐释，是对词学研究的重大突破和创新。这里可以略举几例：如针对词的起源问题，《通论》强调务必从词乐入手，认为"从音乐方面说，词是燕乐发展的副产品；从文学方面说，词是诗乐结合的新创造"。使人们对词与音乐的关系，有了一个全新的认识。《通论》对词史的论述，也大多发前人所未发。从大的方面来说，词史采用分期论，又与词派紧密地联系在一起，再加之以词论部分对唐宋词学观念的评述，这种论述方式，突出了代表性作家在词风转变过程中的作用，更清晰地凸现出词史流变过程中词体的演进和审美风尚的变化，更加切近文本自身的研究，也是一种创新。又如《通论》共分为词源、词体、词调、词派、词论、词籍、词学七章，这种章节安排，可视为在前辈学者的基础上，对新词学基本体系的重新建构。《通论》以实证为研究基础，具有弘通的学术眼光，不仅以"集大成"的方式，囊括和总结传统词学的方方面面，为今后词学的进一步拓展奠定了坚厚的基础，并对词学研究作了富有前瞻性的展望，认为有八方面的课题为今日学者所当先务：评论唐宋各名家词的论文集；词人年谱传记丛书；汇集与研究唐宋音谱及词乐材料，作《唐宋词乐研究》；重编包括敦煌曲在内的《唐宋词调总谱》；汇辑唐宋词论词话，作《唐宋词论词评汇编》；总结历代词学成果，作《词学史》；历述词籍目录版本，作《唐宋词籍总目提要》；包举上述词家、词调、词籍条目，并对唐宋词的一些常用语辞进行汇解，作《唐宋词词典》。这些规划中，既有当年夏承焘先生的设想，也有吴熊和教授自己针对词学体系的新思考。事实上，吴熊和教授的《通论》，不仅是其本人学术道路上的一个标志性成果，也是 20 世纪词学研究的标志性成果之一，对学术风气的转变已经产生了广泛的影响。书中提出的八个研究方向，有的已成为当代词学中的显学，涌现出众多成果。

一个学科中领袖性学者的贡献不仅在于其个人的研究成果，更在于对整个学科体系的建构和方向指引，吴熊和教授近二十年来的学术研究取向、对年轻学者的指导，都围绕着这一中心。

回顾词学研究历程，在吴教授所构建的新词学基本体系当中，值得特为拈出的是他以文化史的特定视角治词。晚清之前的词学，基本上都是围绕着创作技法、词调音律和艺术欣赏这几个层面展开，总体上是从技术的角度治词。及至王鹏运、郑文焯、朱祖谋诸大家出，致力于词籍校勘等基础性的工作，把词学引入了实证科学的层面。后来夏承焘先生的词人年谱之学，则在实证的基础上，开创了"以史治词"的新门径。而吴熊和教授的词学研究，更进一步超越了传统史学的局囿，拓出了"以文化史治词"的新视角，例如对于词的起源和特质的认识，吴教授在《通论·重印后记》中指出：

　　谈论词的起源，不少学者注重词与音乐的关系，从词与燕乐的因缘入手考察词的起源，已经取得了可观的成果。但是光从这一点着眼，现在看来就显得不够。许多事实表明，词在唐宋两代并非仅仅作为文学现象而存在。词的产生不但需要燕乐风行这种具有时代特征的音乐环境，它同时还关涉到当时的社会风习，人们的社交方式，以歌舞侑酒的歌妓制度，以及文人同乐工歌妓交往中的特殊心态等一系列问题。词的社交功能与娱乐功能，在相当长的时间内，是同它的抒情功能相伴而行的。不妨说，词是在综合上述复杂因素在内的历史背景下产生的一种文学—文化现象。

这就不单单是就词本身的历史来立论了，而是把它放置在与音乐史、社会风气及制度史、文人心态史等诸多方面共生而互动的一个大环境中进行考察。同时，又不能因空谈文化而忽略了词的文学特质，将词定位为一种文学—文化现象。这种开阔而弘通的视野，为词学研究开拓了许多新的领地，对 90 年代以来的词学研究产生了重要的影响，推动了当代词学的进展。近年来不少词学新著，都直接继承了吴熊和教授的这种学术理念。

三、词学领域的新开拓

吴熊和教授在词学研究领域辛勤耕耘了几十年，所取得的成就是多方面的，除了在唐宋词研究方面具有继往开来的意义，对于其他诸多词学领域也作出了开拓性的贡献。这主要表现在词学文献的系统整理与研究、明清之际词派研究、域外词学研究、词学研究方法的探讨四个方面。

就词学文献研究来说，吴熊和教授的几部著作各有侧重，《放翁词编年笺注》，是词集的个案研究，侧重于笺注；《词学全书》，则侧重于读词、作词技法的整理；《唐宋词汇评》，不仅汇录有关唐宋词作的全部评论，而且重在资料搜辑与考订；《全宋词编年综考》，以宋词与文献参证、史事与文心同勘，将宋代每一首词可以考出的写作年代，词中出现的人名、地名，词作涉及的史事以及相关的本事，钩稽索隐，进行全面而又精审的考证，成为体大思精、集大成式的词学文献研究著作。众所周知，建国以后，词学文献的研究一直是词学研究中的薄弱环节，虽然有几部著名词人的文集得到了精心的笺注，但与流传至今的词集数量相比，无异于杯水车薪。而较为系统的资料建设，较之于唐诗研究，也是相差甚远。吴熊和教授带领一批学者投身于这些工作，为词学研究提供了综合、系统的文献库，这不仅填补了传统词学的空白点，而且对今后的研究工作有明显的指导意义与应用价值。

　　吴熊和教授对明清之际词派的研究，注重从这一时期内词派产生的地域因缘、家族因缘着手，致力于新词派的整合与探讨，不仅亲自写出了多篇有关柳洲词派、西陵词派和浙西词派的重要论文，并以指导博士论文的形式完成自己对明清之际词派研究加以开拓的构想，他从题目的构思，到切入点的把握与确定，从研究思路的清理，到篇章字句的润饰，都倾注了大量的心血，帮助弟子们完成了四部很有分量的博士论文，即《西陵词派研究》《柳洲词派研究》《浙西词派研究》和《常州词派研究》。其中两部已正式出版，另两种正待出版，在学术界产生了良好的影响。

　　夏承焘先生在其论词绝句中曾专门评述过日本和越南等域外词人的作品，或许是受此影响，吴熊和对于域外词学也颇为关注，他撰写的《高丽唐乐与北宋词曲》一文，涉及了宋词的域外传播与音乐传播的关系，使宋词在中外文化交流中的作用得到说明。此外，吴先生还对苏轼奉使高丽一事作了精细的考证，使苏轼生平中一段模糊不清的事迹得到澄清，为宋代词人的国际间交流以及宋词在域外的传播提供了第一手材料。

吴教授在致力于开拓词学研究新领域的同时，还注重词学研究方法的探讨与实践。其治词学，首先强调的就是文史贯通。文史并重与兼通，几乎是每一位治传统学术之学者共同的学术特点，打通文史，方能根深叶茂。他经常告诫年轻学者，要纠正习文者轻史、习史者轻文的旧病，研究中国古代文学，必须要有扎实的史学功底。他常举的一个例子是，唐诗研究，在很大程度上得力于唐史研究的丰富成果，而宋史的研究相对薄弱，对宋代文学研究者来说，就更需要史学的严格训练。《吴熊和词学论集·后记》中指出："词学并不是个自我封闭的体系。词学不但要与诗学彼此补益，相互参照，联手共事；同时还要不断从其他相关学科，尤其是史学（包括音乐史、文化史）中取得滋养和帮助。宋词上承唐诗而旁通宋诗，两宋作家往往诗、文、词三者兼擅，并出一手。治宋词者若知其一不知其二，必然左支右绌，顾此失彼，难以弘通。"在他的著作和论文中，以史证词、史词互证的例子随处可见，如从宋代官制的角度考证柳永的生平仕履，即为显例。

四、以词学为中心的开放与创新的学术体系

吴熊和教授治学以词学为主，但不囿于词学，他认为词学不应是一个封闭的体系，表现在他的学术研究思路上，格外强调开放与创新。他常说，就中国古代文学研究而言，传统的学术研究方法如考据，当然需要继续掌握使用，但学术传统也需要不断变革，墨守成规、陈陈相因，跳不出旧学的窠臼，不能成为新世纪有成就的学者。因此学术研究一是要有强烈的当代意识，手下是历史，眼光是当代，探讨中国丰富的传统

文化资源在现代化过程中发挥的作用。二是研究方向要考虑如何与世界学术潮流相融合。中国古代文学研究不能自我封闭式地关起门来搞，在东西方文化交流日益扩大的今天，中国学术也要面向世界，要开辟中外学术对话的通道，要建立进行这种对话的新的思维方式与话语系统。这种开放性的眼光，在治传统学术的学者中是并不多见的。

其创新的学术体系，还融化在他对历史与文化的重新思考之中，这似乎更体现了其作为一名学者的本色。如他所指导的博士生中有两位均以北宋党争为论题，反映了他对此类问题的高度重视。他认为，北宋党争持续了半个多世纪，直至北宋的灭亡。传统看法对双方皆有所偏重，或主王安石，或主苏轼。如南宋以来比较普遍的看法是主旧党而反新党；新中国成立后的学术界一般又以新党为改革派，以旧党为保守；近二十年来又反回来全面肯定旧党。这些观点不是没有道理，但都缺乏历史、文化根源上的剖析。陈寅恪、邓广铭诸先生对两宋文化评价甚高，然而就实际情况来看，北宋党争中新旧两党双方的代表人物，其道德、学问、文章，在当时甚至在整个文化史上都是一流的，他们都承载着传统儒学的期许，走向政治生涯的巅峰，可以说，都是中华文化的精英。但是其结局，不论新党或旧党，皆是悲剧性的。这不是个人悲剧，而是中国文化的悲剧。中国文化有其优秀的一面，但不可否认，有不少因素也逐渐成为历史的包袱。如北宋士大夫在政治斗争中，不断地由一个极端走到另一个极端，王安石、苏轼、司马光等人都是如此。他们在党争中的表现，就反映了传统文化的缺陷。北宋党争曾经被人称许为有近代党争色彩，但在中国专制政体下，党争不可能以民主方式展开，更缺乏公平、公正的政治游戏规则。北宋士大夫在党争中表现出来的政治诬陷、文字中伤、党同伐异等行为，与真正意义上的政党政治是很不相同的。吴熊和教授因而认为传统文化的"基因",实际上深刻地影响着当代社会,对此"基因"的研究,也应该是当代学术研究的任务。这一系列的思考体现了他对思想与学术的并重,从这个意义上来说,传统的文史兼通也具有了新的内涵。

吴熊和教授开放与创新的学术体系,还体现在他对研究生的培养上。他常向学生提及当年夏承焘先生令人如沐春风的授课和培养方式,而他自己也绝不画地为牢,并不将学生限制在与词学相关的课题上,而是侧重于基本功与学风的训练、学术规范的传承、学术思想的建立与学术境界的提高,这使其门下弟子多能发挥自己的特长,在不同的领域发展,以求有所建树。从其弟子所撰写的论文与著作中就可以明显地看出这一点,如其中有关词学方面的,有《唐宋词与唐宋歌妓制度研究》(李剑亮,浙江大学出版社 1999 年版)、《唐宋词社会文化学研究》(沈松勤,浙江大学出版社 2000 年版)、《金元词通论》(陶然,上海古籍出版社 2001 年版)、《柳洲词派》(金一平,同济大学出版社 2002 年版)、《西陵词派研究》(谷辉之)、《嘉道年间的常州词派》(徐枫,台湾云龙出版社 2002 年版);有关宋代文学其他方面的,有《北宋文人与党争》(沈松勤,人民出版社 1998 年版)、《北宋新旧党争与文学》(萧庆伟,人民文学出版社 2001 年版)、《南宋遗民诗人群体研究》(方勇,人民出版社 2000 年版)、《南宋江湖派研究》(费君清,中国人文社会科学博士硕士文库,浙江教育出版社 2003 年版);有关唐五代文学方面的,有《中唐政治与文学》(胡可先,安徽大学出版社 2000 年版)、《五代作家的人格与诗格》(张兴武,人民文学出版社 2000 年版)、《五代十国文学编年》(张兴武,人民文学出版社 2001 年版)等。十余年来,他培养的这十多名博士中,有不少已崭露头角,成为新的学术中坚力量。

20 世纪是新词学的发轫和建构期，它的提高完善，还需要新世纪几代学者的不断努力。吴熊和教授取得的研究成果博大精深，加上其新的学术理念与研究门径，无疑开创了一代学术风气。对于后学来说，他的严谨学风、高明与沉潜并重的见识，给人启迪良多。卓立不移而又承前启后，这正是吴熊和教授对词学的最大贡献。

（原刊《文学评论》2003 年第 3 期）